장례식을 마치고

After the Funeral

AGATHA CHRISTIE MYSTERY AGATHA CHRISTIE MYSTERY AGATHA CHRISTIE MYSTERY AGATHA CHRISTIE MYSTERY AGATHA CHRISTIE MYSTERY AGATHA CHRISTIE MYSTERY AGATHA CHRISTIE MYSTERY AGATHA CHRISTIE MYSTERY

애거서 크리스티 추리 문학 9

장례식을 마치고

이가형 옮김

해문

■ 옮긴이 이가형

　동경제국대학 불문과, 미국 윌리엄스 대학 수학. 전남대학교, 중앙대학교,
국민대학교 교수 역임. 한국영어영문학회, 한국추리작가협회 회장 역임.
국민대학교 대학원장 역임

장례식을 마치고

초판 발행일	1985년 09월 15일
중판 발행일	2008년 11월 30일
지은이	애거서 크리스티
옮긴이	이 가 형
펴낸이	이 경 선
펴낸곳	해문출판사
주 소	서울시 마포구 합정동 392-2 써니힐 202호
TEL/FAX	325-4721~2 / 325-4725
홈페이지	http://www.agathachristie.co.kr
출판등록	1978년 1월 28일 (제3-82호)
가격	6,000원
ISBN	978-89-382-0209-3 04800
	978-89-382-0200-0(세트)

※ 잘못된 책은 바꾸어 드립니다.

• 등 장 인 물 •

헬렌 애버니시— 리처드의 죽은 남동생의 아내. 생각이 깊고 조용한 여자.

티모시 애버니시— 리처드의 남동생. 신경질적이며 리처드의 유언장에 많은 불만을 가지고 있다.

모드 애버니시— 티모시의 아내. 남편에게 지나칠 정도로 헌신적이다.

조지 크로스필드— 리처드의 죽은 여동생의 아들로 잘생긴 청년. 도박을 좋아하고 성실하지 못한 성격 때문에 리처드에게 인정받지 못했다.

수잔 뱅크스— 리처드의 조카딸. 애버니시 자손 중에서는 유일하게 리처드의 외모와 활동적인 성격을 그대로 물려받았다.

그레고리 뱅크스— 수잔의 남편. 정신이 조금 이상하다. 약국 점원으로 일하고 있어서 집안사람들에게 무시를 당한다.

로저먼드 세인— 예쁘긴 하지만 약간 멍청해 보이는 얼굴을 가진 리처드의 조카딸. 남편과 함께 극단에서 일한다.

마이클 세인— 로저먼드의 남편. 직업은 배우. 잘생긴 만큼 여자관계가 복잡하며 사건이 있던 날의 알리바이도 모호하다.

코라 랜스쿼네트— 리처드의 여동생. 하지 말아야 할 말을 아무 때나 불쑥불쑥 꺼내서 사람들을 당황하게 만든다.

엔트휘슬— 일선에서 은퇴한 리처드의 변호사. 장례식 날 코라가 한, '오빠는 살해된 거예요, 그렇지 않은가요?'라는 말을 떨쳐 버리지 못해 에르큘 포와로에게 사건을 의뢰한다.

질크리스트— 코라와 함께 지내는 가정부. 어려운 일은 하려고 들지 않으며 말이 많은 중년 여자.

알렉산더 거드라— 코라의 친구라며 나타난 미술 감정가.

고바— 정보를 수집하는 사람. 일선에서 은퇴했지만 가끔 옛 고객의 부탁을 받고 뛰어난 능력을 발휘한다.

랜스콤— 엔더비 홀의 나이 많은 집사로 애버니시 집안에 대해 많은 걸 안다.

차 례

차 례

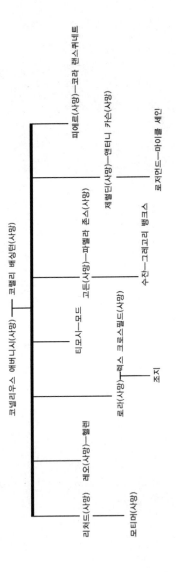

애버니시 가계도

1

랜스콤 노인은 비척거리는 걸음걸이로 방들을 돌아다니면서 창문의 블라인드를 밀어올리고 있었다. 그는 가끔씩 눈살을 찌푸린 채 물기 어린 눈으로 창밖을 흘끗거렸다. 사람들이 장례식에서 돌아올 시간이었다. 그는 발을 질질 끌면서 좀더 빨리 움직였다. 아직도 창문들이 많이 남아 있었기 때문이다.

엔더비 홀은 고딕 양식으로 지은 웅장한 빅토리아풍 저택이었다. 각 방에 걸린 커튼은 색이 바래긴 했으나 값비싼 고급 비단이나 벨벳으로 만든 것이었다. 벽에도 색 바랜 비단이 걸려 있었다.

따뜻한 응접실에 들어간 늙은 집사는 벽난로 둘레 장식 위에 걸린 초상화를 올려다보았다. 초상화 속의 인물은 엔더비 홀을 지은 코넬리우스 애버니시였다. 코넬리우스 애버니시는 갈색 턱수염을 도전적으로 앞으로 내민 채 손을 지구본 위에 올려놓고 있었다. 그러한 자세가 그 사람의 자발적인 행동이었는지 아니면 초상화를 그린 화가의 대담한 착상이었는지는 알 수 없다.

'대단히 강한 인상을 풍기는 양반이야.'

랜스콤 노인은 생각했다. 그리고 자신이 그를 모시고 있지 않다는 사실을 다행으로 생각했다. 그의 주인은 리처드 씨였다. 그는 좋은 사람이었다.

그런데 그 주인이 갑자기 세상을 떠난 것이다. 물론 얼마 동안 의사가 돌봐오긴 했지만, 그래도 갑작스러운 죽음이었다. 주인은 아들인 모티머의 죽음에 대한 커다란 충격에서 끝내 헤어나오지 못했던 것이다.

늙은 집사는 고개를 저으며 화이트 브드와르로 통하는 문을 황급히 빠져나갔다.

'끔찍한 일이야. 그건 정말 대단한 비극이었어. 그렇게 건강하고 훌륭한 젊은 분이 돌아가시다니…… 설마 그런 일이 일어나리라고는 아무도 생각지 못했지. 가여운 일이야, 정말로 안됐어. 게다가 고든 씨마저 전사해버리고 말았으니……, 끊임없는 불행의 연속이지. 요즈음 들어와서는 언제나 그런 식으로 일이 벌어진단 말이야. 주인께는 너무나 큰 시련이었어. 하지만 바로 지난주까지만 해도 주인은 어느 정도 기력을 유지하고 있었는데…….'

화이트 브드와르의 세 번째 블라인드는 빡빡해서 잘 올라가지 않았다. 조금 올라가는가 싶더니 이내 꼼짝도 하지 않았다. 용수철이 약한 모양이다. 사실 블라인드도 이 저택의 다른 것들과 마찬가지로 낡은 것이었다. 더구나 요즈음에는 이렇게 낡은 것들은 수리해주지 않는다.

"이제는 너무 낡아서요"

어리석은 수리공들은 짐짓 거만한 태도로 고개를 설레설레 저으면서 말하곤 했다. 마치 낡은 것들이라 아무 쓸모가 없는 것처럼!

하지만 그는 단언할 수 있었다. 새 물건들이란 겉만 번지르르할 뿐 일단 사용하고 나면 금방 엉망이 되기 일쑤였다. 재료도 나쁘거니와 만든 기술도 형편없었기 때문이다—오, 물론 그렇고말고

그는 분명히 이러한 사실을 확신하고 있었다. 어쨌거나 사다리를 가져오지 않는 한 도저히 이 블라인드를 올릴 수 없을 것 같았다. 요즈음 그는 사다리에 올라가는 것이 싫었다. 지독한 현기증이 생기기 때문이다. 그는 잠시나마 블라인드에 매달리는 것을 중단해야겠다고 마음먹었다. 그냥 내버려둔다고 해도 별문제는 없을 것이다.

화이트 브드와르는 저택의 정면에 있지 않기 때문에, 장례식에서 돌아오는 손님들은 블라인드를 보지 못할 것이다. 게다가 이 방은 최근에 한 번도 사용된 적이 없었다. 이 방은 여자들을 위한 방인데, 오래전부터 엔더비 저택에는 여자라고는 한 명도 없었다.

모티머가 결혼하지 않았다는 것이 참으로 유감스러운 일이었다. 훌륭한 여자와 결혼해서 아이들을 낳고 그 아이들이 뛰어노는 것을 지켜보면서 안정된 가정생활을 해야 할 때, 그는 언제나 낚시하러 노르웨이로 가고 사냥하러 스코틀랜드로, 그리고 또 겨울 스포츠를 즐기러 스위스로 떠돌아다녔다.

랜스콤의 마음은 과거의 추억 속으로 깊이 빠져 들어가고 있었다. 과거는

그의 뇌리 속에 선명하게 떠올랐다.

지난 20여 년 동안의 세월 속에서 아주 선명하게 되살아나고 있었다. 하지만 누가 오고 어떤 사람이 떠나갔는지, 아니면 어떤 모습이었는지 등의 세세한 사실들은 헷갈려서 뚜렷하게 기억해 낼 수가 없었다. 그러나 그렇다고 해도 그는 과거에 대해 충분히 잘 기억해 내고 있었다.

리처드 주인은 자기 동생들에게 마치 아버지와 같은 존재였다. 그는 스물네 살 때 아버지가 세상을 뜨자, 곧장 사업에 몰두해서는 매일매일을 마치 시계처럼 정확하게 보냈다. 그리고 집안을 화목하고 풍요롭게 잘 유지해나갔다. 그래서 그는 어린 동생들이 성장하는 데 조금도 불편이 없는 가정환경을 마련해 주었다. 물론 이따금 싸움과 언쟁이 일어나곤 했고, 그때마다 여자 가정교사들은 무척 혼이 났다. 사실, 여자 가정교사는 모두 형편없는 사람들이었다. 랜스콤은 언제나 그들을 경멸했다.

젊은 아가씨들은 무척 경솔했었다. 그중에서도 제럴딘 양이 특히 더했다. 코라 양도 어렸지만, 무척 발랄했었다. 이제는 레오 씨도 돌아가셨고, 로라 양도 역시 세상을 떴다. 그리고 티모시 씨도 심한 우울증에 걸렸다. 제럴딘 양은 외국 어디에선가 죽었고, 고든 씨는 전사하고 말았다. 그들 중에서 나이가 가장 많은 리처드 씨가 명줄이 제일 길었던 것 같다. 다른 형제들보다 더 오래 살았으니 말이다.

물론 엄밀히 말한다면, 아직 티모시 씨가 살아 있고 불쾌하기 짝이 없는 예술가라는 녀석과 결혼한 코라 양이 살아 있으니 뭐라고 말할 수 없는 것이겠지만…… 이번에 25년 만에 그녀를 보게 되었다.

그 놈팡이와 달아날 때만 해도 아가씨는 젊고 아름다웠는데, 이번에 보니 전혀 알아보지 못할 정도로 변해 있었다. 뚱뚱해지고, 게다가 천해 보이는 드레스 차림이라니! 그 남편이란 남자는 프랑스인, 아니면 적어도 프랑스인의 피가 많이 섞인 사람이겠지. 어쨌거나 그 사람과 결혼해서 잘된 것은 하나도 없단 말이야! 하긴, 코라 양도 천성이 단순한 사람이긴 했으나—아무리 시골에서 살았다고 해도 말이다. 아무튼 그녀는 이 집안에서도 유독 별난 인물이라고 할 수 있었다. 그녀는 그를 아주 잘 기억하고 있었다.

"아니, 랜스콤이군요?"

이렇게 외치면서 그녀는 다시 만나서 무척 반갑다는 표정을 지었다.

예전에 그들은 자기를 무척이나 좋아하고 따랐었는데……. 파티가 있을 때에 그들이 몰래 식료품 저장실로 내려오면, 그는 젤리와 갓 구워 낸 커스터드 크림이 든 케이크 등을 나눠주곤 했었다.

손님들은 모두 랜스콤을 알고 있었지만, 랜스콤이 지금까지 기억하는 사람은 별로 없었다. 단지 젊은 축에 드는 손님들 몇몇을 기억하고 있었고, 마찬가지로 그들 쪽에서도 그가 이 집안에서 오랫동안 집사로서 일해 왔다는 것 이외에는 그에 대해 아는 것이 없었다. 그리고 많은 낯선 손님들이 장례식에 참석하기 위해 왔지만, 그는 귀찮다고 생각할 뿐이었다!

하지만 레오 부인만은 달랐다. 그녀는 조금도 귀찮게 여겨지지 않았다. 그녀는 레오 씨와 결혼한 뒤에 이곳에 와서 줄곧 함께 지내오고 있었다. 레오 부인은 훌륭한 여자였다. 정말로 완벽한 숙녀라고 할 수 있다. 품위 있는 옷차림에 머리 모양도 훌륭했으며, 고귀한 인품이 그대로 모습에 나타나고 있었다. 그리고 주인도 그녀를 무척 좋아했었다. 그러나 단 한 가지 유감스러운 건 레오 씨와의 사이에 자식이 없었다는 것이다.

랜스콤은 문득 정신을 차렸다. 할 일이 태산 같은데 여기 이렇게 서서 옛날 일에 정신을 팔고 있다니! 아래층에 있는 블라인드를 서둘러 올린 뒤에 그는 자넷에게 2층으로 올라가서 침실을 정리해두라고 말했다.

그와 자넷과 요리사는, 교회에서 거행된 장례식에는 참석했지만 묘지까지는 따라가지 않고 곧장 집으로 돌아왔다. 블라인드를 올리고 점심 준비를 해야 했기 때문이다. 햄과 닭과 소의 혓바닥 고기, 그리고 샐러드 디저트로는 차가운 수플레(달걀흰자 위에 우유를 섞어 구운 요리 또는 과자)와 사과 파이를 준비해야 한다. 제일 먼저 뜨거운 수프부터 준비해야 했다.

곧 손님들이 돌아올 것이 분명해서 그는 마저리가 수프를 다 만들어서 내놓을 준비가 되어 있는지 확인해보기로 했다. 랜스콤은 발을 질질 끌며 방을 가로질러 건너갔다. 그는 무관심한 눈길로 벽난로 선반 위에 걸린 초상화를 한 번 훑어보았다. 응접실에 걸린 초상화 속 인물의 부인을 그린 것이다. 하얀

색 공단 옷에다 진주 목걸이를 건 모습의 훌륭한 초상화였다.

하지만 초상화 속의 인물은 그다지 인상적인 얼굴은 아니었다. 온화한 모습에 장밋빛 입술을 가지고 있으며, 머리는 가운데 가르마를 타고 있는 얌전하고 겸손한 모습의 여자였다. 코넬리우스 애버니시의 부인에 대해 믿을 만한 이야기란 오직 한 가지, 그녀의 이름이 코넬리라는 것뿐이었다.

코랄이라는 상표의 발가락 티눈 고약과 자매품인 여러 가지 약품들이 나온 지 60년 이상이 흘렀지만 그것들은 여전히 잘 팔리고 있었다. 코랄 티눈 고약이 특별히 효능이 좋기 때문인지는 모르겠지만, 여하튼 고약은 대중의 기호에 잘 맞았다. 코랄 티눈 고약 덕분에 고딕형의 웅장한 저택을 세우고, 엄청나게 넓은 정원을 소유하게 되었으며, 일곱 명이나 되는 자식들에게 수입을 나눠 줄 수 있었다. 그리고 그 덕분에 3일 전에 돌아가신 리처드 애버니시도 백만 장자로서 죽을 수 있었던 것이다.

2

요리사인 마저리는 주방으로 들어와 몇 마디 잔소리를 하려던 랜스콤을 오히려 몰아세웠다. 마저리는 스물일곱 살 된 젊은 여자인데, 언제나 랜스콤의 속을 썩였다. 그가 생각하기에, 마저리는 요리사로서는 도무지 적당치 않았다.

품위도 없었으며, 랜스콤을 대하는 태도에는 조심성이라고는 전혀 찾아볼 수 없었다. 더구나 이 저택을 늘 '지독하게 낡아빠진 능(陵)'이라고 불렀으며, 주방이 너무 커다랗다고 불평을 늘어놓는가 하면, 식품저장실과 설거지하는 곳이 너무 커서 하루를 꼬박 걸어야만 다 돌 수 있다면서 투덜거리곤 했다.

그녀는 엔더비 저택에 들어온 지 2년이 되었는데 보수가 좋다는 이유와 애버니시 씨가 그녀의 요리를 무척 높이 평가해준다는 사실 때문에 여기에 머물고 있었다. 그 여자는 요리를 아주 잘했다.

자넷은 식탁 옆에 서서 차를 마시고 있었다. 그녀는 중년의 하녀로서 자주 랜스콤과 말다툼을 했지만, 그래도 마저리와 같은 젊은 세대와의 싸움에서는 늘 랜스콤의 편을 들어주었다. 그리고 나머지 한 사람, 일손이 바쁠 때 거들어

주러 오는 잭스 부인이 있었다. 그녀는 이번 장례식을 몹시 흥미있게 생각하고 있었다.

"정말로 굉장했어요."

그녀는 컵을 제자리에 올려놓으면서 약간 코맹맹이 소리로 말을 꺼냈다.

"차가 19대나 나왔고요, 성당이 꽉 찼었답니다. 그리고 성당의 참사원 회원이 미사에서 낭독하신 말씀도 정말 멋졌어요. 게다가 날씨도 아주 좋았지요. 오, 가엾은 애버니시 씨, 그만한 사람도 드물 거예요. 모든 사람들에게서 존경을 받으셨잖아요."

그때 차 소리가 났다.

그러자 잭스 부인이 컵을 내려놓으면서 소리쳤다.

"그분들이 오셨어요."

마저리는 닭고기 크림수프가 담긴 커다란 스튜 냄비를 올려놓고 가스 불을 켰다. 거대한 가스레인지는 빅토리아풍의 웅장한 모양을 하고 있었으며, 쓰지 않아서인지 차가운 느낌을 주고 있었다. 그것은 마치 과거를 향한 제단처럼 우뚝 서 있었다. 차들이 연이어 계속 들어왔다.

차에서 내린 검은 옷차림의 사람들은 약간 머뭇거리면서 홀을 지나 커다란 응접실로 들어갔다. 큰 벽난로에서는 불이 활활 타오르고 있었다. 가을철 냉기를 없애주고, 장례식에 서 있느라 몸이 으슬으슬해진 사람들을 녹여 주기 위해 불을 피워 놓았다.

랜스콤이 백포도주가 든 술잔을 은쟁반에 담아서 들어왔다.

유명한 볼라드 회사의 수석 변호사인 엔트휘슬 씨는 등을 돌린 채로 벽난로의 불을 쬐고 있었다. 그는 술잔을 건네받고 변호사 특유의 날카로운 눈초리로 사람들을 훑어보았다. 그중에는 모르는 사람도 몇 명 있었는데, 그는 사람들 하나하나를 자세히 살펴볼 필요가 있었다. 장례식 전에는 단지 간단하게 이름만을 소개했을 뿐이었다.

엔트휘슬 씨는 랜스콤 노인을 살펴보면서 속으로 이렇게 생각했다.

'무척 허약해진 것 같군. 가엾은 노인 양반. 거의 아흔 살이 다 되었을 텐데. 월급은 넉넉히 받고 있겠지. 그에 대해선 아무것도 걱정할 게 없어. 충성스러운 사람이니까. 요즈음에는 저렇게 헌신적으로 시중들어 주는 사람은 거의 없어. 집안일을 보살피고 아이들을 제대로 돌봐주는 사람을 구하기란 정말이지 생각만 해도 골치 아플 정도로 어렵단 말이야! 망할 놈의 세상. 그건 그렇고, 가엾은 리처드는 제 명대로 살지 못한 셈이야. 하기야 살아갈 만한 의욕도 없겠지만.'

일흔두 살의 엔트휘슬 씨는 예순여덟 살의 나이로 죽은 리처드가 너무 일찍 세상을 뜬 것처럼 여겨졌다. 엔트휘슬 씨는 2년 전 일선에서 물러났으나, 절친한 친구이며 오랜 고객인 리처드의 유언장을 처리하기 위해 북부에서 이곳으로 왔던 것이다.

그는 마음속으로 유언장의 내용을 생각하면서 가족들을 찬찬히 둘러보았다. 그는 레오 부인, 즉 헬렌을 잘 알고 있었다. 대단히 매력적인 여자로서, 자기도 그녀를 좋아하는 동시에 존경하기도 했다.

그는 창가에 서 있는 그녀를 부드러운 눈길로 잠시 바라보았다. 검은 옷이 썩 잘 어울렸다. 그녀는 예전의 몸매를 그대로 간직하고 있었다. 날씬한 몸매와 이마 양쪽에서 곱슬곱슬하며 희끗희끗한 머리, 한창때는 마치 수레 국화꽃 같았던 두 눈, 지금까지도 여전히 푸른색으로 반짝이는 그 눈은 무척이나 매력적이었다.

헬렌이 지금 몇 살이더라? 아마도 쉰 한두 살쯤 되었을 거라고 그는 생각했다. 레오가 죽고 나서, 이상하게도 그녀는 재혼을 하지 않았다. 무척 매력적인 여자인데도 말이다. 아, 하기야 그들 부부는 무척 사랑했으니까…….

그는 티모시 부인에게로 시선을 옮겼다. 그는 그녀에 대해 아는 것이 없었다. 그녀는 검은 옷보다는 트위드 천으로 된 시골풍 옷이 어울리는 여자였다. 그녀는 티모시에게 언제나 헌신적이었다. 아니, 헌신적이다 못해 지나치게 그의 건강을 염려했다.

그런데 정말로 그렇게 걱정할 만큼 티모시에게 문제가 있는 것일까? 엔트휘슬 씨는 아마도 우울증일 거라고 생각했다.

리처드 애버니시도 역시 그렇게 생각했었다.

"물론 어렸을 때 폐병에 걸린 적이 있긴 하지만……. 지금은 아픈 데가 전혀 없을 텐데."

사람들은 저마다 특기를 가지고 있게 마련인데, 티모시의 특기는 바로 엄살을 부리는 것이었다. 그렇다면 티모시 부인은 그의 엄살에 감쪽같이 속고 있는 것일까? 아마 그렇지는 않을 것이다. 여자들은 그런 엄살 따위에는 속아 넘어가지 않으니까. 그건 그렇고, 티모시는 무척 풍족한 생활을 하고 있었다.

원래 그 사람은 돈을 낭비하는 성격이 아니었다. 하지만 요즘처럼 세금이 무겁다고 해도, 뜻밖의 수입은 그에게 역시 반가울 것이다. 전쟁이 끝난 뒤로 그는 자신의 생활 규모를 많이 축소해서 절약하며 살아야 했을 테니까.

엔트휘슬 씨는 조지 크로스필드에게로 시선을 옮겼다.

그는 로라의 아들이었다. 로라가 결혼한 상대는 신원이 불확실한 남자였다. 그에 대해 아는 사람은 아무도 없었다. 그는 자신을 주식 중개인이라고만 소개했었다. 조지는 조그만 변호사 사무실에서 일하는 잘생긴 청년이었으나 어쩐지 미덥지 못한 데가 있었다. 그는 재산이 별로 없었다. 로라가 주식 투자에 실패하는 바람에 아들에게 아무것도 물려주지 못하고 죽었기 때문이다. 5년 전에 죽은 그녀는 낭만적인 성격에다가 예쁘장하긴 했지만, 돈에 대해선 아무 것도 모르는 여자였다.

엔트휘슬 씨는 조지 크로스필드에게서 시선을 떼었다.

'그런데 저 두 여자는 누구일까? 오, 저 여자가 바로 제럴딘의 딸인 로저먼드인 게로군. 예쁜 여자야. 하지만 약간 멍청해 보이는 얼굴인데. 여배우라고 했던가? 극단인가 뭔가에서 일한다고 들은 것 같은데, 배우와 결혼했다지. 잘생기기야 했지만 뻔하지 뭐.'

엔트휘슬 씨는 생각했다. 그는 배우들에 대해 심한 편견을 가지고 있었다.

'도대체 어떤 집안 출신인지 궁금하군.'

그는 미심쩍어하는 눈초리로, 부드러운 머리카락에 야성미를 지닌 마이클 세인을 슬쩍 바라보았다. 사실은 고든의 딸인 수잔 양이 로저먼드보다 연기력이 더 뛰어났다. 그리고 개성도 더 강한 편이었다. 어쩌면 평범한 일상생활에는 부적당하리만큼 개성이 강할지도 모른다.

그녀는 아주 가까이 앉아 있었기 때문에 엔트휘슬 씨는 그녀를 자세히 관찰할 수 있었다. 그녀는 검은색 머리카락에 담갈색의 눈, 그리고 매력적인 입술을 가지고 있었다. 그녀 옆에 앉아 있는 남편이란 사람은 약국의 점원이라고 들었다.

엔트휘슬 씨가 알기로는, 여자들은 카운터 뒤에서 일하는 남자와는 결혼하지 않으려고 한다던데……. 하지만 어쨌든 결국은 그 누군가와 결혼하게 될 테니까! 그 젊은이는 창백한 얼굴에 꺼칠꺼칠한 머리카락을 가지고 있었는데 몹시도 거북스러워하는 듯했다. 엔트휘슬 씨는 '왜 그럴까?' 하고 의아하게 생각했으나, 아마도 자기 아내의 친척들이 많이 있기 때문일 거라고 이해했다.

마지막으로 엔트휘슬 씨는 코라 랜스퀴네트를 살펴보았다. 그녀를 맨 나중에 살펴본 데는 그만한 이유가 있었다. 그녀는 애버니시 가족들 중에서 언제나 유별난 존재로 취급받았다.

그녀의 어머니는 열 번째 아이인(세 명의 아이들은 어려서 죽었다) 그녀를 낳다가 그만 쉰 살의 아까운 나이로 죽고 말았다.

가엾은 코라! 코라는 늘 사람들을 당황하게 만들곤 했다. 키만 컸지 속은 어수룩했으며, 가만히 있으면 좋을 때 쓸데없는 말을 불쑥 꺼내곤 했다. 그녀의 오빠나 언니들은 코라에게 친절히 대했다. 모두들 코라의 약점이나 사회생활에서의 실수들을 감싸주려고 애썼다.

그러나 코라가 결혼할 수 있으리라고는 아무도 생각지 못했다. 그만큼 코라에게는 매력이나 아름다운 곳이 한군데도 없었기 때문이다. 속이 뻔히 들여다보이는 데도, 그녀는 늘 젊은 남자들을 쫓아다니곤 했다. 그러나 그럴 때마다 남자들은 깜짝 놀라서 그녀를 피했다. 그리고 그 뒤에 랜스퀴네트 사건이 터졌다. 엔트휘슬 씨는 곰곰이 생각해보았다.

그녀는 어떤 미술학교에서 피에르 랜스퀴네트라는 프랑스 혼혈아를 만났다. 코라는 수채 물감으로 꽃을 그리는 정규 교육을 받고 있었는데, 갑자기 그걸 그만두고 '인생 수업'에 들어가게 된 것이다. 그녀는 피에르 랜스퀴네트를 만난 지 얼마 지나지 않아 그를 집으로 데려와 결혼하겠다고 말했다. 그러나 리처드 애버니시는 쉽사리 결혼을 승낙해주지 않았다.

그는 피에르의 인상이 마음에 들지 않는다고 했다. 게다가 혹시 그가 돈 많은 여자를 노리는 사기꾼일지도 모른다는 의심이 들기도 했다. 그래서 그는 피에르의 집안에 대해서 조사해보기로 했다. 그런데 그러는 동안에 코라는 그 작자와 도망쳐서 결혼식을 올려 버렸던 것이다.

그들은 브레타뉴와 콘월 등, 화가들이 모여 사는 곳에서 신혼을 보냈다. 랜스퀴네트는 형편없는 엉터리 화가였으며, 동시에 인간적으로도 쓰레기 같은 존재였다. 그런데도 코라는 그에게 헌신적이었으며, 가족들이 그를 함부로 대하는 것 같다며 무척 화를 내기도 했다. 그래서 결국 리처드는 동생의 결혼을 인정해주기로 했다.

하지만 랜스퀴네트는 돈이라고는 한 푼도 벌어 보지 못했을 것이다. 그런 그가 죽은 지 벌써 12년이 된 것 같다고 엔트휘슬 씨는 생각했다. 그리고 여기에 그의 미망인이 있다. 그녀는 뚱뚱한 몸에 화려한 장식을 한 검은 옷을 입고 여기저기를 돌아다니면서 물건을 만져보았다. 그러면서 어릴 때의 기억이 떠오를 때마다 감탄하는 소리를 내곤 했다.

그녀의 태도에는 오빠의 죽음에 대한 애도의 기색이 하나도 없었다. 하지만 원래 그녀는 자기 감정을 드러내는 성격이 아니라고 엔트휘슬 씨는 생각했다.

그때 랜스콤이 응접실로 들어왔다. 그는 이런 슬픈 분위기에 어울리는 가라앉은 목소리로 중얼거리듯이 말했다.

"점심식사가 준비되었습니다."

제2장

　맛있는 닭고기 수프와 최고급 백포도주를 곁들인 음식을 먹은 뒤라서 그런지 분위기는 훨씬 가벼워져 있었다. 아무도 리처드 애버니시의 죽음에 깊이 슬퍼하는 것 같지 않았다. 그들 중 누구도 그와 각별히 친밀한 관계에 있었던 사람이 없었기 때문이다. 그들의 태도나 행동은 형식적으로 애도의 뜻을 표하기 위한 것에 불과했다(물론 코라에게는 그들과 같은 예의 바른 행동도 찾아볼 수 없었다. 그만큼 그녀는 활기 있게 여기저기를 설치고 다녔다).

　그러나 이제 그들도 슬픈 척하던 표정을 거두고 일상적인 대화들을 나누기 시작했다. 엔트휘슬 씨가 이러한 대화들을 이끌어 나갔다. 그는 장례식에 참석한 경험이 많기 때문에 어떻게 분위기를 바꾸는지 잘 알고 있었다.

　식사가 끝나자, 랜스콤은 서재에 커피를 준비해 놓았다고 말했다. 그의 생각에 서재가 좋은 것 같아 거기에 준비해둔 것이다. 이제 사무적인 이야기를 나눌 때가 왔다. 즉, 유언장에 대해 이야기할 때가 온 것이다.

　서재는 두꺼운 벨벳 커튼이 드리워진데다가 책장들이 놓여 있어 그런 사무적인 대화를 나누기에는 알맞은 곳이었다. 랜스콤은 모인 사람들에게 커피를 따라 주고는 조용히 물러나왔다. 사람들은 한두 마디 쓸데없는 이야기를 나누다가는 이내 입을 다물었다.

　그들은 엔트휘슬 씨를 쳐다보았다. 그는 재빨리 시계를 보며 말을 꺼냈다.

　"나는 3시 30분 기차를 타야 하기 때문에 빨리 시작하겠습니다."

　다른 사람들도 역시 그 기차를 타야 했다.

　엔트휘슬 씨가 말을 꺼냈다.

　"여러분도 잘 알겠지만, 나는 돌아가신 리처드 애버니시 씨의 유언 집행인입니다."

그때 코라가 그의 말을 막으며 쾌활한 목소리로 말했다.

"나는 몰랐어요. 당신이 유언 집행인인가요? 오빠가 내게 남겨 준 게 있나요?"

그녀는 옛날부터 늘 남의 말을 막고 불쑥 끼어들곤 하는 버릇이 있었다.

그는 잠자코 있으라는 듯이 그녀를 흘끗 쳐다보고는 말을 이었다.

"1년 전까지만 해도 리처드 애버니시의 유언장은 매우 간단했습니다. 모든 재산을 다 아들인 모티머에게 물려주기로 되어 있었지요."

코라가 말했다.

"가엾은 모티머……, 소아마비는 정말 무서운 거예요."

"모티머가 너무 갑작스럽게 죽었기 때문에 리처드 씨에게는 더욱 큰 충격이었죠. 그 충격에서 헤어 나오는 데는 몇 달이 걸렸습니다. 그 뒤에 나는 그에게 새로운 유언장을 만들라고 충고했습니다."

모드 애버니시가 물었다.

"만일 그분이 새로 유언장을 작성하지 않았다면 어떻게 되는 거예요? 그럴 경우에는 모든 재산이 티모시에게로 상속되는 건가요?"

엔트휘슬 씨는 그녀의 말에 대답하는 대신 이렇게 말했다.

"내 충고대로 리처드 씨는 유언장을 새로 만들겠다고 했습니다. 그러나 그전에 그는 젊은이들을 만나보는 편이 좋다고 생각했습니다."

수잔이 마구 웃으면서 말했다.

"실물을 보고 결정하겠다는 거군요. 처음에는 조지, 다음에는 그레고리와 저, 그리고 로저먼드와 마이클을 불렀죠."

그레고리 뱅크스가 낯을 붉히면서 날카롭게 한마디 했다.

"그런 식으로 말할 것은 없잖아, 수잔. 실물을 보고 결정하다니 그런 말이 어디 있어!"

"하지만 사실이 그렇잖아요? 엔트휘슬 씨, 그렇지 않은가요?"

"내게 돌아올 재산이 있나요?" 코라가 다시 한 번 물었다.

엔트휘슬 씨는 헛기침을 한 다음 다소 차가운 목소리로 대답했다.

"여러분 모두에게 유언장 사본을 보내드리겠습니다. 지금 이 자리에서 유언장을 전부 읽어 줄 수도 있지만 어려운 법률용어들 때문에 알아듣기 힘들 겁니다. 그러니 간단히 요점만 설명하지요. 몇 가지 조그만 유품들과 랜스콤에게 지급할 연금을 제외한 나머지 부동산과 이 엄청난 땅은 똑같이 6등분하게 됩니다. 이중에서 4등분은(모든 법적 절차가 이루어진 다음) 리처드 씨의 동생인 티모시와 조카인 조지 크로스필드, 조카딸 수잔 뱅크스, 그리고 역시 조카딸인 로저먼드 세인에게 각각 분배됩니다. 그리고 나머지 2등분은 위탁하게 되며, 거기서 나오는 수입은 레오 씨의 미망인인 헬렌 애버니시 부인과 동생인 코라 랜스퀴네트 부인에게 각각 지급됩니다. 이것은 평생 지급되며, 두 분이 돌아가실 경우에는 그들의 자녀나 나머지 네 상속인들에게 분배됩니다."

"그건 참 괜찮은데요?"

코라 랜스퀴네트가 정말 감탄해서 외쳤다.

"수입금이라고요? 그런데 그게 얼마나 되죠?"

"나는, 음, 지금으로서는 정확히 말할 수 없습니다. 세금도 많을 테고 게다가……"

"대략 얼마라고는 말해주실 수 있잖아요?"

대답을 해주지 않고서는 도저히 코라의 궁금증으로부터 헤어 나올 수 없게 된 엔트휘슬 씨가 말했다.

"아마 1년에 3,000~4,000 정도가 될 겁니다."

코라가 말했다.

"어머! 카프리에 갈 수 있겠군요."

헬렌 애버니시는 부드러운 목소리로 중얼거리듯이 말했다.

"시아주버니는 정말 친절하신 분이셨지요. 내게까지 마음을 써주시다니 정말로 자상하신 분이에요."

"리처드는 부인을 무척이나 좋아했답니다."

엔트휘슬 씨가 말했다.

"레오는 그가 가장 아끼는 동생이었고, 레오가 죽고 난 뒤에도 부인이 리처드를 찾아 주시는 데 대해 늘 고마워하고 있었지요."

헬렌은 아쉬운 듯이 말했다.

"그분이 얼마나 고통을 받고 있었는지 제대로 알았어야 했는데⋯⋯. 돌아가시기 얼마 전에 뵈러 왔었지만, 그 정도로 병세가 심각한지는 미처 몰랐어요."

엔트휘슬 씨가 말했다.

"오래전부터 심각한 상태였지요. 하지만 그는 그 사실을 아무에게도 알리고 싶어 하지 않았습니다. 사실은 나도 그 사람이 그렇게 갑자기 돌아가시리라고는 생각지 못했지요. 의사도 무척 놀랐으니까요."

코라가 고개를 끄덕이면서 말했다.

"'그의 저택에서 갑작스럽게'라고 신문에 쓰여 있더군요. 그때는 정말 놀랐어요."

모드 애버니시가 한마디 거들었다.

"우리들 모두에게 엄청난 충격이었죠. 그 소식을 듣고 티모시는 몹시 충격을 받았답니다. 그도 너무나 갑작스러운 죽음이라고 말했어요."

"여러분, 모두 문제가 없다고 생각해요."

코라가 불쑥 말했다. 그러자 모든 사람들이 그녀를 빤히 쳐다보았다.

그녀는 약간 당황한 듯 재빨리 말을 이었다.

"잘된 일이에요. 잘됐고말고요. 내 말은 그런 일을 널리 알려봤자 아무런 득도 없다는 거예요. 공연히 사람들 기분만 망쳐 놓고 말 테니까요. 그런 일은 가족 외에는 그 누구에게도 알리는 게 아니에요."

그녀를 쳐다보는 사람들은 한층 더 모르겠다는 표정을 지었다.

엔트휘슬 씨가 몸을 숙이면서 말했다.

"도대체 무슨 말을 하는 건지 모르겠군요."

코라 랜스퀴네트는 놀라서 눈을 둥그렇게 뜨고 가족들을 둘러보았다. 그러고는 고개를 약간 옆으로 돌렸다.

"오빠는 살해된 거예요, 그렇지 않은가요?"

제3장

1

1등 칸에 앉은 엔트휘슬 씨는 코라 랜스쿼네트가 불쑥 꺼낸 말을 곰곰이 생각해보고 있었다. 물론 코라는 좀 어리석은 여자였으며, 어렸을 때부터 유쾌하지 못한 진실을 불쑥 이야기해서 주위 사람들을 당황하게 만들곤 했었다. 아니, 진실이라는 말은 여기에 맞는 표현이 아니다. 말도 안 되는 이야기라고 하는 편이 낫겠다.

그는 그 엉뚱한 말이 나온 다음 사람들의 반응에 대해 생각해보았다. 기가 막힌다는 표정과 깜짝 놀란 표정들은, 그녀의 말이 너무 어처구니없다는 사실을 증명해주는 것이리라.

모드는 "어쩜, 코라!" 하고 외쳤다.

조지는 "제발, 코라 아주머니." 하고 말했다.

그리고 누군가가 "도대체 그게 무슨 말이에요?"라고 말했다.

그러자 코라 랜스쿼네트는 자신의 실수를 깨닫고는 당황해서 마구 말을 더듬거렸다.

"오, 미안해요. 내 말은 그게 아니라, 물론 터무니없는 이야기로 들리겠지만, 오빠가 했던 말로 미루어 짐작한 거예요. 오, 물론 그게 아니라는 걸 알고 있지만, 오빠가 너무나 갑자기 돌아가셔서……. 내가 한 말을 염두에 두지 말아요. 그런 말을 하는 게 아니었는데……, 언제나 실수를 하고 만다니까."

그러자 이내 소동이 가라앉았고 사람들은 리처드 애버니시의 유산 문제에 대한 사무적인 이야기를 꺼내기 시작했다.

엔트휘슬 씨는 저택과 가구는 경매에 붙여질 것이라고 보충 설명을 했다.

코라의 어처구니없는 실언은 곧 잊혀졌다. 어쨌든 코라는 좀 경망스러운 여자로 취급받고 있었다. 그녀는 도대체 해야 할 말과 하지 말아야 할 말을 구분하지 못했다. 열아홉 살 때는 그런 것이 별로 문제가 되지 않았지만, 거의 쉰 살이나 먹은 여자가 그런다는 것은 정말 한심한 일이었다.

유쾌하지 못한 진실을 불쑥불쑥 이야기해버린다는 것은……

이렇게 생각하던 엔트휘슬 씨는 문득 자기도 모르게 두 번씩이나 똑같은 말을 떠올렸다는 걸 깨달았다. '진실'이란 말!

그런데 왜 그 말이 자꾸만 신경에 거슬리는 것일까? 물론 코라의 어처구니없는 실언으로 생긴 당혹감 때문일 것이다. 즉, 그녀의 터무니없는 이야기 속에 바로 그들이 그렇게 당혹할 만한 어떤 진실이 숨겨져 있기 때문은 아니었을까?

비록 이제는 마흔아홉 살의 뚱뚱한 중년부인이 된 코라였지만, 엔트휘슬 씨는 여전히 예전 그녀의 모습을 찾아볼 수 있었다. 즉, 고개를 새처럼 약간 외로 꼰다든가 하는 버릇이 여전히 남아 있었던 것이다.

언젠가 코라는 바로 그런 모습으로 고개를 꼰 채 하녀의 몸매에 대해 말한 적이 있었다.

"몰리는 배가 너무 나와서 식탁에 가까이 갈 수가 없어. 한두 달 전만 해도 그렇지 않았는데……, 갑자기 왜 그렇게 뚱뚱해진 거지?"

코라는 이 말을 했다는 이유로 안 좋은 말을 들었다. 그리고 다음날 하녀는 당장 쫓겨났으며, 그녀와 관계를 가진 정원사에게는 그녀를 정식 아내로 맞아들이라는 명령이 떨어졌다. 결국 리처드의 명령대로 그들은 작은 집(리처드가 준 집)에서 살게 되었다. 애버니시 집안은 이렇게 빅토리아 시대의 엄격한 가풍을 가지고 있었다. 아주 오래된 일이라서 기억조차 희미해졌다. 하지만 대강 그런 일이었다.

엔트휘슬 씨는 자신의 신경이 왜 이렇게 날카로워졌는지를 다시 생각해보았다. 코라의 엉뚱한 말 속에 무의식중에 그를 괴롭힐 만한 그 어떤 것이 들어 있었던 것일까?

그는 코라의 말을 두 가지 내용으로 분리해서 생각해보았다.

'오빠가 했던 말로 미루어 짐작한 거예요.'라는 것과 '오빠가 너무나 갑자기 돌아가셨기 때문에……'라는 두 가지 내용이었다.

엔트휘슬 씨는 우선 두 번째 내용에 대해 생각해보았다.

그렇지, 리처드의 죽음은 정말로 갑작스러운 것이었다. 그는 언젠가 리처드의 건강에 대해 리처드의 주치의와 이야기한 적이 있었다. 주치의는 리처드가 오래 살지는 못할 것이라고 말했다. 그러나 리처드가 자신의 건강에 좀더 신경을 쓴다면 2, 3년 정도는 살 수 있을 것이라고 했다. 어쩌면 그보다 더 오래 살지도 모르지만, 그럴 것 같지는 않다고 말했다.

하지만 주치의도 리처드가 이렇게 빨리 죽으리라고는 전혀 예상하지 못했다. 의사의 판단이 잘못되었을 수도 있지. 의사들 자신도 인정하듯이, 환자의 상태가 어떻게 변할지는 전혀 예측할 수가 없으니까.

불치병이라고 포기했는데도 뜻하지 않게 소생하는 경우가 있다. 그런가 하면, 회복 상태에 들어섰다고 믿었던 환자가 갑자기 재발해서 죽어 버리는 경우도 있다. 병이란 것은 바로 환자 자신의 생명력에 달린 것이다. 즉, 환자 스스로의 삶에 대한 욕구에 달린 것이다.

그런데 리처드 애버니시의 경우는 어떤가? 그는 비록 신체적으로 건강하긴 했지만 삶에 대한 의욕이 없었다. 6개월 전에 그의 외아들인 모티머가 소아마비에 걸린 지 채 1주일도 안 되어서 죽고 말았다.

그가 아주 튼튼하고 활기찬 젊은이였다는 사실 때문에 그의 죽음은 더욱 충격적이었다. 그는 만능 운동선수였으며 무척 건강해서 단 하루도 앓아 본 적이 없었다. 그는 어떤 어여쁜 처녀와 약혼을 하려던 참이었다. 그리고 그의 아버지 리처드는 사랑하는 아들에게 모든 기대를 걸고 있었다.

하지만 행복한 미래 대신에 비극이 찾아왔다. 모티머의 죽음은 개인적인 손실뿐만 아니라, 리처드 애버니시의 뒤를 이을 사람이 없다는 의미에서 더욱 비극적이었다. 그의 외아들이 죽었으며, 손자도 없으니 그에게는 후계자가 아무도 없는 셈이었다. 리처드는 막대한 재산과 사업을 관리하는 사람이었다. 이제 누가 그 재산과 사업을 계승해나갈 것인가? 이러한 생각 때문에 리처드는 몹시 고심했었다. 유일하게 살아 있는 그의 동생은 몸이 무척 허약했다. 그렇다면 남은 것은 결국 젊은 세대뿐이다. 그런 생각이 리처드의 마음속에 떠올랐을 것이다. 비록 입 밖으로 말하지는 않았지만 자신의 후계자를 한 명 정해

두기로 마음먹었을 것이다.

엔트휘슬 씨도 알고 있는 사실이지만, 리처드는 지난 6개월 동안 조지와 수잔 부부, 로저먼드 부부, 그리고 레오 애버니시 부인을 차례로 만났다. 아마도 그는 조지와 수잔 부부, 그리고 로저먼드 부부 중에서 자신의 후계자를 고르려고 했던 모양이라고 엔트휘슬 씨는 생각했다.

헬렌 애버니시는 다만 개인적인 호감 때문에 만났을 거라고 생각했다. 어쩌면 그녀의 충고가 필요했는지도 모른다. 리처드는 평소에 그녀의 분별력을 높이 평가하고 있었기 때문이다.

엔트휘슬 씨의 기억에 의하면 리처드는 동생인 티모시를 찾아간 적이 있었다. 그러한 노력의 결과가 지금 엔트휘슬 씨의 가방 속에 있는 유언장에 나타나 있다. 그 결과란 재산의 공평한 분배였다. 결국, 리처드는 자신의 조카나 조카딸들에게 실망하고 말았다는 이야기가 된다. 또한 조카딸들의 남편들에게도 역시 실망했다는 결론이다.

엔트휘슬 씨가 아는 한, 리처드는 누이동생인 코라 랜스퀘네트를 초대한 적이 없었다. 그의 생각은 다시 코라의 엉뚱한 이야기로 되돌아갔다.

'오빠가 했던 말로 미루어 짐작한 거예요.'

그렇다면 리처드 애버니시는 과연 무슨 말을 했던 것일까? 그리고 언제 말했을까? 만일, 코라가 엔더비를 찾은 적이 없었다면 리처드 애버니시가 그녀를 찾아갔다는 결론이 나온다.

혹시 편지로 그런 말을 했던 것은 아닐까?

엔트휘슬 씨는 눈살을 찌푸리면서 생각을 거듭했다. 물론 코라는 어리석은 여자다. 그렇게 어리석은 여자라면 남의 이야기를 잘못 이해하기가 십상이다.

하지만 그 이야기는 과연 무엇이었을까······? 별다른 중요한 문제가 아닐지도 모른다. 신경 쓰지 말아야겠다고 생각했지만, 그는 여전히 궁금증을 떨쳐버릴 수가 없었다.

리처드 애버니시가 도대체 무슨 말을 했기에 그녀가 그런 엉뚱한 이야기를 꺼낸 것일까?

'하지만 오빠는 살해된 거예요, 그렇지 않은가요?'

코라는 왜 이런 엉뚱한 말을 했을까?

2

3등 칸에 자리 잡은 그레고리 뱅크스는 아내에게 말하고 있었다.

"당신 아주머니는 정말 바보야."

"코라 아주머니 말이에요?"

수잔은 건성으로 대답했다.

"오, 그래요. 원래가 단순한 분이니까요."

조지 크로스필드가 맞은편에 앉아 있다가 신경질적으로 한마디 했다.

"그런 이야기를 못 꺼내도록 했어야 하는 건데……. 사람들이 쓸데없는 생각을 하게 될지도 모른단 말이야."

로저먼드 세인은 입술에 립스틱을 바르고 있다가 건성으로 대꾸했다.

"아무도 그런 터무니없는 이야기에 신경 쓰지 않을 거예요. 게다가 그 우스꽝스러운 옷차림새는 정말……."

조지가 고집스럽게 말했다.

"어쨌든 그런 이야기는 아예 꺼내지 못하도록 막아야 했어."

"그만둬요, 조지."

로저먼드는 웃으면서 이렇게 말한 다음, 립스틱이 잘 발라졌는지 거울에 비춰 보았다.

그녀의 남편이 불쑥 말을 꺼냈다.

"조지 말이 맞는 것 같아. 공연히 사람들 입에 오르내리면 골치 아픈 일이 벌어지게 된다고."

"그게 뭐 어때서요?"

립스틱을 바른 로저먼드의 입술이 미소 지었다.

"오히려 재미있을 텐데요."

"재미있다고?"

네 사람이 동시에 외쳤다.

"우리 집안에서 살인사건이 일어나다니……."

로저먼드가 설명했다.

"짜릿하지 않아요?"

그 순간 그레고리 뱅크스는 로저먼드가 아름답다는 점만 빼놓고는 코라 아주머니와 몹시 닮았다는 느낌이 들었다. 그리고 다음 순간 터져 나온 그녀의 말은 이러한 그의 생각을 마치 입증이라도 하는 듯했다.

"만일, 정말 살해된 거라면 누가 살해한 걸까요?"

로저먼드는 이렇게 말하며 의미심장한 눈길로 주위 사람들을 훑어보았다.

"우리에게는 아저씨가 돌아가신 게 오히려 잘된 일이에요."

그녀는 생각에 잠긴 목소리로 말했다.

"마이클과 나는 파산 직전이었거든요. 마이클은 좀더 기다린다면 샌드번 쇼에서 좋은 배역을 주겠다는 제의를 받았답니다. 이제부터 우리는 화려한 생활을 하게 될 거예요. 원한다면 언제든지 우리 돈으로 마음껏 쇼를 벌일 수도 있게 될 거고요. 실제로 훌륭한 배역만 맡게 된다면……."

아무도 로저먼드가 신바람이 나서 떠드는 소리에 귀를 기울이지 않았다. 그들은 각각 자신들의 미래에 대해서 생각하고 있었다.

조지는 생각했다.

'정말 아슬아슬했어. 이제 그 돈을 제자리에 갖다 두면 아무도 눈치 채지 못하겠지. 하지만 정말 위험했어.'

그는 의자 깊숙이 몸을 기댔다. 이제는 귀찮은 일로부터 해방된 것이다.

수잔이 카랑카랑한 목소리로 말했다.

"물론 리처드 아저씨가 가엾기는 하지만, 나이도 어지간히 드신데다가 모티머까지 죽어 버렸으니 살아갈 의욕이 없으셨을 거예요. 오랫동안 병고에 시달리는 것보다는 차라리 깨끗하게 갑자기 돌아가시는 편이 훨씬 나아요."

그녀는 이렇게 말한 뒤, 생각에 잠긴 남편의 얼굴을 바라보았다. 그녀의 오만했던 표정은 일순간에 사라지고 부드러운 표정으로 바뀌었다. 그녀는 그레고리를 사랑하고 있었던 것이다.

그녀는 그가 자신만큼 사랑하지 않는다는 사실을 막연하게나마 깨닫고 있었지만 그런 사실은 그녀의 사랑을 더욱 부채질할 뿐이었다. 누가 뭐래도 그 레고리는 그녀의 것이었으니까. 그녀는 그를 위해서라면 무슨 일이라도 할 것이다. 무슨 일이라도 마다하지 않고…….

3

모드 애버니시는 저녁식사를 하기 위해 옷을 갈아입었다(그녀는 엔더비에서 묵고 갈 생각이었다). 그녀는 헬렌과 함께 집안일을 거들기 위해 좀더 오래 머물러 있어야 할까, 아니면 그냥 돌아갈까 망설이고 있었다.

리처드의 물건을 정리해야 할 텐데. 어쩌면 서류들도 있을지 모르는 일이고 물론 중요한 서류들은 모두 엔트휘슬 씨가 가져갔을 테지만.

빨리 티모시에게 가봐야 한다. 그는 그녀가 옆에서 돌봐주지 않으면 언제나 짜증을 냈다. 제발 그가 유언장 때문에 괴로워하지 않기를…….

티모시는 리처드의 재산이 대부분 자기에게 돌아오게 될 거라고 잔뜩 기대하고 있었다. 그도 그럴 것이, 그는 코넬리우스 애버니시의 유일하게 살아 있는 아들이니까. 리처드가, 티모시가 젊은 애들을 돌볼 능력이 있다고 믿어주었으면 좋았을 텐데. 그녀는 티모시의 기분이 상할까 봐 걱정되었다.

화가 나면 그는 소화를 잘 시키지 못했다. 게다가 화가 날 때면 이성을 잃곤 했다. 그녀는 바튼 박사에게 의논해볼까 하고 생각했다. 그 수면제, 티모시는 최근에 수면제를 지나치게 많이 먹었다. 약병을 빼앗으려고 하면 티모시는 벌컥 화를 냈다. 하지만 수면제를 과용하는 건 위험한 일이다. 바튼 박사도 위험하다고 말했다. 일단 먹기 시작하면 중독이 되어서 계속 양을 늘려 가게 된다. 어쩌면 생명까지 위독해질 수도 있다고 했다! 그런데도 티모시는 규정량을 초과해서 먹기 때문에 약병에는 불과 몇 알밖에 남아 있지 않았다.

티모시는 정말 약을 함부로 먹는 편이었다. 그는 그녀 말에는 코웃음도 치지 않았다. 어느 때 보면 아주 딴사람처럼 보이기까지 했다. 그녀는 한숨을 내쉬었다. 하지만 이내 그녀의 표정은 밝아졌다. 어쨌든 이제부터는 훨씬 넉넉하게 살 수 있을 것이다. 그 정도 유산만 해도…….

4

　헬렌 애버니시는 모두가 식사하러 내려오기를 기다리면서 응접실의 벽난로 옆에 앉아 있었다. 그녀는 주위를 둘러보며 바로 이곳에서 레오를 포함한 여러 사람들이 앉아 있었던 때를 떠올렸다. 그때는 행복한 집이었다.

　하지만 이런 집에는 사람들이 필요했다. 어린아이들이 떠들어대는 소리와 여러 하인들과 파티, 그리고 겨울에는 활활 타오르는 벽난로들이 필요한 집이었다. 그러나 외아들을 잃은 노인이 혼자 살면서부터 이 집에는 슬픈 분위기만이 가득했다.

　누가 이 집을 사게 될까 하고 그녀는 속으로 생각했다. 호텔이나 학원이 아니면 젊은이들을 위한 유스호스텔 같은 것으로 쓰일지도 모른다. 요즘에는 큰 저택들이 다 그렇게 개조되고 있으니까…… 단지 살기 위해 이런 큰 저택을 구입하는 사람은 없을 것이다. 어쩌면 저택을 헐고 나서 그 땅에다 새로운 건물을 지을지도 모르지.

　이런 생각들을 하고 있노라니 그녀는 마음이 서글퍼졌다. 하지만 이내 그녀는 서글픈 기분을 깨끗하게 떨쳐 버렸다. 과거에 연연해보았자 무슨 소용이 있겠는가! 예전에 이 집에는 레오가 있었고 행복이 있었지만, 이젠 그 모든 것이 다 지나간 과거일 뿐이다.

　그녀는 나름대로 활동을 하고 있고 친구도 있고 재산도 소유하고 있다.

　그렇다! 그녀는 재산도 있었던 것이다. 게다가 이제는 리처드가 물려준 수입금도 있으니까, 그녀는 키프러스에다 별장을 마련할 수 있을 것이다. 그리고 지금까지 계획했던 것들을 모두 실현할 수 있게 될 것이다.

　최근에는 얼마나 돈에 쪼들렸던가! 세금하며, 투자했던 것들마저 몽땅 실패하고 말았으니…… 이제는 리처드의 유산 덕분에 이런 모든 걱정이 다 사라졌다. 가엾은 리처드, 그는 고통 없이 잠자다 죽었다고 한다.

　하지만 그것도 은총이야…… 22일 밤에 갑자기 돌아가셨으니……

　그녀의 생각은 코라가 불쑥 내뱉었던 말에 이르렀다.

코라는 정말 한심한 사람이야! 언제나 그 모양이라니까.

헬렌은 언젠가 외국에서 피에르와 갓 결혼한 그녀와 만났던 때를 떠올렸다. 그때 그녀는 고개를 한쪽으로 꼰 채로 그림에 대해, 특히 자기 남편의 그림에 대해 정신없이 늘어놓았다. 그녀의 그런 어리석은 수다 때문에 그녀의 남편은 무척 거북해했을 것이다. 어떤 남편도 자기 아내가 그처럼 바보같이 행동하는 걸 좋아할 리가 없을 테니까.

코라는 정말 바보야! 도대체 언제나 터무니없는 말만 해대니, 남편이 함부로 대했던 것도 무리는 아니지.

헬렌은 둥그런 탁자 위에 놓인 조화(造花)를 멍하니 바라보았다. 사람들이 교회로 떠나기 위해 기다리고 있을 때 코라는 저 탁자 옆에 앉아 있었다. 그녀는 옛 물건들을 볼 때마다 즐거운 비명을 지르면서 추억을 떠올리곤 했다. 그녀는 사람들이 이곳에 모인 이유를 새까맣게 잊어버린 듯했다.

'하지만 그런 코라가 우리들보다 덜 위선적이라고도 할 수 있지.'

코라는 원래 예의범절 같은 것을 따지는 사람이 아니었다. 엉뚱한 말을 불쑥 꺼낸 것만 봐도 알 수 있다.

"하지만 오빠는 살해된 거예요, 그렇지 않은가요?"라고 말하다니, 역시 그녀다운 행동이야. 그 순간 사람들의 얼굴에 나타난 표정이란! 깜짝 놀라서 코라를 쳐다보는 그들의 얼굴에는 갖가지 표정이 어렸었지.

그런데 여기까지 생각을 하던 헬렌은 문득 충격을 받았다. 뭔가 이상한 점이 느껴졌던 것이다. 무슨 일일까? 누군가가? 누군가의 얼굴에 나타난 표정 때문이었을까? 그 때문이었을까? 왜 이상한 느낌이 든 것일까?

그녀는 그 이유를 알 수 없었다. 분명히 끄집어낼 수가 없었다.

하지만 확실히 뭔가 어색한 것이 있었다.

5

한편, 상복차림을 한 어떤 부인이 스윈든에서 정신없이 빵과 차를 먹으며 미래에 대한 꿈에 부풀어 있었다. 그녀의 얼굴에서는 어떤 불행의 그림자도 찾아볼 수 없었다.

참으로 지루한 여행이었다. 차라리 런던을 거쳐서 리체트 세인트 메리로 돌아가는 편이 나았을 텐데……. 비용도 별로 차이가 나지 않고 말이야. 하지만 이제 비용 따위는 전혀 걱정할 필요가 없다. 돈 때문이 아니라 다른 친척들과 함께 여행하기 싫어서 이 노선을 선택한 것이다. 여행하면서 내내 이야기해야 한다는 것은 정말 피곤한 일이다.

그러니 차라리 잘된 것이지. 빵이 무척 맛있군. 장례식 때문에 무척 배가 고팠기 때문인지 엔더비에서 먹었던 수프는 무척 맛있었어. 그리고 그 수플레도 괜찮았지. 하지만 정말 위선적인 인간들이야! 살해되었을 거라고 말했을 때 그들의 표정들이란 정말! 하지만 역시 말하길 잘했어. 암, 잘한 일이고말고.

그녀는 스스로 흡족해하면서 고개를 끄덕였다. 그러고는 시계를 흘끗 쳐다보았다. 기차가 출발하기 5분 전이었다.

그녀는 차를 마셨다.

'맛이 없군.'

그녀는 얼굴을 찡그렸다.

그녀는 공상의 날개를 펼쳤다. 미래가 그녀 앞에 전개되고 있었다. 그녀는 마치 행복한 어린아이처럼 미소를 지었다.

이제야말로 즐겁게 살 수 있을 테지.

그녀는 미래에 대한 계획을 세우면서 기차가 있는 데로 걸어갔다.

제4장

1

엔트휘슬 씨는 편안하게 잠을 이루지 못했다. 그리고 너무 피곤하고 몸이 불편했기 때문에 아침에 일어날 수가 없었다. 그와 함께 살면서 살림을 해주는 누이동생이 아침식사를 날라다 주면서 마구 잔소리를 해댔다. 그 나이에, 게다가 그렇게 건강이 안 좋은 몸으로 북부까지 여행한 것은 바보 같은 짓이라는 그녀의 잔소리에, 엔트휘슬 씨는 리처드가 오랜 친구이기 때문에 어쩔 수 없었노라고 변명했다.

그의 누이는 여전히 못마땅하다는 듯이 소리쳤다.

"장례식은요! 오빠처럼 나이 든 사람에게는 장례식에 참석하는 것이 무리예요! 건강에 주의하지 않으면 오빠도 애버니시 씨처럼 갑자기 변을 당하게 될지도 몰라요."

'갑자기'라는 말에 엔트휘슬 씨는 몸을 흠칫하고는 말을 하지 못했다.

그는 더 이상 아무런 대꾸도 하지 않았다. 그는 자신이 왜 '갑자기'라는 말에 흠칫했는지 잘 알고 있었다.

코라 랜스퀴네트! 그녀의 말은 전혀 터무니없는 소리였지만, 그래도 왜 그런 말이 나오게 되었는지 그 이유를 알고 싶었다. 그래, 리체트 세인트 메리에 가보자. 어차피 유언 검인증 일로 그녀의 서명을 받아야 할 것도 있으니까. 하지만 그녀의 엉뚱한 말에 내가 신경 쓰고 있다는 눈치를 보여서는 안 된다. 어쨌든 조만간 그녀를 만나러 가야겠군.

그는 아침식사를 마친 뒤, 베개에 등을 기댄 채 타임지를 읽었다. 신문을 읽는 동안에 그의 마음은 점차로 느긋해졌다.

저녁 5시 45분에 전화벨이 울렸다. 그가 수화기를 집어들자, 볼라드 회사의 이등 변호사인 제임스 패럿의 목소리가 흘러나왔다.

"엔트휘슬 씨, 일이 생겼습니다. 방금 리체트 세인트 메리의 경찰에서 전화가 왔었는데요."

"리체트 세인트 메리?"

"예, 음……." 패럿은 잠시 말을 끊었다. 그는 당황한 것 같았다.

"코라 랜스퀘네트 부인에 대한 일입니다. 그 부인도 애버니시 씨의 재산을 상속받기로 되어 있지 않나요?"

"물론 그렇소. 어제 장례식에서 그 부인을 만났지."

"그렇습니까? 장례식에 갔었나요?"

"그렇소. 그 부인에게 무슨 일이라도 생겼소?"

"예……." 패럿은 변명하듯이 말을 이었다.

"부인이, 너무나 뜻밖이라서……, 음, 살해되었습니다."

패럿은 마치 절대로 해서는 안 되는 더러운 말이라도 되는 듯 그 말을 내뱉었다. 그는 그런 종류의 말은 볼라드 회사에는 어울리지 않는다고 생각하는 것 같았다.

"살해되었다고?"

"예……, 유감스럽지만 그렇습니다. 분명한 사실입니다."

"그런데 어떻게 경찰이 우리에게 연락하게 된 거요?"

"친구인가 가정부인가 하여튼 질크리스트라는 여자가 있는데, 경찰이 그 여자에게 코라의 친척이나 변호사의 이름을 물어보았답니다. 그런데 이 질크리스트라는 여자는 친척들에 대해선 아무것도 모르고 우리에 대해서는 알고 있었다더군요. 그래서 즉각 우리에게 연락이 온 겁니다."

엔트휘슬 씨가 물었다.

"경찰은 왜 부인이 살해된 걸로 단정하는 거요?"

패럿은 다시 변명하듯이 말했다.

"글쎄요, 의심의 여지가 없는 모양입니다. 도끼 같은 것으로 살해당했다더군요……. 끔찍한 사건이죠."

"강도인가?"

"아마 그런 모양입니다. 창문 유리 하나가 깨어져 있었고, 옷장 서랍들이 열린 채 자질구레한 장식들이 없어졌다니까요. 하지만 경찰은 강도를 가장한 살인일지도 모른다고 생각하고 있습니다."

"언제 사건이 발생했다던가?"

"오늘 오후 2~4시 사이라고 합니다."

"가정부는 어디 있었다고 하나?"

"책을 바꾸러 갔었답니다. 5시경에 돌아와 보니, 이미 랜스퀴네트 부인이 죽어 있었답니다. 경찰 측에서는 우리가 어떤 정보를 제공해주기를 기대하고 있는 눈치입니다. 이를테면 그 부인을 죽일 만한 동기를 가진 사람이라도 알려줄까 하고요. 그래서 이렇게 말해줬습니다."

패럿의 목소리는 흥분된 듯했다.

"그런 일은 절대로 없을 거라고요."

"그거야 물론이지."

"분명히 어떤 미친 건달 녀석이 한 짓일 겁니다. 혹시 뭔가 훔칠 게 있나 하고 들어갔다가, 얼떨결에 부인을 죽였을 겁니다. 틀림없어요. 그렇게 생각하지 않습니까?"

"그래, 당신 말이 맞소."

엔트휘슬 씨는 건성으로 대꾸하고는 속으로 중얼거렸다.

'패럿의 말이 맞아. 분명히 그렇게 되었을 거야.'

하지만 그의 마음속에서 들려오는 코라의 목소리가 그를 괴롭히고 있었다.

"오빠는 살해된 거예요, 그렇지 않은가요?"

바보 같으니라고. 코라는 언제나 그랬다. 감히 엄두도 내지 못할 이야기를 불쑥불쑥 내뱉곤 했지. 환영받지 못할 진실을······.

진실! 그 말이 어느새 또다시 튀어나왔다.

2

엔트휘슬 씨와 모튼 경위는 서로를 탐색하듯이 살펴보고 있었다. 엔트휘슬 씨는 코라 랜스퀴네트에 대해 아는 것을 모두 경위에게 알려 주었다. 그녀의 출생과 결혼, 미망인 시절, 그리고 그녀의 경제적인 사정과 친척 관계 등을 모두 말해주었다.

"티모시 애버니시 씨라고 현재 살아 있는 오빠가 한 명 있긴 하지만, 그는 몸이 불편해서 집에서 움직이지도 못하지요. 그래서 그는 모든 필요한 업무를 다 내게 맡겼던 겁니다."

경위는 그의 말에 고개를 끄덕였다. 그로서도 유명한 변호사와 이야기하는 것이 훨씬 편했다. 더구나 그는 변호사가 어쩌면 사건의 실마리를 제공해줄 수 있을지도 모른다는 기대를 가지고 있었다.

경위가 말을 꺼냈다.

"부인이 사망하기 전날, 오빠의 장례식에 참석하러 북부에 갔었다는 게 사실입니까?"

"그렇소. 나도 참석했었지요."

"뭔가 이상한 점은 없었습니까? 부인의 태도에 말입니다."

엔트휘슬 씨는 짐짓 놀란 표정으로 물었다.

"살해되기 직전에는 원래 이상한 태도가 있게 마련인가요?"

경위는 다소 씁쓰레하게 미소 지었다.

"꼭 부인이 뭔가 불길한 징조를 나타냈다는 게 아닙니다. 그저 뭔가를……, 글쎄, 좀 유별난 태도랄까요. 그런 걸 좀 알아낼 수 있지 않을까 해서요."

"무슨 뜻인지 난 잘 모르겠군요."

엔트휘슬 씨가 말했다.

"쉬운 사건은 아닙니다, 엔트휘슬 씨. 질크리스트가 2시경에 집을 나와 정류장으로 가는 것을 누군가 지켜보고 있었다고 생각해봅시다. 이 사람이 헛간에서 도끼를 가져와 주방 유리창을 부순 다음, 집 안으로 숨어 들어가서 도끼로 부인을 살해했습니다. 7, 8번 정도 내리쳤지요. 정말 끔찍한 일입니다."

엔트휘슬 씨는 이 말에 움찔했다.

"오, 정말 잔인한 범죄로군요. 그리고 나서 침입자는 옷장 서랍을 뒤져서 값나가는 물건들을 챙겨 달아났겠군요. 부인은 잠들어 있었소?"

"그렇습니다. 전날 밤 늦게 장례식에서 돌아와서 몹시 피곤했던 모양입니다.

내가 알기론, 부인도 유산을 상속받게 되었다던데요?"

"그렇소"

"부인은 깊이 잠들지 못하고, 심한 두통 때문에 깨어났습니다. 차를 여러 잔 마시고 두통약을 먹은 다음, 질크리스트에게 점심때까지 깨우지 말라고 했습니다. 그래도 몸이 불편해서 잠이 오지 않았는지 수면제를 두 알 더 먹었습니다. 그리고 질크리스트에게 책을 바꿔오라고 심부름을 시켰습니다. 범인이 들어왔을 때, 부인은 잠들어 있지는 않았다고 해도 반쯤은 졸고 있었을 겁니다. 그러니 범인은 쉽사리 부인을 해칠 수 있었던 거지요"

"어쩌면 그저 위협만 하려고 했던 것인지도 모르죠"

엔트휘슬 씨가 말했다.

"그런데 뜻밖에도 반항하는 바람에……."

"시체를 검사해본 결과, 반항한 흔적이 나타나지 않았습니다. 옆으로 누워서 잠들어 있다가 살해되었다는 결론이 나왔거든요"

엔트휘슬 씨는 괴로운 표정으로 의자에 주저앉으며 말했다.

"정말 잔인하고 어리석은 짓이오"

"예, 그렇고말고요. 그런데 이 지방 불량배들의 소행은 아닐 겁니다. 우리는 그렇게 확신하고 있습니다. 불량배들을 충분히 조사해보았는데, 대부분이 그때 다른 일을 하고 있었습니다. 또 마을 사람들의 눈에 띄지 않고서 부인의 집에 침입하기란 쉬운 일이 아닙니다. 마을에는 길이 여러 군데로 나 있는데, 바퀴 자국은 없었습니다. 며칠 동안 비가 오지 않았기 때문에 누군가 차를 타고 왔다 하더라도 자국은 나지 않았을 테지만요"

엔트휘슬 씨가 날카롭게 물었다.

"그렇다면 당신은 범인이 차를 타고 왔다고 생각하는 거요?"

경위는 어깨를 한 번 으쓱했다.

"그건 뭐라고 대답할 수가 없군요. 다만 내가 말씀드릴 수 있는 것은, 이 사건에는 어딘지 미심쩍은 데가 있다는 겁니다. 예를 들어……."

그는 책상 속에서 뭔가를 한 움큼 끄집어냈다. 작은 진주가 박힌 브로치와 자수정 브로치, 진주 목걸이, 그리고 산호 팔찌였다.

"이 물건들은 부인의 보석함에 있던 것들입니다. 그 집 바깥에 있는 덤불 속에서 발견되었지요."

"음, 정말 이상하군. 어쩌면, 범인이 자신의 행동에 스스로 겁을 먹었을지도 모르지……."

"그럴 수도 있겠지요. 하지만 그렇다면 이것들은 방에 떨어져 있어야 하지 않을까요? 물론, 침실과 정문 사이를 빠져나가다가 갑자기 공포를 느꼈을 수도 있겠지만요."

엔트휘슬 씨는 조용히 말했다.

"아니면 당신이 말한 대로 강도로 가장하기 위한 속임수일 수도 있겠군요."

"예, 여러 가지 가능성이 있습니다. 물론 질크리스트가 한 짓일 수도 있고요. 여자 둘이서만 살고 있으니 두 사람 사이에 어떤 불화가 있었는지는 아무도 알 수 없습니다. 그래서 우리는 그 같은 가능성을 충분히 검토해보았습니다. 하지만 그런 것은 없었던 것 같습니다. 모든 점에서, 그들 두 사람은 의좋게 살고 있었다는 결론이 나왔으니까요."

그는 잠시 말을 끊었다가 다시 계속했다.

"선생님 말대로라면, 랜스퀴네트 부인의 죽음으로 이득을 보는 사람이 아무도 없지 않습니까?"

"그렇게 딱 잘라서 말한 적은 없소."

모든 경위는 날카로운 눈초리로 그를 쳐다보았다.

"선생님은 랜스퀴네트 부인의 수입은 그녀의 오빠가 보내 준 것이고, 선생님이 아는 한 부인의 재산은 없다고 말씀하셨지요?"

"그렇소. 부인의 남편은 파산한 채로 죽었으며, 부인의 성격상 돈을 저축해 두지는 않았을 테니까요."

"그 집도 부인의 소유가 아니라 임대한 것이었으며, 가구들도 모두 싸구려 물건들이었습니다. 가짜 참나무 가구들과 싸구려 미술품들이 몇 점 있더군요. 그런 것들은 물려받는다고 해도 별로 도움이 되지 않을 겁니다. 만일 부인이 유언장을 만들어 두었다면 말입니다."

엔트휘슬 씨는 고개를 저었다.

"나는 부인의 유언장에 대해서는 아무것도 모르오. 잘 알겠지만, 나는 오랫동안 부인과 왕래가 없었으니까."

"부인에게는 상속받은 재산을 임의로 처리할 권한이 있었습니까?"

"아니, 부인에게는 그런 권한이 없소. 부인이 죽었으니까, 그 재산은 나머지 5명의 상속인들에게 골고루 분배될 거요. 결국 그들 5명이 덕을 보게 되는 셈이지."

그러자 경위의 얼굴에는 실망하는 표정이 역력했다.

"나는 혹시나 했습니다. 어쨌든 부인을 살해할 만한 뚜렷한 동기를 가진 사람은 아무도 없군요. 그렇다면 어떤 정신 나간 녀석이 한 짓이라고 볼 수밖에 없겠군요. 어쩌면 청소년 범죄일지도 모릅니다. 그런 범죄가 흔하니까요. 일을 저지른 범인은 혼비백산해서 훔친 물건들을 던져 버리고 달아났다…… 그래요, 분명히 그럴 겁니다."

"그런데 질크리스트는 시체를 언제 발견했다던가요?"

"5시가 막 지났을 때라고 합니다. 그녀는 4시 50분 버스를 타고 돌아왔답니다. 집에 돌아온 그녀는 곧장 주방으로 들어가 차를 끓일 준비를 했답니다. 그때까지 랜스퀴네트 부인의 방에서는 아무 소리도 들리지 않았답니다. 그녀는 부인이 아직 잠들어 있는 것으로만 생각했습니다. 그런데 다음 순간 주방 창문이 깨진 것이 눈에 띄었습니다. 그때까지만 해도 그녀는 아이들이 공놀이하다가 창문을 깨뜨린 것이라고 생각했답니다.

잠시 뒤, 그녀는 조용히 랜스퀴네트 부인의 방으로 갔습니다. 부인이 아직 잠들어 있는지, 아니면 차를 마실 것인지를 알아보기 위해서였지요. 다음 순간, 그녀는 소스라치게 놀라 비명을 지르고 가까운 이웃집으로 달려갔습니다. 그녀의 진술에는 미심쩍은 점이 없었습니다. 그리고 그녀의 방이나 옷에서도 아무런 핏자국도 발견되지 않았습니다. 질크리스트는 이 사건과 아무런 관계가 없는 것 같습니다. 5시 30분경에 의사가 도착했는데, 그의 추정대로라면 사망 시간은 최소한 4시 전입니다. 그리고 2시가 조금 지났을 때 사망했을 수도 있다고 했습니다. 그러니 범인은 질크리스트가 집을 나서는 것을 기다리고 있었다는 결론이 나옵니다."

엔트휘슬 씨는 얼굴을 약간 찡그렸다.

모튼 경위는 말을 이었다.

"질크리스트를 만나보시겠습니까?"

"그렇게 하는 것이 좋겠소"

"그렇게 해주신다니 정말 감사합니다. 물론 그녀는 자기가 알고 있는 사실을 모두 말했다고는 생각하고 있습니다. 하지만 중요한 사실을 빠뜨렸을 수도 있으니까요. 그녀는 깐깐하고 까다롭기는 하지만, 예민한 사람이어서 많은 도움이 되었습니다."

그는 잠시 말을 끊더니 다시 계속했다.

"시체는 임시 안치소에 있습니다. 한번 보고 싶으시다면……."

엔트휘슬 씨는 꺼림칙했으나 보겠다고 했다.

몇 분 뒤, 그는 코라 랜스퀴네트의 시체를 내려다보고 있었다. 그녀는 무참하게 살해당했다. 머리카락은 온통 피로 엉켜 있었다. 엔트휘슬 씨는 메스꺼움을 느끼고 입을 꼭 다물었다.

가엾은 코라! 엊그제까지만 해도 자신에게도 유산이 상속되었는지를 알고 싶어서 어쩔 줄 몰라 하더니……. 미래에 대한 계획으로 얼마나 들떠 있었을까 유산으로 엉뚱한 짓을 하면서 즐길 수 있었을 텐데.

가엾은 사람……, 즐거운 기대가 이렇게 무너지고 말다니.

그녀가 죽었다고 해서 크게 이득을 보게 되는 사람은 아무도 없다. 심지어는 범인조차 훔친 물건들을 내버려둔 채 달아나버렸으니까. 물론 나머지 5명의 상속인들이 몇 천 파운드씩을 더 받을 수 있겠지. 하지만 그들은 이미 상속받은 돈만으로도 충분할 것이다. 코라를 살해할 만한 동기를 가진 사람은 아무도 없다.

한 가지 우스운 것은, 코라가 자신이 살해당하기 전날 살해라는 것을 생각했다는 점이다.

"오빠는 살해된 거예요, 그렇지 않은가요?"

그런 바보 같은 말을 하다니. 바보 같으니라고 경위에게 그런 어처구니없는 이야기까지 할 필요는 없겠지. 일단 질크리스트라는 여자를 만나보기로 하

자. 아마 그럴 리는 없겠지만, 혹시 그 여자에게서 리처드가 코라에게 무슨 말을 했었는지 알아낼 수 있을지도 몰라.

"오빠가 한 말로 미루어 짐작한 거예요."

도대체 리처드가 무슨 이야기를 했던 것일까?

엔트휘슬 씨는 혼잣말로 중얼거렸다.

"얼른 질크리스트를 만나야겠군."

3

질크리스트는 잿빛 고수머리에다가 뚱뚱하게 살이 찐 여자였다. 그녀는 50대에 들어선 여자들에게서 흔히 볼 수 있는 둥글둥글한 얼굴을 가졌다.

그녀는 엔트휘슬 씨를 따뜻하게 맞이했다.

"와주셔서 정말 기뻐요, 엔트휘슬 씨. 저는 랜스퀴네트 부인의 가족을 거의 모르기 때문에, 게다가 이런 살인사건은 처음 겪어보는 일이라서…… 정말 끔찍한 일이에요!"

엔트휘슬 씨가 보기에는 질크리스트는 살인사건을 처음 당한 것 같았다. 그녀의 반응은 그의 동료 변호사와 거의 똑같았다.

"물론 신문에서 읽은 적은 있었지요. 하지만 그런 살인사건 기사는 읽는 것만으로도 불쾌해요. 대부분 끔찍한 이야기들이잖아요."

그녀를 따라 거실로 들어가면서 엔트휘슬 씨는 주위를 샅샅이 살펴보았다.

유화 물감 냄새가 강하게 풍겨왔다. 집에는 가구보다 그림들로 가득 차 있었다. 모튼 경위가 말한 그대로였다. 벽마다 그림들이 잔뜩 걸려 있는데, 대부분 어두운 색깔의 지저분한 유화였다. 물론 수채화도 몇 점 있었는데, 그중에서도 한두 점은 정물화였다.

질크리스트가 설명했다.

"랜스퀴네트 부인은 경매에서 저 그림들을 사들였답니다. 부인에게는 그것이 큰 낙이었거든요. 가엾으신 부인, 언제나 경매하는 곳을 돌아다니셨지요. 요즈음에는 그림 값이 아주 싸답니다. 부인은 1파운드 이상을 주고 그림을 사는 법이 없었지요. 때로는 불과 몇 실링에 사들인 적도 있었지요. 언제나 입버릇처럼 말씀하시길, 잘만 하면 훌륭한 그림을 싸게 살 수 있다고 했어요. 그리고 바로 이 그림이 엄청난 가치가 있는 이탈리아 야수파의 그림이라고 말하곤 했지요."

엔트휘슬 씨는 미심쩍은 눈길로 이탈리아 야수파 그림을 쳐다보았다. 그는 코라가 그림에 대해 아무것도 모른다고 생각했다. 이 쓰레기 같은 그림들 중에 5파운드 정도의 가치가 있는 건 한 점도 없었다!

질크리스트는 그의 표정을 재빨리 눈치 채고 이렇게 대꾸했다.

"물론……, 저야 잘 모르지요. 비록 제 아버님께서 화가이기는 하셨지만 말이에요. 아버지는 유명하지는 않으셨어요. 저는 어렸을 때 수채화를 좀 그렸어요. 그리고 그림에 대해 얻어들은 게 있어서 랜스퀴네트 부인은 절 퍽 좋아하셨답니다. 그림에 대해 이야기를 나누고, 그것들을 이해할 만한 사람이 필요했으니까요. 가엾은 부인, 부인은 예술을 무척 사랑하셨는데……."

"부인을 좋아했습니까?"

'바보 같은 질문이지. 이 여자가 아니라고 대답할 리가 없지.'

그는 코라가 함께 살기에는 지겨운 여자라는 것을 알고 있었다.

"물론이죠. 부인과 저는 아주 잘 지냈답니다. 물론 어떤 때 랜스퀴네트 부인은 마치 철부지 소녀 같았지요. 부인은 마음속에 있는 것을 모두 털어놓지 않으면 직성이 안 풀리는 성격이었으니까요. 하지만 부인의 의견이 언제나 옳은 것이었다고는 말씀드릴 수 없군요."

죽은 사람에 대해 나쁘게 말하는 사람은 없다.

"부인은 어리석은 편이었지요." 엔트휘슬 씨가 말했다.

"결코 현명하다고는 할 수 없는 사람이었죠."

"글쎄요. 어쩌면 그럴지도 모르죠. 하지만 부인은 뜻밖에 날카로운 면이 있답니다. 그래서 가끔 저를 놀라게 하곤 했지요. 어떻게 그런 생각이 떠올랐는지 도통 이해가 안 될 때가 있다니까요."

엔트휘슬 씨는 흥미있다는 표정으로 질크리스트를 쳐다보았다. 그녀는 조금도 어리석은 사람 같지는 않았다.

"여러 해 동안 랜스퀴네트 부인과 함께 생활했다죠?"

"3년 반 동안이었어요."

"당신은 부인의 친구도 되고 동시에 살림을 돌보았겠군요?"

이 말은 분명히 그녀의 섬세한 감정을 건드린 거였다. 그녀의 얼굴이 조금 붉어졌다.

"오, 예, 그렇답니다. 요리는 대부분 제가 했지요. 저는 요리하는 것을 좋아하거든요. 그리고 청소 같은 가벼운 집안일을 했답니다. 결코 거친 일은 하지 않았어요."

이렇게 말하는 질크리스트의 목소리에는 확고한 뜻이 담겨 있었다. '거친'이라는 말이 무엇인지를 이해하지 못한 채 엔트휘슬 씨는 그 단어를 입속으로 되뇌었다.

"마을에 사는 팬터 부인이 와서 그 일을 했지요. 보통 1주일에 두 번씩 말이에요. 어떻게 생각하실지 모르지만, 제가 하녀 정도로만 취급받는 건 정말 참을 수 없답니다. 제가 경영하던 찻집이 망했을 때, 그런 불행을 당했을 때는 정말 눈앞이 캄캄했답니다. 정말 좋은 찻집이었지요. '버드나무 잎'이라는 이름을 붙였거든요. 그리고 그 이름에 맞춰서 찻잔들을 모두 푸른색 버드나무 무늬가 있는 것들로 준비했답니다. 정말 예뻤지요. 그리고 케이크들도 참 맛있었고요. 제가 직접 구운 케이크였으니까요. 저는 찻집을 원만하게 꾸려 나갔어요. 그런데 전쟁이 터지고 물자공급이 중단되는 바람에 찻집이 파산을 하게 되었지요. 전쟁의 희생물이 된 셈이죠. 결국 아버지가 물려 주셨던 돈마저 몽땅 날려 버렸어요. 그래서 다른 할 일을 찾아야 했답니다. 하지만 특별한 기술이 없어서 어떤 부인 밑에 들어가 살림을 하게 되었는데, 그 부인이 너무 무례해서 곧 그만두었어요. 그러고는 사무실에서 일을 거들다가 그 일도 적성에 맞지 않아서, 랜스퀴네트 부인 집으로 오게 되었답니다. 부인과 저는 처음부터 마음이 잘 통했어요."

질크리스트는 잠깐 숨을 돌리기 위해 말을 멈췄다가는 슬픈 듯이 한마디 덧붙였다.

"하지만 저는 제 찻집이 무척이나 자랑스러웠답니다. 훌륭한 분들도 많이 찾아오곤 했었거든요!"

질크리스트를 쳐다보던 엔트휘슬 씨의 가슴속에 불현듯 어떤 영상들이 떠올랐다. 수많은 여자들의 형체가 어른거렸다. 베이 트리, 진저 캣, 블루 패럿, 버드나무 집, 그리고 코지 코너 등의 찻집에서 푸른색이나 주황색 유니폼을 입고 차와 케이크를 주문받고 있는 여자들의 모습이었다. 질크리스트는 자신이 경영하던 찻집을 한껏 미화시켜 생각하고 있었다. 그녀는 자신의 찻집이 점잖은 손님들이 찾아 주던 훌륭한 곳이라고 믿고 싶었던 것이다.

'세상에는 질크리스트 같은 여자들이 많이 있지.'

엔트휘슬은 그녀를 보며 생각했다. 그녀처럼 온화한 얼굴에다 약간 고집스러운 입매, 그리고 숱이 적은 잿빛 머리카락을 가진 여자들 말이다.

"제 이야기를 너무 많이 했군요. 경찰에서는 아주 친절하게 대해주었답니다. 특히, 본부에서 나오신 모든 경위라는 분은 아주 생각이 깊더군요. 그는 저에게 레이크 부인 집에 가서 묵는 게 좋겠다고 했어요. 하지만 저는 가지 않겠다고 했지요. 여기 남아서 랜스퀴네트 부인의 물건들을 지키는 게 제가 할 일이라고 생각해요. 경찰은 시체를 내간 다음 방문을 잠가두었습니다. 그리고 순경이 밤새도록 주방을 지킬 거라더군요. 유리창이 깨졌기 때문이겠죠. 유리창은 오늘 아침에 다시 끼웠답니다. 그런데 제가 어디에 있었는지 알고 싶으시겠죠? 저는 제 방에 틀어박혀 있다가, 창틀에 물을 뿌리고 깨끗이 닦았답니다. 그때 무슨 소리라도 났었다면 분명히 들었을 텐데……."

여기까지 말하던 질크리스트의 목소리가 끊어졌다.

그 사이에 엔트휘슬 씨가 재빨리 말했다.

"중요한 사실들은 다 알고 있습니다. 모든 경위가 알려 주었어요. 하지만 실례가 안 된다면, 당신에게서 직접 듣고 싶군요."

"좋아요, 엔트휘슬 씨. 경찰은 너무 사무적이죠? 기꺼이 말씀드리고말고요."

"랜스퀴네트 부인은 죽기 전날 밤에 장례식에서 돌아왔지요?"

엔트휘슬 씨가 말을 유도했다.

"예, 아주 늦게야 돌아오셨어요. 부인의 부탁대로, 택시가 역에 마중 나가도록 해 두었답니다. 부인은 가엾을 정도로 기진맥진한 모습이었어요(그야 당연한 일이지만). 그래도 기분은 좋은 편이셨죠"

"부인이 장례식에 대해 혹시 무슨 말을 안 하던가요?"

"아주 조금 말씀하셨어요. 교회에 사람들이 가득 찼고, 수많은 꽃들이 널려 있었다더군요. 아참! 부인은 오빠를 보지 못해서 섭섭하다고도 하셨어요. 티모시라고 하던가요?"

"티모시, 맞습니다."

"부인은 티모시 오빠를 보지 못한 지 25년이나 되었다고 하더군요. 장례식에서 오빠를 보게 될 거라고 기대했었는데, 대신 올케인 모드를 만났다나 봐요. 부인은 모드 부인을 무척 싫어했어요. 어머, 실례했어요, 엔트휘슬 씨. 그만 저도 모르는 사이에……. 절대로 별다른 뜻이 있는 건 아니에요."

"괜찮습니다, 괜찮아요." 엔트휘슬 씨가 말했다.

"나는 친척이 아니니까요. 그리고 코라와 올케 사이가 좋지 않다는 것은 오래 전부터 알고 있었습니다."

"부인은 이렇게 말하더군요. '모드가 사사건건 간섭하는 여자라는 건 미리부터 알고 있었지.' 그러고는 피곤해서 잠자리에 들겠다고 하셨어요. 그래서 저는 부인에게 뜨거운 물병을 갖다 주었고, 부인은 곧장 2층에 올라갔지요."

"특별히 기억나는 점은 없습니까?"

"별달리 이상한 점은 없어요, 엔트휘슬 씨. 부인은 기분이 아주 좋은 상태였거든요. 물론 지치기는 했지만……. 장례식에 다녀왔는데도 아주 좋은 기분이었어요. 부인은 저에게 카프리에 가보고 싶지 않느냐고 물었어요. 카프리! 저는 물론 가고 싶다고 대답했죠. '그런 곳에 가다니, 꿈에도 생각지 못한 일이에요.'라고 말했더니 부인은, '우리는 가게 될 거야'라고 말씀하시더군요. 부인이 확실히 그런 말은 하지 않았지만, 저는 아마 오빠에게서 유산을 많이 받게 된 모양이라고 생각했답니다."

엔트휘슬 씨가 고개를 끄덕였다.

"가엾은 부인. 어쨌든 미래의 기대로 한때나마 즐거워했으니 다행이죠"

질크리스트는 한숨을 크게 쉬고는 섭섭한 듯이 중얼거렸다.

"이제는 카프리에 갈 수 없겠군요……."

"다음날 아침에는 어땠소?" 엔트휘슬 씨가 계속 말을 시켰다.

"다음날 아침에 랜스퀴네트 부인은 몸이 불편하다고 했어요. 정말 불편한 것 같았어요. 악몽 때문에 잠을 거의 자지 못했다더군요. 저는 너무 피곤하기 때문일 거라고 말했어요. 그러자 부인도 아마 그렇기 때문일 거라고 하더군요. 부인은 침대에서 아침식사를 들고, 아침 내내 자리에서 일어나지 않았어요. 점심때도 부인은 여전히 잠이 오지 않는다고 말했어요. '여러 가지 복잡한 생각들이 떠올라서 골치가 아파.'라고 말했답니다. 그러고는 수면제를 몇 알 먹어야겠다고 했고요. 그리고 저에게 책 두 권을 바꿔 오라고 했지요. 기차 안에서 그 책들을 다 읽었으니까, 새로 읽을 책이 필요하다면서 말이에요. 그래서 저는 2시가 막 지났을 때 집을 나섰습니다. 그리고 그게……, 바로 마지막이었죠……."

질크리스트는 훌쩍거리기 시작했다.

"부인은 잠들어 있었을 거예요. 부인은 아무 소리도 듣지 못했을 거예요. 경위 말에 의하면, 부인은 전혀 반항하지 않았다더군요. 첫 번째 내리쳤을 때 부인은 목숨을 잃었답니다. 오, 맙소사! 생각하기만 해도 몸서리가 쳐져요!"

"이제 그만 됐습니다. 더 이상 설명할 필요는 없습니다. 나는 다만 살해되기 전날 밤의 랜스퀴네트 부인의 태도에 대해서 듣고 싶었을 뿐입니다."

"별다른 점은 없었어요. 부인은 오빠의 죽음에도 불구하고, 잔뜩 기대에 부풀어 있었거든요."

엔트휘슬 씨는 다음 질문을 하기 전에 잠시 말을 멈추고는 좀더 신중하게 물었다.

"부인은 특별히 어떤 친척에 대해서 말하지는 않았습니까?"

"아니요, 그런 말은 없었어요."

질크리스트는 곰곰이 생각에 잠겼다.

"그저 티모시 오빠를 보지 못해서 섭섭하다고만 했어요."

"오빠의 죽음에 대해서는 아무 말도 없었나요? 뭐랄까, 이유라든가 뭐 그런 것에 대해서 말입니다."

"없었어요."

질크리스트의 얼굴은 그저 담담할 뿐이었다. 엔트휘슬 씨는 그녀의 표정에서 코라가 살인에 대한 생각을 전혀 나타내지 않았다는 것을 알 수 있었다.

"그분은 한동안 앓아누워 계셨다고 하더군요."

질크리스트가 모호하게 중얼거렸다.

"그 말을 듣고 무척 놀랐어요. 그분은 무척 건강해 보였거든요."

엔트휘슬 씨는 나직하게 물었다.

"그를 보았습니까? 언제요?"

"랜스퀘네트 부인을 만나러 여기 오셨을 때 보았지요. 아마 3주전쯤이었을 거예요."

"여기에서 묵고 갔습니까?"

"아니에요. 점심때 잠깐 다녀갔어요. 정말 놀랐어요. 랜스퀘네트 부인은 그분이 오시리라고는 전혀 생각지 못했거든요. 가족 간에 불화가 있었는지, 오랫동안 두 분은 전혀 왕래가 없었다더군요."

"흠, 그랬죠."

"부인은 몹시 충격을 받았던 것 같았어요. 오빠를 다시 만나게 되어서 말이에요. 그리고 그분이 아픈 걸 알고는……."

"랜스퀘네트 부인은 그의 몸이 안 좋다는 것을 알았습니까?"

"오, 물론이지요. 저 혼자 생각이긴 하지만, 애버니시 씨는 정신이 약간 이상한 것 같았어요. 제 아주머니 한 분도……."

엔트휘슬 씨는 그 이야기를 막았다.

"랜스퀘네트 부인이 무슨 말을 했던 모양이지요?"

"예, 랜스퀘네트 부인은 이렇게 말했어요. '가엾은 리처드, 모티머가 죽고 나서 부쩍 늙었어. 자신이 학대받고 있다고 터무니없는 공상을 하고, 다른 사람이 자신을 독살할지도 모른다고 생각하는 모양이야. 나이가 들면 그렇게 되게 마련이지만.' 물론 이 말은 분명한 사실이었죠. 제 아주머니는 하인들이 자신을 독살할지도 모른다고 생각해서 결국에는 삶은 달걀만을 먹고 지내셨어요. 삶은 달걀에는 독약을 넣을 수 없다고 말하면서 말이에요. 우리는 그저 웃고 흘러버렸지만, 요즘처럼 달걀이 드물 때는 어떻게 해야 할지 난감했을 거예요

더구나 상하기 쉬울 때는 삶는 게 오히려 더 위험하거든요."

엔트휘슬 씨는 질크리스트가 늘어놓는 말에 귀를 기울이지 않았다. 그는 착잡한 심정이었다.

질크리스트가 수다를 그칠 즈음 비로소 그가 입을 열었다.

"랜스퀴네트 부인은 그런 걸 별로 심각하게 생각하지 않았지요?"

"오, 그래요, 엔트휘슬 씨. 부인은 잘 이해했어요."

이 말 또한 엔트휘슬 씨를 혼란스럽게 만들었다. 물론 질크리스트가 그런 뜻으로 한 말은 아니었겠지만……

코라 랜스퀴네트가 그런 상황을 정말 제대로 파악했었을까? 적어도 그때는 아니었을 것이다. 아마 그 뒤에 이해하게 된 것일 테지. 정말로 제대로 파악했었을까?

엔트휘슬 씨는 리처드 애버니시의 정신은 온전했다고 생각했다. 그는 자신의 능력을 하나도 잃어버리지 않았다. 그는 어떠한 경우에도 미치거나 할 사람이 아니었다. 그는 완벽할 정도로 사업가적인 두뇌를 지닌 사람이었다. 그리고 병에 걸렸다고 해도 그의 그런 면에는 조금도 달라진 것이 없었다.

그런 그가 누이동생에게 그런 말을 했다니, 이상한 일이다. 하지만 어쩌면 리처드가 한 말을 코라가 잘못 받아들여 생각했는지도 모르지. 그녀라면 충분히 그럴 수 있을 거라고 엔트휘슬 씨는 생각했다.

그녀는 무척이나 어리석었다. 분별력도 없고, 유치한 사고방식을 가진 여자였다. 그리고 가끔 어린아이처럼 엉뚱한 말을 해서 사람들을 깜짝깜짝 놀라게 하곤 했다.

엔트휘슬 씨는 그만 방에서 나왔다. 질크리스트는 그에게 말한 것 이상은 알지 못하는 것 같았다. 그는 그녀에게 코라가 유언장을 만들어 두었는지 물어보았다. 질크리스트는 랜스퀴네트 부인의 유언장이 은행에 있다고 대답했다.

몇 가지 일들을 처리한 다음, 그는 떠나기로 했다. 그는 질크리스트에게 돈을 주면서, 여러 가지 경비에 쓰라고 말했다. 그리고 조만간 다시 연락하겠다고 약속하고서, 새로운 일자리를 구하기 전까지 이 집에 머물러 준다면 고맙겠다고 했다. 그러자 질크리스트는 그렇게 해주면 정말 편하겠다며, 자신은 별로 두렵지 않으니까 그대로 머물러 있겠다고 했다.

그러고 나서 질크리스트는 그를 놓아 주지 않고 집의 여기저기를 구경시켜 주었다. 엔트휘슬 씨는 이미 오래전에 죽은 피에르 랜스퀴네트의 그림들이 가득 걸린 식당에 들어섰을 때 잠시 주춤했다. 그림들은 대부분 누드화였는데, 독특한 미술성이라고는 전혀 찾아볼 수 없는 너무 지나치게 사실적으로 묘사한 것들이었다. 그밖에 코라가 그린 항구 풍경화들도 있었다.

"폴페로랍니다." 질크리스트가 자랑스러운 듯이 말했다.

"부인과 작년에 그곳에 갔었지요. 랜스퀴네트 부인은 그곳의 경치를 무척이나 좋아했답니다."

엔트휘슬 씨는 이 각도 저 각도에서 다양하게 그려진 그림들을 보면서, 랜스퀴네트 부인이 무척 그곳을 좋아했나 보다고 맞장구쳤다.

"랜스퀴네트 부인은 제게 부인의 그림들을 물려주시겠다고 약속했어요." 질크리스트가 생각에 잠긴 목소리로 말했다.

"저는 이 그림들을 정말 좋아한답니다. 이 그림만 해도, 마치 파도가 정말 굽이치고 있는 것 같지 않아요? 혹시 부인이 유언장에 빠뜨리고 써놓지 않았다 해도, 하나쯤은 기념으로 갖고 있어도 되겠지요?"

"물론이지요."

엔트휘슬 씨는 관대하게 대답해주었다.

그는 몇 가지 조치를 더한 다음, 은행 사람과 모든 경위를 만나기 위해 그 집을 나섰다.

제5장

1

"완전히 기진맥진하셨군요." 엔트휘슬 양이 화난 목소리로 빈정거렸다.

"오빠 나이에 그런 일을 해서는 안 된단 말이에요. 도대체 오빠와 상관도 없는 일이잖아요? 이젠 은퇴하실 때도 됐어요."

엔트휘슬 씨는 리처드 애버니시가 오랜 친구였기에 어쩔 수 없었다고 변명했다.

"물론 오랜 친구죠. 하지만 리처드 애버니시는 이제 이 세상 사람이 아니잖아요? 그러니 오빠가 그 사람들 일에 끼어들어 기차여행을 하다가 감기에 걸려서 죽을 이유는 하나도 없다는 말이에요. 더구나 살인사건이라니! 그 사람들이 왜 오빠를 불렀는지 도저히 이해할 수가 없군요."

"경찰은 내 서명이 들어 있는 편지를 그 집에서 발견했기 때문에 내게 연락한 것뿐이야. 코라에게 장례식 날짜 등을 알리는 편지 말이야."

"장례식이라고요? 그러고 보니, 연달아 장례식이로군요. 그 대단한 애버니시 집안사람이 오빠에게 전화를 했더군요. 티모시라고 하던가? 요크서 어디에선가 온 전화였는데, 그 역시 장례식에 대한 것이었어요! 다시 전화하겠다고 하더군요."

그날 저녁, 엔트휘슬 씨를 찾는 전화가 왔다. 수화기를 집어들자 저쪽에서 모드 애버니시의 목소리가 들려왔다.

"선생님이시군요! 티모시가 몹시 괴로워하고 있어요. 코라의 소식에 너무 충격을 받은 모양이에요."

"물론 그렇겠지요."

"그런데……." 모드는 더욱 미심쩍어 하는 목소리로 물었다.

"정말 살인인가요?"

"오빠는 살해된 거예요, 그렇지 않은가요?"라고 코라가 말했었지. 하지만 이번만큼은 조금도 의심의 여지가 없다.

"예, 살인입니다." 엔트휘슬 씨가 대답했다.

"신문에는 도끼로 살해당했다고 나와 있던데요?"

"사실입니다."

"정말 믿어지지 않아요." 모드가 말했다.

"티모시의 동생이⋯⋯, 다름 아닌 그의 동생이 살해당하다니! 그것도 도끼로⋯⋯."

하지만 엔트휘슬 씨는 다르게 생각했다. 티모시의 생활은 폭력 따위와는 거리가 먼 것이었으므로, 자신의 형제들도 폭력과는 무관하게 지낼 거라고 생각했겠지.

"이제는 사실을 직면해야 합니다."

엔트휘슬 씨가 온화한 목소리로 말했다.

"정말 티모시가 걱정스러워요. 이런 일은 티모시에게 몹시 해롭거든요! 나는 그를 잠자리에 들게 했지만, 그는 계속해서 사람들을 만나야겠다고 고집을 부리고 있답니다. 그이는 모든 일을 다 알고 싶어 해요. 심리가 있을 건지, 만일 있게 된다면 누가 참석해야 하는지, 그리고 장례식은 언제쯤 치러질 것인지, 만일 코라가 유언장을 남겨 두었다면 그 재산은 어떻게 될 것인지 같은 것들 말이에요."

엔트휘슬 씨는 그녀의 말이 더 이상 길어지지 않도록 중간에서 막았다.

"유언장이 있습니다. 코라는 티모시를 유언 집행인으로 지정했습니다."

"하지만 티모시는 그런 일을 해낼 수 없을 텐데요⋯⋯."

"회사에서 모든 업무를 다 처리해줄 겁니다. 유언장 내용은 아주 간단합니다. 코라의 그림들과 자수정 브로치는 질크리스트에게, 그리고 다른 재산은 모두 수잔에게 물려준다는 내용이었습니다."

"수잔에게요? 아니, 왜 수잔에게 준다는 거지요? 수잔이 갓난아기였을 때 이후론 만난 적도 없었을 텐데 말이에요."

"내 생각으로는, 아마 수잔이 집안에서 반대하는 결혼을 했기 때문인 것 같습니다."

그러자 모드는 코웃음을 쳤다.

"그래도 그레고리는 피에르 랜스퀴네트보다는 몇 백 배 나은 편이죠! 물론 점원과 결혼한다는 이야기는 내 평생 처음 듣는 것이긴 하지만요. 그래도 양품점보다는 약국이 낫지 않아요? 게다가 그는 점잖은 것 같더군요."

그녀는 잠깐 숨을 돌리고 나서 한마디 덧붙였다.

"그런데 방금 하신 말씀은, 수잔이 코라에게 상속된 리처드의 재산까지 물려받게 된다는 뜻인가요?"

"오, 아닙니다. 재산은 리처드의 유언대로 골고루 분배될 겁니다. 코라는 겨우 몇 백 파운드의 돈과 가구 몇 점밖에는 남기지 않았습니다. 빚을 갚고 나면, 가구를 처분한다고 해도 고작 500파운드 정도일 겁니다."

그는 계속해서 말했다.

"심리는 물론 열리겠지요. 다음 주 화요일에 열릴 겁니다. 티모시만 좋다면, 로이드 청년을 보내 진행과정을 지켜보도록 하겠습니다."

그러고는 변명하듯이 한마디 덧붙였다.

"상황이 워낙 심각해서 혹시 나쁜 소문이나 퍼지지 않을까 두렵습니다."

"정말 불쾌한 일이에요! 그런데 경찰은 범인을 체포했다던가요?"

"아직까지는……."

"그 마을 주위를 어슬렁거리던 어떤 건달 녀석이 한 짓일 거예요. 경찰은 정말 무능하다니까요."

"아니, 그렇지 않습니다." 엔트휘슬 씨가 말했다.

"경찰은 결코 무능하지 않습니다."

"그건 아무래도 좋아요. 하지만 너무 뜻밖의 일이라서요. 게다가 티모시에게는 무척 해로운 사건이고요. 여기 와주실 수 없을까요? 여기 오셔서 티모시를 안심시켜 주시면, 그는 한결 좋아질 거예요."

엔트휘슬 씨는 한동안 대답이 없었다. 그 부탁은 그런대로 그의 관심을 불러일으키게 하는 거였다.

"부인이 그렇게 말하니……." 그는 부탁을 받아들였다.

"그리고 어차피 티모시의 서명을 받아야 할 서류들도 있으니까. 좋습니다. 가도록 하겠습니다."

"정말 고마워요. 이제야 한시름 놓겠군요. 내일 오시겠어요? 그래서 하룻밤 묵고 가세요. 세인트 팬크러스에서 11시 20분 기차를 타시는 게 좋을 거예요."

"미안하지만, 오후 기차나 타게 될 것 같습니다. 아침에 볼일이 있어서요."

2

조지 크로스필드는 엔트휘슬 씨를 반갑게 맞이했다. 하지만 그의 얼굴에는 뜻밖이라는 표정이 뚜렷하게 나타나 있었다.

엔트휘슬 씨는 설명이 필요 없는데도 한마디 하지 않을 수 없었다.

"방금 리체트 세인트 메리에서 오는 길이네."

"그렇다면 코라 아주머니가 살해당한 게 정말이군요? 신문에 난 기사를 보긴 했지만, 설마 하고 생각했었는데. 동명이인일 거라고 생각했습니다."

"랜스퀴네트라는 이름은 그리 흔한 것이 아니네."

"물론 그렇긴 합니다만, 집안사람이 살해당했다는 사실이 믿어지지가 않습니다. 그건 그렇고, 이번 사건은 지난 달 다트무어에서 생긴 사건과 아주 비슷하더군요."

"그래?"

"예, 상황이 똑같습니다. 외딴 오두막에서 두 중년 여인이 함께 살고 있었고, 그리고 믿기 어려울 만큼 적은 돈을 훔쳐 간 것하며……."

엔트휘슬 씨가 말했다.

"돈의 가치란 상대적인 것이네. 즉, 그 가치는 필요에 의해서만 정해질 수 있는 것이지."

"아, 예……, 그렇군요."

"만일 10파운드가 절실히 필요하다면, 15파운드는 별로 쓸모가 없는 셈이지. 물론, 반대의 경우에도 마찬가지고, 100파운드가 필요한데 45파운드밖에 없다는 것은 더욱 곤란하지 않겠나? 역시 수천 파운드가 필요한데 몇 백 파운드가 있어도 그렇겠지."

조지는 갑자기 눈을 끔뻑이면서 말했다.

"하지만 요즘에는 돈이 무척 아쉬울 때입니다. 모든 사람들이 다 쪼들리고 있으니까요."

"그렇다고는 하지만, 절실한 것은 아니네." 엔트휘슬 씨가 대꾸했다.

"중요한 건 절실하다의 문제니까."

"그런데 뭔가 특별히 생각해두신 거라도 있습니까?"

"아, 아닐세, 전혀……." 그는 잠깐 말을 멈추었다가 다시 계속했다.

"부동산이 처분되기까지는 조금 시간이 걸릴 걸세, 혹시 그전에 돈이 필요한가?"

"사실은 바로 그 문제에 대해 의논드리고 싶었습니다. 오늘 아침 은행에 갔더니, 선금 인출이 가능하다고 하더군요."

그러면서 그는 또다시 눈을 끔뻑거렸다. 엔트휘슬 씨는 오랜 경험으로, 조지가 절실할 정도는 아니지만 무척 돈을 필요로 하고 있다는 사실을 눈치 챘다. 오래전부터 돈 문제에 대해서는 조지를 신뢰할 수 없다는 생각을 해왔다.

리처드 애버니시 역시 사람을 판단하는 눈이 있기 때문에 그런 생각을 했을 것이다. 모티머가 죽은 뒤, 리처드 애버니시는 그의 후계자로서 조지를 지목했을 것이다. 비록 조지가 애버니시 집안의 직계 혈손은 아니지만, 그래도 자손들 중에서 유일한 남자니까 말이다. 그러니 조지는 당연히 모티머의 후계자가 될 조건을 가진 셈이다.

리처드 애버니시는 조지에게 자신의 집에서 며칠 동안 머무르라고 했다. 그런데 그때, 그는 아마 조지에게 실망했던 모양이다. 그도 역시 엔트휘슬 씨처럼 조지가 진실하지 못하다는 것을 깨달은 것일까? 조지의 아버지는 여러모로 로라에게 부족한 상대였으므로, 온 집안사람들이 그들의 결혼을 반대했었다. 그는 주식 중개인이라고는 했지만, 어딘지 확실하지 않은 사람이었다. 조지는 애버니시 쪽보다는 아버지의 그런 면을 더 많이 닮았다.

늙은 변호사가 묵묵히 있자, 조지는 무슨 생각을 했는지 어색한 웃음을 터뜨렸다.

"사실 최근에 투자를 했다가 몽땅 날려 버렸습니다. 약간 모험이긴 했지만, 생각만큼 잘 안 풀리더군요. 어쨌든 몽땅 털리고 말았습니다. 하지만 이젠 손해를 만회하게 될 것 같군요. 자본이 좀 필요한데……, 아든 지방 공채가 괜찮을 것 같아요. 그렇게 생각지 않으십니까?"

엔트휘슬 씨는 반대도 찬성도 하지 않았다. 조지가 혹시 자신의 돈이 아닌 고객의 돈으로 투자했었던 게 아닌가 하는 의구심이 들었다. 만일 조지가 범죄와 조금이라도 관계가 있다면…….

엔트휘슬 씨는 짤막하게 말했다.

"장례식 다음 날 연락을 했더니 사무실에 없더군."

"그랬었나요? 아무 이야기도 못 들었는데요. 사실, 희소식을 듣고 나서 하루 정도 훌쩍 떠나고 싶었습니다."

"희소식이라니?"

조지는 얼굴을 붉혔다.

"아, 리처드 아저씨의 죽음을 두고 하는 말은 아닙니다. 하지만 돈이 들어온다는 건 기쁜 소식이 아닙니까? 축하할 만한 일이고말고요. 저는 허스트 공원에 갔답니다. 경마를 해서 두 번이나 땄지요. 그렇게 큰돈은 못 되지만, 그래도 제법 짭짤하던데요. 행운이 연이어 굴러들어온 셈이죠! 50파운드밖에 안 되긴 했지만 그래도 행운은 행운이니까."

"물론 그렇겠지." 엔트휘슬 씨가 대꾸했다.

"게다가 코라의 죽음 덕분에 돈이 또 생기게 되었으니까."

조지는 안됐다는 표정을 지으며 말했다.

"가엾은 아주머니, 그건 잔인한 행운입니다. 한창 기대에 부풀어 있을 때 그런 끔찍한 변을 당하다니……."

엔트휘슬 씨가 말했다.

"경찰이 범인을 밝혀내기를 기대해볼 수밖에."

"경찰은 범인을 찾아낼 겁니다. 우리 경찰은 꽤 유능한 편이니까요. 그들은 근처의 건달들을 모조리 잡아다가 심문했다더군요. 사건 당일의 알리바이를 조사했겠지요."

"하지만 이미 시간이 흘렀기 때문에 그 모든 알리바이들을 기억해 내기란 쉽지 않을 거네."

엔트휘슬 씨가 한마디 했다. 그는 농담을 하려는 듯이 약간 미소를 지었다.

"나도 사건 당일에 해저드 서점에 들렀다는 것 정도는 기억해 낼 수 있지만, 지난 10일 동안의 알리바이에 대해 이야기해보라고 한다면 도저히 기억해 낼 수가 없을 거야. 자네는 허스트 공원에 갔었다고 했는데, 그럼 그 경마에 간 날짜를 기억하고 있나?"

"그거야 장례식을 생각해보면 알 수 있죠. 장례식 다음 날이었으니까요."

"아, 그렇겠군. 그리고 그때 말 두 마리에 돈을 걸어서 이겼다. 그렇다면 기억할만하겠군. 사람들은 자신이 돈을 딴 말의 이름을 잊어버리지는 않지. 그 말들의 이름은 뭐였나?"

"글쎄요. 케이마크와 프로그 2세였던가. 예, 맞습니다. 그걸 잊어버릴 리가 없지요."

엔트휘슬 씨는 조용히 웃고 나서 그 자리를 떴다.

3

"이렇게 뵙게 되어서 정말 기뻐요."

로저먼드는 말했지만, 그다지 반가워하는 것 같지는 않았다.

"하지만 너무 이른 아침에 오셨군요."

그녀는 크게 하품을 해댔다.

"11시인데……." 엔트휘슬 씨가 말했다.

로저먼드는 다시 하품을 하고 나서 변명하듯이 말했다.

"어젯밤에 파티를 했거든요. 너무 많이 마신 모양이에요. 마이클은 아직도 곯아떨어져 있어요."

이때, 마이클이 역시 하품을 하면서 나타났다. 그는 커피잔을 들고, 멋진 가운을 걸치고 있었다. 호리호리한 몸매에 매력적인 얼굴이었다. 그리고 그의 미소는 여느 때와 마찬가지로 매혹적이었다.

로저먼드는 검은색 치마에 약간 때가 탄 노란 스웨터를 입고 있었는데, 엔트휘슬 씨가 보기엔 속옷을 아무것도 입지 않은 듯했다. 까다로운 변호사의 눈에는 이 젊은 부부의 생활방식이 도대체 마음에 들지 않았다.

　　첼시(런던 남서부 자치 지구로서, 예술가들이 모여 산다.)에 있는 이 집에는 술병과 잔, 그리고 담배꽁초들이 여기저기 흩어져 있었다. 게다가 먼지가 풀썩거리는 지저분한 곳이었다. 이런 지저분한 곳에서 로저먼드와 마이클은 그들의 아름다움을 활짝 꽃피우고 있었다.

　　그들은 확실히 잘생겼으며, 엔트휘슬 씨가 보기에도 서로 지극히 사랑하는 듯했다. 특히 로저먼드가 마이클을 더 사랑하는 것 같았다.

　　"여보, 샴페인 조금만 할까요? 함께 미래를 위해 건배하고 싶어서 그래요. 오, 엔트휘슬 씨, 리처드 아저씨께서 그런 엄청난 돈을 물려주시다니 정말 행운이지 뭐예요."

　　엔트휘슬 씨는 마이클이 얼굴을 찡그리는 걸 재빨리 알아차렸다.

　　하지만 로저먼드는 아랑곳하지 않고 정신없이 떠들어댔다.

　　"그렇지 않아도 마침 아주 좋은 연극이 하나 있었거든요. 마이클은 이미 배역을 받았답니다. 그에게는 더할 수 없이 좋은 배역이에요. 저도 역시 작은 역할이긴 하지만, 배역을 받았어요. 아주 순수한 마음을 가진 어떤 비행 소년에 대한 이야기예요. 아주 현대적인 사상이 깔린 작품이랍니다."

　　"그런 것 같군." 엔트휘슬 씨가 퉁명스럽게 대꾸했다.

　　"주인공 소년은 강도질을 하고, 사람을 죽이고, 결국 경찰과 사회로부터 쫓기는 신세가 되지요. 그러다가 마침내 소년은 기적 같은 일을 해낸답니다."

　　엔트휘슬 씨는 화가 치밀어서 아무 대꾸도 없이 조용히 앉아 있었다. 멍청이처럼 지껄이는 소리라니!

　　마이클 세인은 아무 말 없이 얼굴을 찡그리더니 로저먼드에게 말했다.

　　"엔트휘슬 씨는 우리 연극 이야기를 듣고자 오신 게 아니야, 로저먼드. 잠깐 말 좀 멈추고, 오신 용건이 뭔지 들어 봐야지."

　　"한두 가지 짚고 넘어가야 할 일이 있어서……."

　　엔트휘슬 씨가 입을 열었다.

"리체트 세인트 메리에 다녀왔소"

"그렇다면 정말 코라 아주머니가 살해된 건가요? 신문에 난 기사를 읽었어요. 랜스퀴네트라는 이름이 흔하지 않기 때문에 분명히 아주머니일 거라고 생각했었지요. 가엾은 코라 아주머니. 장례식에서 그 후줄근한 모습이라니……, 마치 죽은 사람 같았다고요. 그런데 정말로 돌아가시다니. 어젯밤 신문에 난 사람이 우리 아주머니라고 했을 때, 모두 다 웃기만 했잖아요, 마이클?"

마이클 세인은 아무 대꾸도 하지 않았다.

그래도 로저먼드는 여전히 즐거운 목소리로 떠들어댔다.

"살인사건이 연달아 두 번씩이나 일어나다니! 너무 끔찍해요"

"바보 같은 소리 말아요, 로저먼드. 리처드 아저씨는 살해된 게 아니야."

"하지만 코라 아주머니가 그렇다고 말했잖아요?"

엔트휘슬 씨가 중간에 끼어들었다.

"장례식을 마친 뒤 바로 런던으로 돌아왔소?"

"예, 선생님과 같은 기차를 탔었는데요."

"아, 그렇군. 맞아요. 그저 한번 확인해보고 싶어서 물은 거요."

이렇게 말하면서 그는 재빨리 전화기를 쳐다보았다.

"그다음 날엔 무얼 했는지 혹시 기억이 나오?"

"글쎄요. 뭘 했었더라? 엊그제였으니까……, 우리는 12시까지 여기에 있었어요. 그랬죠, 마이클? 그리고 당신은 로젠하임을 만나겠다며 나갔다가 들어와서 다시 오스카와 점심을 하러 갔죠. 저는 속옷을 사러 갔어요. 저는 원래 자넷과 만나기로 했었는데, 결국 만나지 못하고 허탕만 쳤지요. 하지만 그날 저녁에는 아주 즐거운 쇼핑을 했어요. 그리고 마이클과 캐스틸에서 저녁식사를 했지요. 집에는 10시쯤에 돌아왔던 것 같아요."

"맞아, 그때쯤이었을 겁니다."

마이클이 한마디 거들었다. 그는 생각에 잠긴 눈길로 엔트휘슬 씨를 바라보았다.

"도대체 뭘 확인하고 싶은 겁니까?"

"오, 리처드 애버니시의 부동산에 대해 서명할 서류가 몇 장 있어서, 그 때문에 온 거요."

로저먼드가 물었다.

"당장 돈을 받게 되나요, 아니면 몇 년 동안 기다려야 하는 건가요?"

"유감스럽게도……." 엔트휘슬 씨가 대답했다.

"법이란 원래 시간이 걸리는 법이오."

"하지만 미리 받을 수도 있겠죠?"

로저먼드는 놀란 표정으로 물었다.

"마이클이 그렇게 할 수 있을 거라고 말했어요. 정말 중요한 문제예요. 연극 문제도 있고 해서요."

마이클이 쾌활하게 말했다.

"아니, 그렇게 서두를 필요는 없어. 그 계획을 받아들이느냐 마느냐 하는 것만 결정하면 되니까."

"미리 받을 수는 있소. 그건 전혀 어려운 일이 아니오."

엔트휘슬 씨가 말했다.

"필요한 만큼 얼마든지 가능하지요."

"그렇다면 정말 다행이군요."

로저먼드는 안도의 한숨을 쉬었다. 그러고는 무슨 생각이 떠올랐는지 한마디 덧붙였다.

"코라 아주머니는 재산을 남겨 두었나요?"

"아주 조금. 그 재산을 조카딸인 수잔에게 물려주겠다고 했소."

"수잔이라고! 도대체 얼마나 되나요?"

"몇 백 몇 파운드와 가구 몇 점이오."

"훌륭한 가구인가요?"

"그렇지 않아요." 엔트휘슬 씨가 말했다.

그러자 로저먼드는 그만 흥미를 잃어버린 모양이었다.

"정말 이상한 일이에요, 그렇잖아요? 장례식을 끝내고 불쑥 '오빠는 살해된 거예요!'라고 말하더니, 바로 그다음 날 자신이 살해당하다니 말이에요! 정말 이상하지요?"

잠시 어색한 침묵이 흘렀다.

마침내 엔트휘슬 씨가 조용히 입을 열었다.

"그렇소, 정말 이상한 일이오……."

4

엔트휘슬 씨는 진지한 태도로 이야기하면서 탁자 쪽으로 몸을 기울이는 수 잔을 살펴보았다. 로저먼드만큼 아름답지는 않은 얼굴이지만, 활기찬 모습에서 는 매력이 물씬 풍겨왔다.

그녀는 여자다운 부드러운 입매와 몸매를 가지고 있었다. 하지만 이런 모습 에도 수잔에게는 리처드 애버니시를 연상케 하는 점이 있었다. 머리형이라든 가 턱의 생김새, 그리고 사색적인 눈이 그러했다. 그녀의 성격 또한 리처드와 아주 비슷했다. 활기에 넘치는 박력, 놀라운 선견지명, 그리고 탁월한 분별력 등이 리처드와 똑같았다.

세 명의 조카 중에서 오직 그녀만이 엄청난 재산을 쌓아 올린 애버니시 집 안사람다웠다. 리처드도 이 조카딸에게서 자신과 똑같은 성격을 발견했을까? 분명히 그랬을 거라고 엔트휘슬 씨는 생각했다. 리처드는 사람을 알아보는 데 는 놀라운 눈을 가지고 있었다. 리처드는 여기에 있는 조카딸이 자기가 찾던 그러한 성격을 가지고 있다고 생각했을 것이다.

그러나 그의 유언장에는 그녀에 대한 특별한 배려가 없었다. 조지는 신뢰할 수 없는 젊은이야. 그리고 로저먼드는 얼굴만 예뻤지 멍청하고……. 리처드는 수잔에게서도 자신의 상속자가 될 만한 자질을 발견하지 못했단 말인가?

만일, 리처드가 수잔의 자질을 파악했는데도 그녀를 상속자로 지정하지 않 았다면 그 이유는 분명히(그래, 논리적으로 따져 봐도) 그녀의 남편 때문일 것 이다.

엔트휘슬 씨는 수잔에게서 시선을 떼고, 연필을 깎는데 몰두해 있는 그레고 리 뱅크스를 쳐다보았다. 그는 홀쭉한 몸매에 창백한 얼굴을 한 젊은이였다. 수잔의 강한 인상에 가려 유약해 보였지만 성격이 좋은 사람 같았다. 소위 말하는 '예스맨'이라고나 할까. 하지만 이렇게 간단하게 설명하기에는 어딘지 불충분한 점이 있는 것 같았다. 지나치게 자신을 억제하려는 듯한 그의 태도에는 이해하기 힘든 점이 있었다.

그는 수잔에게 전혀 어울리지 않는 상대였다. 그런데도 수잔은 그와의 결혼을 고집했던 것이다. 모든 반대를 감수하면서까지……. 왜 그랬을까? 그에게서 무엇을 보았던 것일까? 그리고 그들이 결혼한 지도 6개월이 되었다.

'수잔은 이 친구에게 단단히 빠져 있군.'

엔트휘슬 씨는 혼잣말로 중얼거렸다. 그는 수잔의 태도에서 그것을 읽을 수 있었다. 수많은 부인들이 결혼생활을 문제로 볼라드 회사를 찾아오곤 했다.

겉으로 보기에 아주 형편없는 남편에게 헌신적인 여자들이 있는가 하면, 언뜻 보기에 매력적이고 나무랄 데 없는 남편에게 염증을 느끼는 여자들도 있다. 여자들이 어떤 특정한 남자에게서 찾아내는 것은 상식적인 남자들로서는 이해하기 힘든 것이었다. 모든 면에서 뛰어난 여자라도, 어떤 남자 앞에서는 전혀 맥을 못 추는 경우가 많았다.

엔트휘슬 씨는 수잔 역시 그런 여자들 중 하나라고 생각했다. 그녀의 눈에는 이 세상 모든 것이 그레고리를 위해서 존재하는 것처럼 보이겠지. 하지만 그런 착각은 무척 위험한 것이다.

수잔은 몹시 흥분된 목소리로 이야기하고 있었다.

"끔찍하다니까요. 작년에 요크셔에서 살해된 여자를 기억하세요? 그 사건의 범인은 아직 체포되지 않았어요. 사탕가게의 노파는 쇠지레로 살해되었지요. 어떤 남자를 용의자로 체포하긴 했지만, 결국은 그냥 풀려나고 말았대요!"

"증거가 있어야 하니까……." 엔트휘슬 씨가 말했다.

수잔은 전혀 개의치 않고 계속해서 말했다.

"그리고 또 다른 사건이 일어났죠. 은퇴한 간호사 사건 말이에요."

"수잔, 범죄에 대해 많이도 연구했군."

엔트휘슬 씨가 부드럽게 말했다.

"그런 일을 잊어버리는 사람이 어디 있겠어요. 게다가 자기 가족이 살해된 이 마당에……. 더군다나 살해 방법도 똑같잖아요. 아마, 마을에서 어슬렁거리던 건달 녀석들의 소행일 거예요. 가정집에 침입해서 혼자 있는 여자를 살해하다니. 그런데도 경찰은 전혀 손도 못 쓰고 있잖아요!"

엔트휘슬 씨는 고개를 저었다.

"경찰을 과소평가하지 마시오, 수잔. 그들은 똑똑하고 아주 끈기 있는 사람들이야. 집요하기도 하고. 신문에 나지 않는다고 해서 그들이 그 사건에서 손을 뗀 것은 아니지."

"하지만 해마다 해결되지 않는 범죄들이 수백 건이나 되잖아요."

"수백 건?" 엔트휘슬 씨는 믿어지지 않는다는 표정을 지었다.

"물론 꽤 많긴 하지. 하지만 혐의자로 지목하고 있다고 해도 증거가 불충분해서 체포되지 못하는 경우도 있어."

"믿을 수 없어요." 수잔이 말했다.

"누가 범인인지 확실히 알고 있다면, 증거야 쉽게 찾을 수 있는 거 아니에요?"

"글쎄." 엔트휘슬 씨는 생각에 잠긴 목소리로 말했다.

"과연 그럴까……?"

"경찰에서는 코라 아주머니를 살해한 범인으로 지목해둔 사람이 있나요?"

"글쎄, 내가 아는 한은 없는 것 같아. 하지만 경찰에서는 나까지도 의심할 거야. 살인사건이 일어난 지 겨우 이틀밖에 되지 않았으니까."

"분명히 잔인하고, 약간 정신이 돈 사람의 짓일 거예요."

수잔이 강력하게 말했다.

"탈영병이나 아니면 탈옥수일지도 몰라요. 끔찍하게 도끼로 사람을 죽이다니 말이에요."

엔트휘슬 씨는 약간 장난기 어린 표정으로 눈썹을 치켜뜨면서 나지막하게 중얼거렸다.

리지 보든은 도끼로
아버지를 40번 내리쳤고,
자신이 한 짓을 본 순간

다시 어머니를 41번 내리쳤다네.

수잔은 화가 나서 얼굴이 새빨개졌다.

"오! 코라 아주머니와 함께 산 친척은 아무도 없어요. 혹시 말동무인가를 말씀하시는 게 아니라면. 게다가 리지 보든은 무죄로 석방되었잖아요. 누구도 그녀가 정말로 아버지와 의붓어머니를 죽였다고 장담하지는 못할 거예요."

"그 노래는 사람을 중상모략하는 거지."

엔트휘슬 씨가 맞장구쳤다.

"말동무가 한 짓이라고 생각하시나요? 혹시 아주머니가 그 여자에게 남겨 주신 거라도 있나요?"

"싸구려 자수정 브로치 한 개와 가치라곤 전혀 없는 스케치 그림 몇 장이 있지."

"정신 나간 사람이 한 짓이 아니라면 동기가 반드시 있을 거예요."

엔트휘슬 씨는 미소를 지었다.

"동기로 말하자면, 수잔 당신밖에 동기를 가진 사람이 없는 것 같은데?"

"뭐라고요?"

그레고리가 불쑥 앞으로 다가왔다. 그는 마치 잠에서 깨어난 듯한 표정이었다. 그는 더 이상 침묵을 지키지 않았다. 그의 눈에는 불쾌하다는 표정이 역력했다.

"수잔이 그 일과 무슨 상관이 있다는 거지요? 도대체 그런 말을 하는 의도가 뭡니까?"

수잔이 날카롭게 대꾸했다.

"조용히 해요, 그레고리. 엔트휘슬 씨는 별다른 뜻 없이 그저……."

"그저 농담으로 해본 거네." 엔트휘슬 씨가 변명했다.

"내가 말을 잘못한 것 같군. 코라는 자신의 재산을 수잔, 당신에게 물려주었어. 하지만 방금 전에 엄청난 유산을 받은 당신이 기껏해야 몇 백 파운드밖에 안 되는 재산 때문에 아주머니를 살해할 이유는 없겠지."

"제게 유산을 물려주셨다고요?"

수잔은 깜짝 놀란 듯했다.

"너무나 뜻밖이군요. 아주머니는 저를 알지도 못하는데 왜 그랬을까요?"

"내 생각으로는 코라는 당신의 결혼에 대한 소문을 들었던 것 같소"

그레고리는 다시 등을 돌린 채 연필을 깎으면서 얼굴을 찌푸렸다.

"코라가 결혼할 당시에도 많은 반대가 있었거든. 그래서 일종의 동지 의식 같은 걸 느꼈던 모양이야."

수잔은 갑자기 흥미있어 하는 태도로 물었다.

"아주머니도 집안에서 반대하던 화가와 결혼했다죠? 아주머니의 남편은 유명했나요?"

엔트휘슬 씨는 고개를 저었다.

"그 집에 그 사람의 그림이 있나요?"

"그래."

"그렇다면 제가 직접 봐야겠군요."

엔트휘슬 씨는 수잔의 그러한 태도에 미소를 짓지 않을 수 없었다.

"그렇게 해보는 것도 좋겠지. 나야 미술에 대해 완고하고 고루한 사고방식을 가진 사람이니까. 하지만 수잔도 내 판단에 달리 이견이 없을 거야."

"어쨌든 거기에 한번 가봐야겠지요? 지금 누가 남아 있나요?"

"질크리스트에게 연락할 때까지 그대로 있어 달라고 해두었단다."

그레고리가 한마디 했다.

"대담한 여자인 모양이군요. 살인사건이 일어난 집에 혼자 남아 있다니."

"질크리스트는 매우 똑똑한 여자요."

이렇게 말하고 나서 엔트휘슬 씨는 담담하게 한마디 덧붙였다.

"그리고 다른 일자리를 찾을 때까지는 달리 갈 곳도 없다고 하더군요."

"코라 아주머니가 돌아가신 덕분에 그 여자가 활개를 치게 된 셈이로군요? 그 여자와 코라 아주머닌……, 친했었나요?"

엔트휘슬 씨는 도대체 수잔이 무슨 생각으로 이런 말을 할까 의아해했다. 그는 잠깐 동안 호기심 어린 얼굴로 수잔을 쳐다보았다.

"친하게 지냈다고 하더군. 그리고 코라는 질크리스트를 하녀로 취급하지 않앉던 모양이야"

"더 꼴사납게 취급했을 테지요." 수잔이 말했다.

"소위 '숙녀분들'께서는 불쌍한 여자들을 학대하는 걸 낙으로 삼으니까요. 제가 직접 그녀에게 좋은 일자리를 마련해주겠어요. 별로 어렵지 않을 거예요. 집안일을 거들고 요리하는 사람은 어디서나 환영받고 있으니까요. 그 여자, 요리할 줄 알겠죠?"

"물론이지. 그런데 그 여자는……, 음, 거친 일은 하지 않는 모양이야. 거친 일이 도대체 무엇인지는 모르겠지만"

수잔은 무척 재미있다는 표정을 지었다.

엔트휘슬 씨는 시계를 흘끗 쳐다보면서 말했다.

"코라는 티모시를 유언 집행인으로 지정했어."

"티모시……?" 수잔은 냉랭하게 말했다.

"티모시 아저씨는 전설적인 분이세요. 아무도 아저씨를 보지 못했거든요"

엔트휘슬 씨가 다시 시계를 쳐다보았다.

"자, 오늘 오후에는 그를 만나러 가야 해. 그에게 수잔이 코라의 집에 갈 거라고 이야기하지."

엔트휘슬 씨는 깨끗한 거실을 한 번 둘러보았다. 그레고리와 수잔은 분명히 돈에 쪼들리고 있었다. 그녀의 아버지는 돈을 모두 탕진해버렸기 때문에 딸에게도 유산을 거의 남겨 주지 못했다.

"앞으로의 계획을 물어봐도 괜찮을까?"

"저는 오래전부터 카디건가에 있는 땅을 마음에 두고 있었답니다. 필요한 경우엔 미리 돈을 받을 수도 있겠죠? 계약금을 지불해야 할 테니까요."

"물론 가능하지." 엔트휘슬 씨가 대답했다.

"장례식 다음 날 여러 번 전화를 걸었소. 하지만 연락이 안 되더군. 어쩌면 돈을 미리 받고 싶어 할지도 모른다는 생각이 들어서 말이야. 어디 멀리 다녀 왔던 모양이지?"

"오, 아니에요." 수잔이 얼른 대답했다.

"우리는 종일 집 안에만 틀어박혀 있었어요. 우리 둘 다 말이에요. 한 걸음도 나가지 않았는걸요."

그레고리가 부드럽게 말했다.

"수잔, 그날 우리 전화가 아무래도 고장 난 것 같다고 내가 말했었잖아. 그날 오후에 내가 하드 주식회사에 전화했지만, 영 통화가 안 되더군. 전화국에 고장 신고를 하려고 했는데 이튿날 아침엔 다시 멀쩡해졌지."

"전화란……." 엔트휘슬 씨가 말했다.

"믿을 수 없을 때가 가끔 있지."

수잔이 불쑥 말을 꺼냈다.

"그런데 코라 아주머니가 어떻게 우리 결혼에 대해 알게 되었을까요? 우리는 아무에게도 알리지 않고 몰래 결혼식을 올렸는데요. 결혼식이 끝나고 나서야 이야기를 했었는데……."

"아마 리처드가 이야기했을 거야. 코라는 유언장을 3주일 전에 다시 고쳐 썼더군. 코라는 전에 썼던 유언장에는 견신론회(見神論會)에 유산을 넘겨주겠다고 했어. 그때가 바로 그가 코라를 찾아갔을 때였지."

수잔은 깜짝 놀라는 것 같았다.

"리처드 아저씨가 아주머니를 찾아갔다고요? 그런 사실은 전혀 몰랐는데!"

"나도 전혀 몰랐다." 엔트휘슬 씨가 말했다.

"그렇다면 그때는……."

"그때가 어땠다고?"

"오, 아무것도 아니에요." 수잔이 얼버무렸다.

제6장

1

"여기까지 와주시다니 정말 고마워요." 모드가 굵고 탁한 음성으로 말했다. 그녀는 엔트휘슬 씨를 마중하러 베이햄 컴프톤 역에 나와 있었다.

"티모시도 무척 고맙게 느끼고 있답니다. 물론 리처드의 죽음이 티모시에게 더할 수 없는 충격이었지만요."

엔트휘슬 씨는 아직까지 친구의 죽음을 이런 각도에서 생각해본 적은 없었다. 하지만 티모시라면 그런 각도에서 생각할 만도 하다는 생각이 들었다.

그들이 출구 쪽으로 향할 때 모드가 이야기를 꺼냈다.

"정말 큰 충격이었어요. 티모시는 리처드를 무척 좋아했거든요. 그런데 불행하게도 죽음이라는 것이 티모시의 뇌리에 박혀 버렸지요. 그는 몸이 허약하기 때문에 더욱더 신경이 예민해졌어요. 자신이 형제들 중 유일하게 살아남았다는 사실을 깨닫고는 자신이 죽을 차례라고 하는 거예요. 그것도 머지않아 죽을 거라고 하면서 말이에요. 저는 다 쓸데없는 생각이라고 했지요."

그들은 역에서 나와 모드가 이끄는 곳으로 걸어갔다. 거의 고물이 다 된 낡은 차가 한 대 서 있었다.

"차가 너무 낡아서 죄송해요." 모드가 말했다.

"오래전부터 새 차를 마련해야겠다고 생각했지만, 형편이 좋지 못해서요. 이 차의 엔진은 두 번이나 갈았답니다. 그런데도 움직이기가 무척 힘들어요."

"제발 시동이 걸려줘야 할 텐데." 하고 그녀는 덧붙였다.

"모터를 감아줘야 시동이 걸리는 때도 있어요"

그녀는 시동 장치를 여러 번 밟았으나, 소리만 요란할 뿐 차는 꼼짝도 하지 않았다. 한 번도 이런 자동차를 타본 적이 없는 엔트휘슬 씨는 은근히 걱정이 되었다. 하지만 모드가 직접 자동차에서 내려 시동 핸들을 끼우고 힘차게 두어 번 돌리자 모터가 움직이기 시작했다. 정말 다행이었다. 모드는 보통 여자가 아니라고 엔트휘슬 씨는 새삼 생각했다.

"자, 이젠 됐어요. 이 낡은 고물차가 바로 얼마 전에 나를 무척 골탕먹였답니다. 장례식을 마치고 돌아오던 길에 말이에요. 몇 마일이나 걸어서 자동차 수리점에 도착했는데, 수리공의 솜씨가 형편없더군요. 간단한 수리 정도만 할 수 있다나요. 그래서 결국 여관에 들어야 했어요. 그들이 자동차를 고칠 동안 말이죠. 물론 티모시는 몹시 화를 냈지요. 나는 티모시에게 전화해서 다음날에야 집에 돌아갈 수 있겠다고 했거든요. 그는 마구 화를 내더군요. 그럴 땐 가능한 한 물건들을 그에게서 멀리 치워둬야 한답니다. 코라가 죽었다는 소식을 듣고는 정말 굉장했어요. 그래서 바튼 박사에게 진정제를 놔달라고 연락했답니다. 티모시 같은 건강상태에 있는 사람에게 살인사건은 너무 큰 충격이에요. 그리고……, 흠, 코라는 언제나 좀 어리석었지요."

엔트휘슬 씨는 아무런 대답 없이 모드의 이야기를 곰곰이 생각해보았다. 그는 그녀의 말에 선뜻 동의할 수가 없었다.

"우린 결혼식 이후로는 코라를 만난 적이 없어요." 모드가 말했다.

"그때 비록 '당신 막냇동생은 정신이 나갔어요.'라고 말하진 않았지만, 마음속으로는 그렇게 외쳤답니다. 게다가 이번만 해도 그래요. 그런 엉뚱한 이야기를 꺼내다니! 사람들이 화를 내야 할지, 웃어야 할지 도무지 갈피를 못 잡게 만들잖아요. 코라는 착각 속에서 살았던 게 분명해요. 다른 사람들에 대한 환상으로 가득 찬 착각의 세계에서 말이에요. 가엾게도, 이번에 그 착각의 대가를 치룬 셈이군요. 그녀에게 혹시 정부(情夫) 같은 사람이 없었나요?"

"정부라니, 무슨 뜻입니까?"

"그저 궁금해서 물어본 것뿐이에요. 바람난 젊은 화가들이나 음악가 녀석들……, 하여튼 그런 족속들 말이에요. 누군가를 집 안에 끌어들였는데, 그가 우연히 돈주머니를 보고 공격했는지도 모르죠. 어쩌면 청소년의 짓일지도 몰라요. 그맘때 아이들이란 종종 충동적으로 행동하기 일쑤니까요. 특히 신경질적인 건달 예술가라면 더욱 그렇죠. 내 말은 환한 대낮에 쳐들어가 사람을 죽인 게 너무 이상하다는 뜻이에요. 대부분 그런 일은 밤에 일어나잖아요?"

"그때는 두 여자가 다 집에 있었을 테니까요."

"아, 예, 말동무라는 여자가 있었죠. 하지만 그 여자가 집을 나서길 기다렸다가 침입해서 코라를 살해했다고는 생각되지 않아요. 도대체 왜 그래야 하죠? 범인은 코라가 돈이나 귀중품 같은 걸 가지고 있는지는 전혀 몰랐을 텐데 말이에요. 그리고 두 여자가 모두 외출해서 집이 빌 때를 노렸어도 됐을 텐데요. 범인이 단지 귀중품을 노리고 코라를 그런 식으로 살해했다고 생각하는 건 정말 어리석은 짓이에요."

"그렇다면 당신은 코라의 죽음이 전혀 불필요하다고 보는 겁니까?"

"그저 어리석을 뿐이지요."

살인이라는 것은 어떤 논리도 통할 수 없는 것이다. 엔트휘슬 씨는 의아하게 생각되었다. 단지 생각만으로는 논리적으로 설명될 수 있을 것 같다. 하지만 기록에 나타난 범죄 중에는 이해하기 힘든 경우가 허다하다. 그건 살인자의 심리상태에 달린 것이라고 엔트휘슬 씨는 생각했다.

그는 살인범들과 그들의 심리상태에 대해 얼마나 알고 있는가? 거의 모르고 있다고 해야 할 것이다. 그의 회사에서는 범죄에 대한 업무는 전혀 취급하지 않는다. 그리고 그 자신 또한 범죄를 연구해본 적도 없었다. 단지 그는 살인범들 중에는 별의별 이상한 인간이 많다는 것 정도만 알고 있었다. 어떤 사람은 지나친 허영심 때문에 일을 저질렀고, 어떤 이는 권력을 탐하다가, 또 세든 같은 사람들은 천하고 탐욕스러운 성격 때문에, 스미드나 로제 같은 사람들은 여자에 대한 망상 때문에 범죄를 저질렀다. 또, 그들 중에는 암스트롱처럼 유쾌한 성격에다 남에게 호감을 주는 인물도 있었다. 이디스 톰슨은 폭력에 대한 헛된 망상 속에서 살았다. 그리고 웨딩턴 간호사는 나이 많은 환자들을 해치워 버렸다. 지극히 사무적인 태도로……

모드의 목소리가 그를 이런 생각 속에서 벗어나게 했다.

"티모시가 신문을 읽지 않았으면 좋겠는데요! 하지만 그는 신문을 읽겠노라고 계속 고집을 부릴 거예요. 그리고 결국에는 벌컥 화를 내고 말겠죠. 그런데 엔트휘슬 씨, 티모시가 심리에 참석하지 않아도 될까요? 만일 부득이하다면, 바튼 박사께서 진단서를 만들어 주시겠다고 했는데요."

"그 문제라면 조금도 걱정할 필요가 없습니다."

"다행이군요!"

그들은 스탠스필드 그레인지 문을 통과했다. 한때는 무척이나 아름다운 곳이었지만 이제는 아무도 돌보지 않아서 황폐할 대로 황폐해져 있었다.

모드는 한숨을 쉬면서 말했다.

"전쟁 중에 여기에 씨를 뿌리려고 했어요. 그런데 정원사들이 군대에 끌려가는 바람에 이렇게 되어버렸답니다. 지금은 늙은 정원사 한 명밖에 안 남았어요. 나이가 많아서 일을 제대로 못 한답니다. 그리고 요즈음은 임금이 너무 비싸서 말이죠. 여기에다 조금이나마 돈을 쓸 수 있다는 게 고마울 지경이라니까요. 우리 둘 다 이곳을 무척 좋아한답니다. 행여 이 땅을 팔아야 하는 게 아닐까 얼마나 걱정했었다고요. 이런 이야기는 티모시에게 비치지도 않았지만요. 그 이야기를 했다간 난리가 날 테니까요."

그들은 아름답고 고풍스러운 조지아풍 저택의 현관 앞에 도착했다. 그 집의 페인트는 형편없이 벗겨져 있었다.

"하인도 없답니다." 그녀는 씁쓸한 목소리로 말했다.

"일이 있을 때 한두 명이 가끔 오는 정도예요. 한 달 전만 해도 하녀가 한 명 있었지요. 약간 등이 구부정하고 굉장한 뚱뚱보인데다가, 멍청한 여자였어요. 하지만 하녀가 있다는 사실만으로도 안심이 되곤 했답니다. 웬만한 요리는 거뜬히 해 내곤 했으니까요. 그런데 어느 날 갑자기 발바리를 여섯 마리나 키우는 집으로 가겠다더군요(우리 집보다 크고 일거리도 훨씬 많은데 말이에요). 자기가 워낙 개를 좋아하기 때문이라나요. 개를 좋아하다니, 세상에! 집 안을 온통 어지럽히고 다니는 게 바로 개들인데 말이죠! 하여튼 그런 여자들은 정말 어쩔 수 없다니까요! 결국 우리 둘만 남게 되었답니다. 내가 일 때문에 밖으로 나가면 티모시 혼자 집에 남아 있게 되는 거지요. 만일, 그런 때 무슨 일이라도 생긴다면 어떻게 도움을 청할 수 있겠어요? 그래서 생각해 낸 것이 티모시의 의자 옆에 전화기를 갖다 두는 거였어요. 그가 정신이 혼미해지면, 즉시 바튼 박사에게 전화할 수 있도록 말이에요."

모드는 응접실로 엔트휘슬 씨를 안내한 다음, 뒤쪽으로 사라졌다. 몇 분 뒤에 그녀는 찻주전자를 들고 응접실로 들어왔다. 그러고는 엔트휘슬 씨에게 차를 권했다. 그녀는 집에서 만든 케이크를 함께 내놓았는데, 맛이 아주 좋았다.

"티모시는?" 엔트휘슬 씨가 물었다.

그러자 모드는 역으로 나가기 전에 티모시에게 식사를 주었다고 말했다.

"그러니 지금쯤……, 낮잠을 자고 있을 거예요. 이맘때 만나시는 게 제일 좋을 거예요. 그를 너무 흥분시키지는 마세요."

엔트휘슬 씨는 그러겠다고 대답했다.

어른거리는 불빛에 드러난 그녀를 쳐다보면서 그는 일종의 동정심을 느꼈다. 모드는 건장하고 활기차며 분별력이 있는 여자였지만, 어딘지 모르게 상처받기 쉬운 어린 사람처럼 느껴졌다.

엔트휘슬 씨는 남편에 대한 그녀의 사랑은 모성애라고 확신했다. 모드 애버니시에게는 아이가 없었다. 그러나 그녀는 모성애가 강한 여자였다. 그녀의 허약한 남편은 이러한 그녀에게 좋은 아이 역할을 했을 것이다. 보호받고, 보살핌을 받는 어린아이가 된 것이다. 그리고 어쩌면 성격이 강한 편인 모드는 무의식적으로 그를 허약하다고 생각해서 그를 더욱더 나약하게 만들어 버렸는지도 모른다.

'가엾은 티모시 부인.' 엔트휘슬 씨는 속으로 중얼거렸다.

2

티모시는 의자에서 일어나면서 손을 내밀었다.

"와주셔서 정말 감사합니다."

그는 리처드와 비슷하게 생겼으며, 체구가 무척 큰 편이었다. 하지만 리처드는 강인한 반면, 티모시는 허약해 보였다. 그의 입매는 처져 있으며, 턱은 힘없이 늘어졌고, 두 눈은 깊지 못했다. 그의 이마에는 신경질적인 주름살이 새겨져 있었다. 허약한 건강 상태를 나타내주는 듯, 무릎에는 무릎덮개가 놓여 있고, 오른쪽 탁자 위에는 조그만 약병들이 늘어져 있었다.

"기운을 빼서는 안 된답니다." 그는 마치 경고라도 하듯이 말했다.

"아주 몸에 나쁘다나요. 의사는 언제나 내게 걱정하지 말라고만 한답니다. 걱정하지 말라니! 형제가 살해되었다는데 근심하지 않을 사람이 세상에 어디 있습니까! 정말 너무 끔찍한 일입니다. 리처드가 죽더니, 형님의 장례식과 유언장에 대한 얘기가 들리고(빌어먹을 유언장!) 그러고는 가엾게도 코라가 도끼로 살해되었다니! 도끼! 오! 이 나라에는 깡패들만 우글거리고 있어요. 흉악한 범죄자들만 있단 말입니다. 모든 것이 전쟁 때문입니다. 자신을 보호할 힘도 없는 여자에게 달려들다니. 그런데 아무도 이런 일에 제재를 가하지 않고 있습니다. 따끔한 맛을 보여 줘야 하는데……. 도대체 나라에서는 뭘 하고 있답니까? 그 빌어먹을 정부에서는요?"

엔트휘슬 씨는 이런 넋두리를 종종 들어왔다. 지난 20여 년 동안 그의 고객들로부터 줄기차게 들어 온 이야기였다. 그럴 때는 살살 달래 주면서 어물쩍하고 넘기는 게 상책이었다.

"그 빌어먹을 노동당이 들어서면서부터 이 모양이 된 겁니다."

티모시는 계속 떠들어댔다.

"나라를 망쳐 버리고 말았다고요. 지금 정부도 조금도 나을 게 없습니다. 말만 번지르르한 사회주의자들! 우리가 처해 있는 상황을 좀 보십시오! 쓸 만한 정원사 하나 구할 수 없고, 하인도 마음대로 부릴 수가 없다니까요. 가엾게도 모드가 직접 주방일을 하고 있답니다(그런데 여보, 오늘 밤에 먹을 커스터드푸딩은 맛이 좋겠지? 그리고 맑은 수프가 먼저 나오겠지?). 바튼 박사가 힘든 일을 해서는 안 된다고 말했답니다. 가만 있자, 내가 어디까지 말했더라? 아, 그렇지, 코라 이야기였지요. 정말 커다란 충격이었습니다. 누이동생이 살해당했다는 소식은 누구에게나 충격적이겠지요! 근 20분 동안 심장이 두근거려서 혼났습니다! 나를 대신해 모든 일을 처리해주셔야겠습니다, 엔트휘슬 씨. 보시다시피 나는 심리에도 참석할 수 없는 처지이고, 코라의 유산 문제에도 관여하고 싶지 않습니다. 그저 그 모든 것을 하루 빨리 잊고 싶을 뿐입니다. 그건 그렇고, 리처드가 물려준 코라의 몫은 어떻게 되는 겁니까? 물론 내게 넘어오겠지요?"

이때 모드가 찻잔을 치워야겠다면서 방을 나갔다.

티모시는 의자 깊숙이 등을 기댄 채로 말했다.

"여자들이 없으니 참으로 좋군요. 이제야 방해받지 않고 우리끼리 이야기할 수 있겠습니다."

"코라에게 상속된 몫은……." 엔트휘슬 씨가 입을 열었다.

"당신과 조카들에게 골고루 분배될 겁니다."

티모시의 뺨은 화가 나서 새빨개졌다.

"하지만……, 나는 코라의 오빠입니다. 살아 있는 유일한 오빠라고요."

엔트휘슬 씨는 리처드 애버니시의 유언에 대해 조심스럽게 설명했다. 그리고 티모시에게도 유언장 사본을 보냈다는 사실을 상기시켜 주었다.

"나는 그런 법률 전문 용어들을 도무지 이해하지 못하겠습니다."

티모시는 불쾌한 목소리로 외쳤다.

"당신네 변호사들! 솔직히 말해서, 모드가 유언장에 대해 이야기할 때부터 도저히 믿기지가 않았습니다. 모드가 잘못 들은 것이라고 생각했지요. 모드처럼 똑똑한 여자도 재정적인 문제에 대해서는 완전히 숙맥입니다. 리처드가 죽지 않았다면, 우리가 꼼짝없이 이 집을 처분해야 했었다는 것조차도 모드는 전혀 모르고 있더군요. 눈앞에 분명히 보이는 사실인데도 말입니다!"

"사정이 그렇다면 리처드에게 도움을 청할 수도 있었지 않습니까?"

그러자 티모시는 신경질적인 웃음을 터뜨렸다.

"그런 일은 도무지 맘에 내키지 않았습니다. 아버지는 우리들에게 꽤 많은 유산을 남겨 주셨답니다. 하지만 나는 집에서 경영하는 회사에 투자하지 않았습니다. 나는 티눈 고약이라는 사업 자체가 못마땅했거든요. 리처드는 내 그러한 태도를 몹시 고깝게 생각했습니다. 세금은 많고, 수입은 신통치 않은데 일만 계속해서 터지니, 사업이라는 것이 워낙 힘이 들거든요. 언젠가 한번은 내가 이곳을 꾸려 나가기가 벅차다고 넌지시 말했습니다. 그랬더니 형님은 우리가 좀더 작은 곳에서 살고 싶어 한다는 뜻으로 해석하더군요. 모드에게도 훨씬 편할 거라고 하면서요. 힘이 덜 들 거라나요, 내 참 기가 막혀서!

리처드에게 도움을 청하고 싶지는 않았습니다. 하지만 엔트휘슬 씨, 나는 그 걱정 때문에 건강이 너무 나빠졌답니다. 내 건강상태로는 걱정을 하지 말

앉아야 하는 건데 말입니다. 그런데 형님이 죽었습니다. 덕분에 나는 한시름 놓게 되었습니다. 이제는 모든 것이 다 순조롭게 돌아가고 있습니다. 정말 다행스런 일이죠. 집에 페인트도 새로 칠하고, 쓸 만한 정원사를 2명쯤 고용할 겁니다. 임금이 좀 비싸도 상관없습니다. 장미 정원도 다시 사들이고 싶고요. 그리고……, 그런데 내가 어디까지 이야기했더라……?"

"앞으로의 계획을 이야기하고 있었습니다."

"아, 그렇군요. 이제 그 이야기는 그만두도록 합시다. 내가 기분이 나쁜 것은(그것도 몹시) 리처드의 유언장 내용이었습니다."

"그렇습니까?"

엔트휘슬 씨는 의아한 표정으로 쳐다보았다.

"당신이 기대한 것과 달랐단 말입니까?"

"예, 그렇습니다! 모티머가 죽었으니까, 리처드의 재산은 당연히 내게 올 것이라고 생각했습니다."

"아, 그렇다면, 리처드에게서 그런 언질이라도 받았습니까?"

"그런 말을 들은 적은 없습니다. 형님이 원래 말이 없었으니까요. 그런데 형님이 이곳으로 찾아왔었죠. 모티머가 죽은 지 얼마 되지 않았을 때입니다. 형님은 집안일에 대해 의논하고 싶다고 했습니다. 우리는 조지, 그리고 조카딸 부부에 대해 의견을 나누었지요. 형님은 내 의견을 듣고 싶어 했지만 나는 별로 이야기할 게 없었답니다. 몸이 안 좋아서 밖에 나가질 않았기 때문에 우리 부부는 세상과 동떨어져 살았으니까요. 조카딸들은 상대를 잘못 택했습니다. 어쨌든 형님은 집안의 웃어른인 내 의견을 들으려고 찾아온 것이라고 생각했습니다. 그래서 형님이 죽은 뒤, 나는 당연히 재산은 다 내게로 올 것이라고 생각했습니다. 형님은 내가 조카들을 잘 보살펴 줄 거라고 믿는 것 같았거든요. 물론 불쌍한 코라도 돌봐줘야겠지요. 나야말로 유일하게 남은 애버니시 자손이니까요. 그러니 당연히 내가 모든 걸 관리해야 하는 것 아닙니까?"

티모시가 흥분한 끝에 의자에서 벌떡 일어나는 바람에 무릎덮개가 굴러 떨어졌다. 그때 그에게서는 허약한 모습이라곤 전혀 찾아볼 수가 없었다. 엔트휘슬 씨는 티모시가 무척 건강해 보인다고 생각했다.

한편 늙은 변호사는 티모시가 형인 리처드를 은근히 시기하고 있었다는 사실을 깨달았다. 티모시는 리처드의 성격이나 유능한 사업 수완을 무척 부러워했다. 리처드가 죽고 나자, 티모시는 자신이 다른 사람들의 운명까지 쥐고 흔들 수 있으리라는 생각에 부풀어 있었을 것이다. 리처드 애버니시는 그에게 그러한 힘을 주지 않았다. 이미 그런 일을 짐작하고서 사전에 막으려고 했던 것일까?

갑자기 정원 쪽에서 고양이가 우는 소리가 나자 티모시는 자리에서 벌떡 일어섰다. 그러고는 창문으로 뛰어가서, "시끄러워!"라고 고함을 쳤다. 그러면서 두툼한 책 한 권을 고양이에게 내던졌다.

"더러운 고양이 새끼 같으니라고!"

티모시가 자리에 돌아오면서 내뱉었다.

"화단을 망치고 다니질 않나, 게다가 야옹거리는 소리는 정말……"

그는 다시 자리에 앉아서 엔트휘슬 씨에게 물었다.

"술 한 잔 하시겠습니까, 엔트휘슬 씨?"

"생각이 없습니다. 방금 전에 맛있는 차를 대접받았거든요."

티모시가 볼멘소리로 말했다.

"모드는 아주 똑똑한 여자입니다. 하지만 너무 많은 일을 한답니다. 고물 자동차 수리까지 해야 하니까요. 이젠 아주 수리공이 다 되었답니다."

"장례식에서 돌아오는 길에 자동차가 고장 났었다는 이야기를 들었습니다."

"예, 자동차 엔진이 망가졌었다는군요. 내가 걱정할까 봐 전화로 연락을 했더군요. 그런데 멍청한 파출부가 도대체 말도 되지 않는 메모를 해두었답니다. 나는 바람을 쐬려고 잠깐 밖에 나갔었지요. 의사가 가능한 한 운동을 하는 게 몸에 좋다고 해서요. 집에 돌아와 보니 글쎄 이런 어처구니없는 메모가 놓여 있지 않겠습니까? '부인의 차가 유감스럽게도 고장이 나서 하룻밤 묵게 되었습니다.'라는 메모가 말입니다. 그래서 나는 모드가 엔더비에 있겠거니 하고 전화를 해봤습니다. 그랬더니 모드는 아침에 이미 떠났다더군요. 그러니 어디 다른 곳에서 고장이 난 것이죠! 정말 골치 아픈 일이었습니다.

더구나 그 파출부는 저녁식사를 아무것도 마련해두지 않았습니다. 마카로니

치즈 한 덩이밖에 없더군요. 그래서 할 수 없이 내가 직접 주방에 들어가서 요리를 해야 했습니다. 차도 끓이고, 불도 내가 직접 땠습니다. 하마터면 심장 마비가 일어나는 줄 알았어요. 하지만 그런 여자가 상관이나 하겠습니까? 조금이라도 생각이 있는 여자라면, 그날 저녁에 와서 돌봐줬을 겁니다. 하여튼 요즘에는 그런 계층에서는 공경심을 가진 사람을 볼 수가 없으니 원!"

그는 서글픈 표정을 지었다.

"그런데 모드가 장례식과 친척들에 대해 얼마나 말씀드렸는지 모르겠군요."

엔트휘슬 씨가 말했다.

"코라가 리처드가 살해된 게 아니냐고 말해서 분위기가 잠시 어색했었습니다. 모드가 그런 말을 하지 않던가요?"

티모시는 가볍게 대답했다.

"아, 예. 그런 얘기를 들었습니다. 거기 모였던 사람들이 모두 충격을 받았다고 하더군요. 코라라면 능히 할 만한 이야기죠! 엔트휘슬 씨도 그 애가 어렸을 때부터 불쑥 그런 말을 잘 꺼내곤 했다는 걸 아시지요? 우리 결혼에 대해서도 엉뚱한 말을 해서는 모드를 화나게 만들었지요. 그래서 모드는 코라를 별로 좋아하지 않았습니다. 모드는 장례식 다음날 저녁에 전화했더군요. 내가 괜찮은지, 그리고 존스 부인이 내게 저녁식사를 차려 줬는지를 확인하기 위해서지요. 내가 유언장에 대해 묻자, 모드는 자꾸만 대답을 피하려고 했습니다. 하지만 나는 사실을 알아내고야 말았답니다. 믿을 수 없는 소식이었지요. 나는 모드에게 뭔가 잘못 안 게 아니냐고 다그쳤습니다. 하지만 모드는 틀림없는 사실이라고 하더군요. 기분이 몹시 좋지 않았습니다. 엔트휘슬 씨, 정말로 충격적인 일이었지요. 리처드가 야속하다는 생각이 점점 치밀었습니다. 물론 나도 이미 고인이 된 사람을 탓해서는 안 된다는 것을 잘 알고 있습니다. 하지만……"

티모시는 이런 이야기를 얼마 동안 계속했다.

그때 모드가 방에 들어와 냉랭하게 말했다.

"여보, 당신은 엔트휘슬 씨와 너무 오래 이야기했어요. 이젠 그만 쉬어야 해요. 필요한 이야기가 다 끝났다면 말이에요."

"아, 거의 다 끝났어. 이젠 모든 걸 당신에게 맡기겠습니다. 경찰에서 범인을 체포하게 되면, 내게 꼭 알려 주십시오. 요즘 경찰들은 도대체 믿을 수가 있어야지요. 경찰서장이라는 사람까지도 도대체가 엉터리란 말입니다. 시체 매장 때 참석해주시겠죠? 우리는 갈 수 없을 것 같습니다. 하지만 훌륭한 화환을 주문해두겠습니다. 그리고 적당한 비석도 마련해야겠지요. 그런데 코라는 어디에 묻히게 됩니까? 물론 살던 곳에 묻히겠죠? 시체를 북부까지 운반해 와서 묻을 필요는 없을 테니까요. 그리고 랜스퀘네트 가문 묘지가 어디에 있는지도 모르니까요. 프랑스 어딘가에 있겠지요. 그런데 비석에 무슨 글을 넣어야 할까? '편히 쉬게 되다.'라든가 하는 글은 적합하지 않고……. 성경 구절 중에서 고르는 게 좋겠군요. '평화롭게 잠들게 하소서'라든가 하는 것이 어떻겠습니까? 아 참, 안 되지. 그건 가톨릭 신자들이나 쓰는 거니까."

"오, 주여. 제 모든 죄를 보셨습니다. 이제 저를 심판해주소서."

엔트휘슬 씨가 중얼거렸다.

티모시가 깜짝 놀라 그를 빤히 쳐다보자, 엔트휘슬 씨는 희미하게 미소를 지었다.

"애가(哀歌, 성경의 예레미아 애가서를 말함)에 나오는 구절이랍니다. 그런 대로 좀 분위기가 맞는 구절이랍니다. 하지만 비문을 새기기까지는 시간이 충분합니다. 우선 장지도 마련해야 하니까요. 그 문제는 조금도 걱정할 필요가 없습니다. 우리가 잘 알아서 처리할 테니까요. 그리고 즉시 연락을 하겠습니다."

엔트휘슬 씨는 다음 날 아침에 오전 열차로 런던으로 떠났다.

집에 도착한 그는 잠시 주저하다가 친구에게 전화를 걸었다.

제7장

엔트휘슬 씨는 친구의 손을 다정하게 움켜잡았다.

"초대해줘서 정말 고맙네."

에르큘 포와로는 벽난로 옆에 놓인 의자를 권했다. 엔트휘슬 씨는 자리에 앉으면서 한숨을 내쉬었다. 방 한구석에는 2인용 탁자가 하나 놓여 있었다.

"오늘 아침 지방에서 돌아왔네." 그가 말을 꺼냈다.

"그렇다면 식사를 한 다음에 듣는 편이 낫겠군, 조지?"

조지가 거위 간 파이에다가 냅킨에 싸인 토스트를 들고 들어왔다.

"우리는 불가에 앉아 파이를 먹을 걸세."

포와로가 말했다.

"그러고 나서 탁자에서 식사하겠네."

1시간 반이 지난 뒤에 엔트휘슬 씨는 편안한 자세로 의자 깊숙이 등을 기대었다. 그는 맛있게 잘 먹었는지 아주 기분 좋은 미소를 지었다.

"자네 정말 잘도 먹는군, 포와로. 역시 프랑스인답군그래."

"나는 벨기에 사람일세. 하지만 자네 말이 맞네. 내 나이에 유일한 낙이란 바로 먹는 즐거움이 아니겠나? 다행히도 내 위장은 아직도 튼튼하다네."

"그건 그렇겠군." 엔트휘슬 씨가 중얼거리듯이 말했다.

그들은 솔베로니크를 먹어치우고, 에스칼로페드보아 밀라노아를 먹고, 포와르 플랑베를 아이스크림과 곁들여서 거뜬히 먹어치웠다.

또한 코튼 다음에 나온 포일리 푸세를 마셨다. 그리고 엔트휘슬 씨는 고급 포도주를 마셨다. 포와로는 포도주 대신 초콜릿 아이스크림을 먹었다.

"도대체 어떻게 이런 훌륭한 고기를 구했나? 아주 입안에서 살살 녹더군!"

"미국인이 운영하는 푸줏간을 알고 있거든. 하찮은 집안 문제를 하나 해결해주었더니, 그 뒤로 줄곧 고기를 보내 주지 뭔가."

"집안문제를?" 엔트휘슬 씨는 한숨을 쉬었다.

"자네가 그 생각을 떠올리게 하지 말았으면 했는데…… 이제 슬슬 이야기를 꺼내야 할 것 같군."

"좀더 있다가 이야기하세. 우선 데미타세와 브랜디를 마시고, 좀 소화를 시킨 다음에 이야기해도 늦지 않을 걸세."

시계가 9시 30분을 가리킬 때야 비로소 엔트휘슬 씨는 이야기를 꺼내기 시작했다. 이제야 이야기할 만한 기분이 났던 것이다. 그는 주저하지 않고 아주 가벼운 마음으로 그 이야기를 시작했다.

"내가 지금 어리석은 짓을 하고 있는 건지도 모르겠네. 특별히 증거가 있는 것도 아니니까. 하지만 자네에게 다 털어놓고 싶군. 그리고 자네의 생각은 어떤지도 알고 싶네."

그는 잠깐 말을 멈추었다가 이내 이야기를 계속했다. 그는 숙련된 변호사답게 하나도 빠뜨리지 않고, 또한 군더더기 하나 없이 아주 간결하고 명확하게 사실을 전달했다.

이야기를 마친 그는 포와로의 질문이 있을 거라고 생각했다. 하지만 한동안 아무런 질문도 없었다. 에르큘 포와로는 깊은 생각에 잠겨 있었다.

마침내 그가 입을 열었다.

"무슨 이야긴지 잘 알겠네. 자네는 친구인 리처드 애버니시가 살해되었을지도 모른다고 생각하고 있는 거지? 그것도 바로 코라 랜스퀴네트가 리처드 애버니시의 장례식 때 한 말 때문에 말일세. 그렇다면 코라의 이야기를 제외하곤, 결국 아무 근거도 없는 셈이군. 그 여자가 살해된 것도 우연일지 모르지. 리처드 애버니시가 갑자기 죽은 건 사실이네. 하지만 유명한 의사가 그를 돌보았고, 그 의사는 아무런 의심 없이 사망진단서를 떼어 주었단 말일세. 그런데 리처드는 매장되었나, 아니면 화장되었나?"

"화장되었다네. 그의 유언대로."

"흠, 그런가? 그런데 법에 의하면 또 다른 의사가 사망진단서에 서명하게 되어 있지. 하지만 거기에는 아무런 문제가 없을 거네. 결국 코라 랜스퀴네트가 한 말로 되돌아가야겠군. 자네가 바로 그 자리에서 그 이야기를 들었다고 했지? '오빠는 살해된 거예요, 그렇지 않은가요?'라고 말했다고?"

"그렇다네."

"그럼 그 여자의 말이 사실이라고 생각하고 있나?"

엔트휘슬 씨는 잠시 망설이는 듯했으나 이내 대답했다.

"그렇다네."

"이유가 뭔가?"

"이유라고?" 엔트휘슬 씨는 약간 당황한 듯이 그 말을 되풀이했다.

"그래, 이유 말일세. 혹시 리처드의 죽음에 뭔가 미심쩍은 점이 있었나?"

엔트휘슬 씨는 고개를 저었다.

"아니, 아닐세. 그런 건 아닐세."

"그렇다면 코라 때문인가? 그 여자를 잘 아나?"

엔트휘슬 씨는 곰곰이 생각해보았다.

"아니, 거리에서 만나면 모르고 지나칠 수도 있을 거네. 내가 마지막으로 봤을 땐 비쩍 말랐었으니까. 그런데 이번에 보니까 뚱뚱한 중년 여자로 변해 있더군. 하지만 막상 얼굴을 보니 예전의 모습이 많이 남아 있더군. 머리 모양도 똑같고—이마 가운데 가르마를 탄 스타일이지. 사람을 쳐다보는 태도라든가, 불쑥 말을 꺼내는 습관, 그리고 엉뚱한 이야기를 꺼내기 전에 고개를 갸우뚱하는 버릇도 여전하더군. 코라의 성격은 좀 유별나네. 그리고 성격이란 것은 좀처럼 변하지 않는 법이라네."

"예전의 코라와 별로 다르지 않았단 말이군. 여전히 엉뚱한 말을 꺼내고 말이야. 그런데 예전에 그녀가 떠들었던 엉뚱한 말들이 대체로 신빙성이 있긴 했나?"

"종종 코라 때문에 분위기가 어색해지곤 했네. 말하지 않는 게 좋은 진실을 불쑥 이야기해버리곤 했으니까."

"그녀의 성격은 여전했다 이 말이군. 리처드 애버니시는 살해당했다……. 그래서 코라는 즉시 그 이야기를 하고 말았다."

엔트휘슬 씨는 동요하기 시작했다.

"포와로, 자네도 그가 살해되었다고 생각한단 말이지?"

"오, 아니, 아닐세. 그렇게 쉽사리 결론을 내리지는 말게나. 우리가 알고 있는 것은 단지 코라가 리처드가 살해된 걸로 생각했다는 것뿐이잖은? 그녀에게 있어서, 그것은 추측이라기보다는 하나의 확신이었지. 지금으로서 우리는 이런 결론을 내릴 수 있겠네. 즉, 그녀는 그러한 확신을 할 만한 어떤 이유를 가지고 있었다는 결론 말이야. 그녀의 성격상, 그 이야기는 단지 실수로 볼 수만은 없을 것 같군. 그러니 그녀가 그 이야기를 했을 때 그 자리에 있던 사람들이 어떤 반응을 보였는지 말해주지 않겠나? 물론 커다란 소동이 있었겠지?"

"그렇다네."

"그러자 그녀는 당황하고 머쓱해져서 변명하기 시작했단 말이지? '오빠가 한 말로 미루어 짐작한 거예요.'라고 말했다고 했나?"

엔트휘슬 씨는 고개를 끄덕였다.

"그밖에는 별로 생각이 나지 않는군. 하지만 그 말만은 분명히 기억하네. 그녀는 '오빠가 말했다.'라는 표현을 썼었지……."

"그리고 그 문제는 더 이상 언급되지 않았고, 사람들은 다른 이야기를 했단 말이로군. 그런데 혹시 그중 유난히 표정이 이상했던 사람은 없었나? 뭔가 심상치 않은 표정 말일세."

"전혀 없었네."

"그리고 바로 그다음 날 코라가 살해되었다. 그래서 자네는 의심하기 시작했군. '그 말 때문에 코라가 살해된 게 아닐까' 하고 말이야."

"자네는 그러한 생각이 전혀 터무니없는 것이라고 여기나?"

"천만에." 포와로가 대답했다.

"논리적인 가정이야. 아주 그럴듯해. 완전 범죄, 즉 리처드 애버니시를 감쪽같이 해치웠다. 그런데 갑자기 그 사실을 아는 사람이 나타났다! 당연히 그 사람을 재빨리 처치하려고 했을 테지."

"그렇다면 자네는……, 살인이라고 생각하는 건가?"

포와로는 신중한 태도로 대답했다.

"그렇다네. 아무튼 조사를 해봐야겠어. 이런 이야기를 경찰에게도 했나?"

"아닐세." 엔트휘슬 씨는 고개를 저었다.

"말해봤자 별로 성과도 없을 것 같아서 말이야. 어쨌든 나는 그 집안을 대변하는 자리에 있으니까. 만일, 리처드 애버니시가 살해된 것이라면 그 방법은 오직 한 가지네."

"독약 말인가?"

"그렇지. 그런데 시체는 화장되어서 아무런 증거도 없는 셈이지. 하지만 아무래도 미심쩍은 데가 있어 자네를 찾아온 거네."

"그가 죽을 때 그 집에는 누가 있었나?"

"오래전부터 그를 시중들었던 늙은 집사하고 요리사, 그리고 하녀 한 명이 있었다네. 어쩌면 그들 중 한 사람의 짓인지도 모르지."

"오! 너무 성급하게 결론짓지는 말게. 코라는 리처드 애버니시가 살해되었다는 사실을 알고 있었어. 그런데도 그녀는 범인을 이야기하지 않으려고 했거든. '여러분, 모두 문제가 없다고 생각해요'라고 말하면서 말이야. 그러니 범인은 가족 중 어느 한 사람임이 분명하지. 희생자 자신도 공개적으로 밝히기를 꺼려했을 인물일걸세. 그렇지 않다면 리처드를 좋아했던 코라가 범인의 이름을 말하지 않을 리가 없지 않은가? 자네 생각은 어떤가?"

"내가 생각한 그대로 일세." 엔트휘슬 씨가 대답했다.

"어떻게 가족 중에서 살해할 수 있었을까……?"

포와로가 그의 말을 막았다.

"독약이라면 가능성은 얼마든지 있다고 보네. 잠든 채로 죽었다면, 그리고 별달리 이상한 점이 없다면, 그건 분명히 마취제일 걸세. 어쩌면 이미 마취주사를 맞은 상태였는지도 모르지."

"어쨌든……." 엔트휘슬 씨가 말했다.

"어떻게 살해했느냐는 별로 중요한 문제가 아닐세. 문제는 우리가 증명해낼 수 없다는 데 있는 거라네."

"리처드 애버니시의 경우에는 그렇겠지. 하지만 코라의 경우는 다르네. 일단 범인을 찾아내기만 한다면, 증거는 찾아낼 수 있을 걸세."

그는 흘끗 쳐다보면서 덧붙였다.

"혹시 자네는 이미 뭔가를 알아내지 않았나?"

"아무것도 알아내지 못했네. 애버니시 집안사람 중 누가 살인범이라는 생각만 해도 역겨워서 말이야. 아직도 믿어지지 않는다네. 바보스러운 질문을 하면서, 속으로는 얼마나 그들의 혐의가 사라지길 바랐는지 모른다네. 그들 모두의 혐의가 말일세. 어쩌면 코라가 착각을 한 건지도 모르잖나? 그리고 코라는 어떤 건달 녀석에게 살해되었을 수도 있고, 그렇게 생각하면 이야기는 아주 간단해지네. 그런데 코라 랜스퀘네트가 살해되던 시간에 애버니시 사람들은 뭘 하고 있었을까?"

"아, 그렇지." 포와로가 말했다.

"그래, 그들은 뭘 하고 있었나?"

"조지 크로스필드는 허스트 공원에서 경마 구경을 하고 있었다네. 로저먼드 세인은 런던에서 쇼핑하고 있었고, 그녀의 남편은……, 남편의 행동도 빼놓을 수 없지."

"물론이지."

"그녀의 남편은 연극에 대한 계약을 결정 중이었고, 수잔 부부는 종일 집 안에 있었다더군. 티모시도 요크셔에 있는 자기 집에 있었고, 그의 아내는 엔더비에서 직접 차를 몰고 집으로 돌아가고 있었네."

그는 잠시 말을 멈추었다.

에르큘 포와로는 잠시 그를 쳐다보면서 알았다는 듯이 고개를 끄덕였다.

"좋아. 그들이 직접 그렇게 이야기한 건가? 그리고 그게 모두 사실인가?"

"그건 모르겠네, 포와로. 어떤 것은 증명할 수 있지만, 증명할 수 없는 것도 있으니까. 하지만 속을 뒤집어보지 않는 한 그걸 알아내기는 어려울 걸세. 잘못 건드렸다가는 오히려 우리가 의심하고 있다는 것만 사람들에게 알리는 결과가 될 테니까. 내 생각을 말해보면 이렇다네. 조지는 경마장에 있었는지도 모르지만, 나는 그걸 믿지 않아. 경솔하게도 그는 자신이 돈을 건 말이 우승했다고 자랑하더군. 하지만, 내 경험으로 볼 때 도리에 어긋난 짓을 한 사람들은 필요 이상으로 떠벌린 나머지, 결국엔 눈치 채이고 만다네. 내가 우승한 말의 이름을 묻자, 그는 조금도 주저하지 않고 대답했어. 하지만 조사해보니 그 말들은 우승할 거라고 물망에 올랐던 말들이었네. 그중 한 마리만 이기고 나머지 한 마리는 예상과는 달리 등수에도 들지 못했어."

"그것참 재미있군. 조지는 그의 아저씨가 죽을 때 돈이 몹시 궁했었나?"

"무슨 근거가 있는 것은 아니지만, 그런 느낌을 받았어. 어쩌면 그는 고객들의 자금으로 엉뚱한 짓을 하고 있다가 들통이 날 지경에 몰렸는지도 모르지. 단지 느낌뿐이지만, 나는 원래 그런 방면에 경험이 많은 편이라서…… 유감스러운 일이지만 범법 행위를 하는 변호사들이 간혹 있다네. 내가 여기서 분명히 이야기할 수 있는 건, 나라면 조지에게 돈을 맡기지 않겠다는 걸세. 그리고 리처드 애버니시처럼 사람을 잘 파악하는 인물이라면 조지를 신뢰하지 않을 걸세. 그의 어머니는……."

엔트휘슬 씨는 계속해서 말했다.

"아름답긴 했지만, 다소 멍청한 데가 있는 여자였다네. 그녀는 좀 미심쩍은 남자와 결혼했지."

그는 한숨을 쉬었다.

"애버니시 집안 여자들은 다 형편없는 남자들과 결혼했다네."

그는 잠깐 숨을 돌린 뒤, 다시 이야기를 계속했다.

"로저먼드는 한마디로 말해 예쁜 멍청이야. 그 여자가 코라를 도끼로 내리친다는 건 생각할 수도 없는 일이네! 그녀의 남편인 마이클 셰인도 비슷한 사람이지. 터무니없는 야망과 허영심에 젖은 사람이거든. 하지만 그에 대해서는 별로 아는 게 없다네. 그러나 그가 독살했다거나 그런 끔찍한 살인을 했다고는 생각되지 않아. 하지만 내가 그에 대해 아는 것은 모두 그 자신의 입에서 나온 것이니까 믿을 수는 없는 일이지."

"하지만 그 아내에 대해선 분명하다는 말이지?"

"아니, 아닐세. 다만, 그녀가 도끼를 들고 있는 모습이 상상이 되지 않는다는 이야기야. 그 여자는 아주 가냘프거든."

"그리고 아름답고!" 포와로가 말하면서 약간 냉소적으로 미소 지었다.

"다른 조카딸이 또 있다고 했지?"

"오, 수잔? 그녀는 로저먼드와 아주 다르다네. 능력 있는 여자일세. 그녀와 그녀의 남편은 그날 집에 있었다더군. 나는 내가 그날 오후에 전화하려고 애썼다고 말했지. 물론 꾸며낸 이야기였네. 그랬더니 그레고리가 재빨리 그날 하루 종일 전화가 고장 났다고 대꾸하더군. 자기도 어떤 사람에게 전화하려고 했는데 통화가 되지 않았다면서."

"호, 참 이상하군. 어쨌든 자네가 바라던 대로 무시할 수 없는 인물이군. 남편은 어떤 사람인가?"

"글쎄, 뭐라고 꼬집어서 이야기하기는 힘들지만, 확실히 꺼림칙하게 느껴지는 사람일세. 그런데 수잔은……."

"어서 계속하게."

"리처드 애버니시처럼 힘차고 강한 정신력을 가지고 있다네. 물론, 그 친구만큼 따뜻하고 친절하지는 못한 것 같긴 하지만……."

"여자들이란 원래가 불친절하다네." 포와로가 한마디 했다.

"하지만 가끔 상냥해질 때도 있지. 수잔은 남편을 사랑하나?"

"굉장히 사랑한다네. 하지만 포와로, 나는 수잔이 그랬으리라고는 생각하지 않아."

"그렇다면 자네는 조지를 의심하는 건가?" 포와로가 말했다.

"당연한 일이지! 하지만 나는 아름다운 여자에게 약한 사람은 아닐세. 자, 이제 티모시 부부를 만난 이야기를 해야겠군."

엔트휘슬 씨는 티모시와 모드를 방문한 이야기를 자세하게 해주었다.

포와로는 그의 이야기를 다 듣고 나서 요점을 간추렸다.

"애버니시 부인은 훌륭한 수리공인 셈이군. 그녀는 차의 내부에 대해 잘 알고 있단 말이지. 그리고 애버니시 씨는 듣던 것보다는 훨씬 건강하고, 산책도 다니고, 얼마든지 활동할 수 있다는 말이지. 그리고 자기 형의 성공과 훌륭한 성격을 부러워하고 있었고."

"그 사람은 코라에 대해서만큼은 아주 애정 어린 말투로 이야기하더군."

"그런데도 장례식 뒤의 그녀의 엉뚱한 이야기를 꾸짖었단 말이지? 그건 그렇고, 나머지 한 명은?"

"헬렌? 레오 부인 말인가? 그녀는 절대로 의심할 수가 없다네. 어떤 경우에도 그 여자는 결백해. 그녀는 세 명의 하인들과 함께 엔더비에 있었거든."

포와로가 말했다.

"좋아, 털어놓고 이야기해보게. 도대체 내가 어떻게 해주길 원하나?"

"포와로, 나는 진실을 알고 싶다네."

"좋아, 내가 자네라도 그랬을 걸세."

"그러니 자네가 나를 위해서 진실을 밝혀 주게. 물론 자네가 이런 일에서 이미 손을 뗐다는 건 알고 있네만, 이 일만은 꼭 좀 맡아 주게. 필요한 경비는 얼마든지 댈 테니까."

포와로가 싱긋 웃었다.

"그게 다 세금으로 들어가지 않는다면! 하지만 어쨌든 그 일을 맡겠네. 간단하지 않고……, 모호하기도 하고, 여하튼 재미있을 것 같아. 그런데 자네가 해줘야 할 일이 하나 있네. 리처드의 주치의에게 묻는 일은 나보다는 자네가 더 나을 걸세. 그 주치의를 알고 있겠지?"

"약간은."

"어떤 사람인가?"

"중년의 의사인데, 아주 유능한 사람이라네. 리처드와는 무척 친한 사이였고, 아주 좋은 사람이지."

"그렇다면 그에게 물어봐 주게. 나보다는 자네가 좀더 자유롭게 이야기할 수 있을 테니까. 애버니시 씨의 병에 대해, 또 그가 죽기 전에 무슨 약을 먹었는지에 대해서 말일세. 그리고 리처드 애버니시가 혹시 자신이 독살된다고 생각한 적이 없었는지도 물어보고……. 그런데 질크리스트는 그가 코라에게 이야기할 때 독살이라는 말을 했다고 말했나?"

엔트휘슬 씨는 곰곰이 생각해보았다.

"맞아. 그 여자는 그런 말을 써서 이야기했네. 하지만 자기 마음대로 말을 바꾸어서 이야기했을 수도 있겠지. 그 여자는 자기가 그 뜻을 정확히 파악하고 있다고 믿고 있으니까. 리처드가 어떤 사람이 자신을 살해할지도 모른다고 한 말을 그녀가 곧장 독살과 연관시켰는지도 모르지. 그 여자는 자기 아주머니가 독살의 공포 때문에 떨며 지낸 적이 있었다고 했으니까. 물론 그 여자의 말을 확인해볼 수도 있지."

"그렇게 하는 게 좋을 걸세."

포와로는 잠시 말을 끊었다가, 지금까지와는 전혀 다른 목소리로 말했다.

"혹시, 질크리스트가 위험하지는 않을까?"

엔트휘슬 씨는 깜짝 놀랐다.

"설마……, 그렇지는 않겠지."

"설마가 사람을 잡을 수도 있다네. 코라는 장례식 날 자신이 의심하고 있다는 사실을 말해버리고 말았네. 그러니 범인은 혹시 코라가 리처드의 죽음에 대해서 누군가에게 털어놓았을지도 모른다고 생각할 걸세. 그렇다면 누구에게 털어놓았을까? 아무래도 질크리스트라고 생각되지 않나? 그러니 질크리스트를 그 집에 혼자 둬서는 안 되네."

"수잔이 갈 텐데."

"오, 뱅크스 부인이 갈 거라고?"

"그녀는 코라의 물건을 한번 보고 싶다고 했다네."

"알겠네. 그런데 자네에게 부탁이 있어. 레오 애버니시 부인에게 내가 찾아가겠다고 알려 주게. 이제부터는 모든 일을 내가 다 할 테니까."

그렇게 말하면서 포와로는 콧수염을 힘차게 쓸어내렸다.

제8장

1

엔트휘슬 씨는 생각에 잠긴 얼굴로 래러비 박사를 쳐다보았다. 그의 머릿속은 지금 어떻게 자연스럽게 말을 꺼내느냐 하는 생각으로 꽉 차 있었다.

어떻게 이 의사가 자연스럽게 대답하도록 만들 것인가? 솔직히 이야기하는 게 좋겠다고 그는 생각했다. 아니면 최소한 솔직한 척하는 편이 좋을 것이다.

어떤 멍청한 여자가 한 말 때문에 의심하게 된 거라고 설명하자. 다행히 의사는 코라를 모른다.

엔트휘슬 씨는 헛기침을 한 다음, 용감하게 말을 꺼냈다.

"어떤 문제에 대해서 당신의 의견을 듣고 싶습니다. 불쾌하게 생각하지는 마십시오. 당신은 현명한 분이니까, 내 말이 어처구니없다 해도 그냥 웃어넘기지 않고 대답해줄 것으로 믿습니다. 고인이 된 애버니시 씨에 대한 일인데, 단도직입적으로 물어보겠습니다. 당신은 그가 자연사했다고 생각하십니까?"

래러비 박사의 불그스름한 얼굴이 깜짝 놀라는 표정으로 변했다.

"물론이죠. 내가 이미 사망진단서를 쓰지 않았습니까? 조금이라도 이상하게 생각되었다면……."

엔트휘슬 씨가 그의 말을 막았다.

"물론 그랬겠죠. 그렇고말고요. 당신 진단을 의심하는 게 아닙니다. 단지, 좀더 확실한 의견을 듣고 싶어서요. 뭐랄까, 더 이상 헛된 소문이 떠도는 것을 막기 위해서라도."

"소문이라뇨? 그게 무슨 말입니까?"

"도대체 왜 이런 헛소문이 나오게 되었는지 모르겠습니다. 하지만 어쨌든 더 이상 헛소문이 나돌면 곤란합니다."

"애버니시 씨는 환자였습니다. 빠르면 2년 이내에 사망할지도 모를 병을 앓고 있었죠. 물론, 훨씬 더 빨리 사망할 수도 있었습니다. 게다가 아들이 죽고 나서는 삶에 대한 욕구가 부쩍 약화되었지요. 물론, 나도 그렇게 빨리 죽으리라고는 생각지 않았습니다. 하지만 병이란 알 수 없는 거죠. 전혀 회복이 불가능하다고 포기해버린 환자가 느닷없이 소생하는가 하면, 멀쩡하던 사람이 갑자기 죽어 버리는 경우도 종종 있거든요. 그렇기 때문에, 앞으로 이 환자가 죽을 것이다, 아니면 얼마만큼 살 것이라고 단언할 수는 없습니다. 인간이란 도저히 예측이 불가능한 존재이니까요."

"무슨 말인지 잘 알겠습니다. 나도 역시 당신의 의견에 동감입니다. 애버니시 씨는(다소 멜로드라마적이긴 하지만) 일종의 사형선고를 받은 셈이었습니다. 내가 알고 싶은 것은 애버니시 씨처럼 자신의 죽음이 임박했다는 사실을 알고 있는 사람은 스스로 목숨을 단축할 수도 있지 않느냐 하는 겁니다. 아니면 누군가 다른 사람이 대신 그 일을 해줄 수도 있지 않을까요?"

래러비 박사는 깜짝 놀라는 표정을 지었다.

"자살을 말하는 겁니까? 애버니시 씨는 자살을 할 사람이 아닙니다."

"그러니까 의학적으로 볼 때 그런 것은 전혀 불가능하다는 뜻이군요?"

이 말을 들은 의사는 몹시 동요하기 시작했다.

"불가능하다는 말을 한 적은 없습니다. 물론, 애버니시 씨는 아들을 잃고 나서 삶에 대한 의욕을 잃어버렸습니다. 하지만 아무리 그렇다고 해도 그분은 결코 자살 같은 걸 할 분은 아닙니다. 제 말은 그러니까 그분은 결코 그럴 것 같지는 않다는 뜻이죠. 그러나 불가능하다고 이야기할 수는 없지요."

"그렇다면 당신은 심리적인 관점에서 이야기한 거로군요. 의학적인 관점에서 본다면 그럴 가능성이 전혀 없을까요?"

"전혀 없다고 할 수는 없습니다. 하지만 그분은 잠든 상태에서 돌아가셨습니다. 종종 그런 경우가 있지요. 자살이라고 생각할 만한 흔적은 전혀 없었습니다. 환자가 잠든 상태에서 죽었다고 해서, 그때마다 일일이 시체를 해부할 수는 없는 일 아닙니까?"

이렇게 말하는 의사의 얼굴은 점점 붉어졌다. 엔트휘슬 씨는 황급히 그를 달랬다.

"물론 그렇죠. 하지만 혹시라도 당신이 미처 깨닫지 못한 흔적이 있었다면, 예를 들어서 누구 다른 사람에게 한 이야기라든가……."

"그분이 자살하고 싶다는 말을 했습니까? 정말 놀랍군요."

"어쩌면 그랬을지도 모르죠. 물론 단순한 가정이기는 하지만……. 당신은 그러한 가능성을 완전히 무시해버리겠군요?"

래러비 박사는 느릿느릿 대답했다.

"아니오. 완전히 무시할 수는 없습니다. 다만 놀라울 따름입니다."

엔트휘슬 씨는 재빨리 다그쳤다.

"그렇다면 그의 죽음이 단순한 자연사가 아니라고 가정할 수도 있겠군요. 그럼 어떤 약이 사용될 수 있었을까요?"

"여러 가지가 있습니다. 마취제 같은 것인지도 모르죠. 청색증(靑色症)도 없고 발작도 없으니까요."

"수면제는 어떻습니까?"

"애버니시 씨에게 수면제를 처방해주었습니다. 안전하고 부작용도 없는 겁니다. 그리고 그분은 아주 조금씩만 먹었습니다. 매일 밤 먹지도 않았고요. 내가 처방한 약의 3~4배를 먹는다고 해도 치사량에는 못 미칩니다. 그리고 그분이 돌아가신 뒤에도 수면제 병에는 약이 가득 들어 있었습니다."

"예로 들 수 있는 다른 약은 없습니까?"

"몇 가지 있습니다. 고통을 진정시키기 위해 모르핀이 약간 함유된 약과 비타민 캡슐, 그리고 소화제 같은 것들이 있습니다."

엔트휘슬 씨가 말 중간에 끼어들었다.

"비타민 캡슐이라고요? 언젠가 나도 그런 처방을 받은 적이 있습니다. 조그맣고 동그란 젤라틴 캡슐이었지요."

"예, 아덱솔린이 함유된 것이죠."

"그런데 그 캡슐 속에 뭔가 다른 것을 넣을 수 있지 않을까요?"

"독약 같은 걸 말하는 겁니까?"

의사는 더욱더 놀라는 표정이었다.

"하지만 설마……, 아니, 그런데 도대체 무슨 이야기를 하고 싶은 겁니까?

설마 살인일 거라고 생각하는 건 아니겠죠?"

"꼭 그렇다는 건 아니고……, 그저 모든 가능성을 타진해보고 싶은 겁니다."

"하지만 그렇게 이야기할 만한 어떤 근거가 있을 게 아닙니까?"

"근거가 있는 건 아닙니다."

엔트휘슬 씨는 지루하다는 듯이 대답했다.

"애버니시 씨가 죽었습니다. 또한 그의 죽음에 대해 말했던 사람도 죽었고요. 모두 헛소문일 거라고 생각하지만, 그래도 좀더 확실히 해두고 싶습니다. 지금 당장이라도 당신이 애버니시 씨가 독살됐을 가능성은 전혀 없다고 말해준다면, 나도 더할 나위 없이 기쁘겠습니다! 가슴속에 있는 무거운 짐을 들어내게 되는 거니까요."

래러비 박사는 의자에서 일어나서 한참 동안 서성거렸다.

"원하시는 대답을 해드릴 수가 없군요."

마침내 그가 입을 열었다.

"그런 대답을 할 수 있으면 나도 좋겠습니다만……. 어떤 사람이 캡슐에 다른 것을, 말하자면 니코틴 같은 것을 집어넣었을 가능성은 충분히 있습니다. 아니면 음식물이나 음료수에다 섞을 수도 있겠지요. 오히려 그쪽이 가능성이 더 높지 않을까요?"

"글쎄요. 하지만 그가 죽을 때 그 집에는 하인들만이 있었습니다. 그런데 물론 장담할 수는 없지만, 하인들 중 누군가가 한 짓은 아닐 겁니다. 혹시 먹고 나서 몇 주일 뒤에 사망하게 되는 치사제는 없습니까?"

"그럴듯한 생각이긴 하지만, 그런 건 전혀 없습니다."

의사가 냉담한 어조로 대답했다.

"그런데 엔트휘슬 씨, 도대체 그런 생각을 한 사람이 누굽니까? 내게는 억지처럼 보이는군요."

"애버니시 씨가 아무 말도 하지 않았습니까? 친척 중 어느 누군가가 자신을 없애려고 한다는 이야기를 비치지 않았나요?"

의사는 흥미롭다는 얼굴로 그를 쳐다보았다.

"그런 말은 한 적이 없습니다. 누가 장난으로 그런 게 아닐까요? 그런 소문은 사실처럼 보이는 경우가 종종 있으니까요.”

“그렇다면 다행한 일이죠.”

“애버니시 씨가 그런 말을 했다고 주장하고 나선 사람이 있는 모양이지요? 그렇다면 아마 그 사람은 여자일 겁니다.”

“아, 예, 여자입니다.”

“누군가 그를 죽이려고 한다고 말했습니까?”

엔트휘슬 씨는 어쩔 수 없이 장례식 때 코라가 한 말을 이야기했다.

그러자 래러비 박사의 얼굴이 밝아졌다.

“그렇다면 신경 쓸 것 없습니다! 이야기는 아주 간단합니다. 그 여자는 뭔가 관심을 끌고 싶어서 그랬을 겁니다. 그런 엉뚱한 이야기를 했다고 해도 조금도 이상할 건 없죠. 원래 여자들이란 다 그러니까요!”

엔트휘슬 씨는 의사의 단순한 생각에 분노를 느꼈다. 그는 여자들을……, 관심을 끌 만한 것을 찾는 데 혈안이 된 여자들을 수없이 상대해보았다.

“당신 말이 옳을지도 모르겠군요.”

자리에서 일어나면서 그가 말했다.

“하지만 불행하게도 그녀에게 사실 여부를 확인할 수가 없게 되었습니다. 그 여자는 살해되었으니까요!”

“뭐라고요? 살해되었다고요?”

래러비 박사는 도저히 믿을 수 없다는 표정을 지었다.

“아마 신문에서 읽었을 텐데요? 랜스퀘네트 부인, 버크셔의 리체트 세인트 메리에 사는 여자 말입니다.”

“물론 읽었습니다. 하지만 그 여자가 리처드 애버니시 씨의 누이동생이라고는 미처 생각지 못했습니다!”

래러비 박사는 몹시 동요하고 있었다.

엔트휘슬 씨는 의사의 콧대를 꺾었다고 느꼈다.

하지만 그의 의문에 대해 아무런 확답도 못 받았다는 사실에 우울해하면서 총총히 그 자리를 떠났다.

엔더비로 돌아온 엔트휘슬 씨는 랜스콤과 이야기해봐야겠다고 생각했다.

그는 늙은 집사에게 앞으로의 계획을 물어보았다.

"레오 부인께서 집이 팔릴 때까지 있어 달라고 하셨습니다. 저도 사실 그러고 싶습니다. 레오 부인은 아주 좋은 분이지요."

그는 한숨을 쉬었다.

"제가 감히 이런 말을 해서는 안 되겠지만, 이 집이 팔린다는 게 너무나 안타깝군요. 저는 이 집에서 오랫동안 살아왔거든요. 그리고 이곳에서 도련님들이 성장하는 것을 지켜봤지요. 저는 항상 모티머 도련님께서 아버님의 뒤를 이어 이곳에서 새로운 가정을 꾸미게 될 거라고 생각했었답니다. 은퇴한 뒤에 저는 노드 로지로 가기로 되어 있지요. 노드 로지라는 곳은 아주 아름다운 곳이랍니다. 하지만 이젠 모든 것이 다 끝나버렸어요."

"슬픈 일이오, 랜스콤. 토지도 집과 함께 팔릴 것이오. 하지만 당신의 상속분으로도……."

"아, 제가 불만을 가지고 있다는 게 아닙니다. 애버니시 주인님은 정말 친절하신 분입니다. 저는 아주 충분한 돈을 받았답니다. 하지만 요즘에는 조그마한 집이라도 장만하기가 힘들거든요. 제 조카딸이 함께 살자고 하긴 하지만, 그래도 이곳만은 못하답니다."

"그렇겠지요." 엔트휘슬 씨가 말했다.

"요즘 세상은 우리 같은 늙은이가 살아 나가기엔 너무 힘들지요. 리처드가 세상을 뜨기 전에 좀더 자주 만났어야 하는 건데……. 지난 몇 개월 동안 그 사람은 어땠소?"

"주인님께선 완전히 변하셨답니다. 마치 딴사람 같으셨으니까요. 모티머 도련님께서 살아 계셨을 때와는 너무나 달라지셨죠."

"몹시 충격이 컸을 거요. 게다가 몸마저 불편했으니……. 환자들은 가끔 망상에 빠져들곤 하지요. 내 생각에는 애버니시도 그런 것들 때문에 괴로워했던 것 같소. 혹시 자신을 해치려는 사람이 있다고 말하진 않던가요? 누군가 자기 음식에다가 독약을 집어넣을지 모른다는 이야기 말이오."

랜스콤 노인은 깜짝 놀란 표정을 지었다. 놀라움과 동시에 몹시도 불쾌하다는 얼굴이었다.

"그런 말은 들은 적이 없습니다, 선생님."

엔트휘슬 씨는 날카로운 시선으로 그를 쳐다보았다.

"당신은 충성스런 집사요, 랜스콤. 나도 그걸 알고 있소. 하지만 그런 망상쯤이야 별로 대단한 게 아니오. 흠, 병 때문에 생기는 자연스러운 증세라고나 할까."

"그렇습니까? 저는 그저 애버니시 주인님께서는 그런 이야기를 한 적이 없다는 것만 말씀드릴 수 있습니다."

엔트휘슬 씨는 슬며시 화제를 다른 쪽으로 돌렸다.

"그런데 그 사람은 죽기 전에 친척들을 집에 불렀지요? 조카와 조카딸 부부를 말이오."

"예, 선생님. 그렇습니다."

"그 친척들에게 만족하던가요? 아니면 실망하던가요?"

랜스콤은 굽혔던 등을 펴면서 대답했다.

"말씀드리기 곤란합니다, 선생님."

"말해주리라고 믿소." 엔트휘슬 씨가 부드럽게 말했다.

"물론 당신이 이야기할 만한 게 아니라는 것은 알고 있소. 하지만 때로는 그런 도리를 떨쳐 버려야 하는 경우도 있는 법이오. 나는 당신 주인의 오랜 친구로 그를 무척이나 아꼈던 사람이오. 물론 당신도 마찬가지겠지만, 바로 그 때문에 당신에게 묻는 거요. 집사가 아니라, 그저 친구의 입장으로서 말이오."

랜스콤은 한동안 말이 없다가 한참만에 담담한 목소리로 물었다.

"뭔가 잘못된 게 있습니까?"

"나도 모르겠소."

엔트휘슬 씨는 솔직하게 대답했다.

"그저 확인하고 싶을 따름이오. 혹시라도 뭔가 잘못되었다고 생각되는 점이 없소?"

"장례식이 끝나고 나서 뭔가 이상하긴 했습니다. 하지만 그게 무엇인지는 정확하게 이야기할 수 없습니다. 티모시 부인과 레오 부인도 좀 이상한 느낌을 받았던 모양입니다. 다른 손님들이 돌아가신 뒤에 두 분은 여느 때와는 다른 태도를 보이셨거든요."

"유언장의 내용에 대해 알고 있소?"

"예, 선생님. 제가 알고 싶어 할 거라고 생각하셨는지 레오 부인께서……. 제가 보기엔 아주 공평한 유언인 것 같습니다."

"그래요, 아주 공평하죠. 하지만 원래 애버니시 씨가 생각한 것은 그게 아니었소. 그건 그렇고, 방금 전에 내가 한 질문에 대답해주겠소?"

"단순히 제 개인의 의견을 물으시는 거라면……."

"아, 무슨 말인지 알겠소."

"주인님께서는 조지 도련님을 만나보신 뒤에 무척 실망하셨답니다. 주인님께서는 그분이 죽은 모티머 도련님과 닮기를 바라셨던 모양입니다. 그런데 조지 도련님은 아예 주인님의 눈 밖에 난 것 같았습니다. 원래부터 주인님께선 로라 아가씨의 남편되시는 분을 못마땅하게 여기셨지요. 그런데 불행하게도 조지 도련님은 친가 쪽을 닮으셨거든요."

랜스콤은 잠깐 말을 멈추었다가 다시 계속했다.

"그 다음엔 조카딸 부부가 오셨습니다. 주인님은 수잔 아가씨를 무척 마음에 들어 하셨답니다. 아름답고 대단히 영리하시더군요. 하지만 주인님께서는 남편되는 분을 싫어하셨지요. 요즘 처녀들은 배우자 선택을 이상하게 하는 모양입니다."

"그리고 다른 부부는?"

"그다지 드릴 말씀이 없습니다. 대단히 유쾌하고 멋진 한 쌍이더군요. 주인님께서는 그 부부가 여기에 있는 걸 좋아하셨죠……."

집사는 망설였다.

"하지만 뭐요?"

"주인님께선 연극을 하찮게 생각하셨거든요. 언젠가 제게 말씀하셨지요. '도대체 왜 사람들이 연극 같은데 시간을 낭비하는지 이해가 안 된단 말이야. 그런 생활은 바보나 하는 거지. 그나마 남아 있던 생각마저 빼앗아 가버리는 게 바로 연극이거든. 연극이라는 것은 사람들의 윤리의식에 도움을 주기는커녕 오히려 망치기만 한다니까.' 물론 직접 대놓고 말씀하지는 않았지만……."

"아, 무슨 말인지 알겠소. 그런 다음 애버니시는 직접 자신의 형제들을 찾아 갔소. 먼저 동생인 티모시를, 그리고 나서 누이동생인 랜스퀴네트 부인을 만나 러 갔소."

"그런 사실은 전혀 몰랐는데요, 선생님. 티모시 씨 댁에 가셨다가 볼일이 있 어서 세인트 메리에 들를 거라는 이야기를 들은 적이 있지만요."

"그건 아무래도 좋소. 그럼, 혹시 돌아온 다음 거기에 대해 무슨 말을 하지 않던가요?"

랜스콤은 곰곰이 생각해보았다.

"글쎄요, 잘 모르겠는데요. 주인님께선 돌아와서 기쁘다고 말씀하셨습니다. 그리고 낯선 곳에서 지낸다는 게 너무나 피곤하다고 하셨답니다. 그게 전부입 니다."

"다른 이야기는 없었소? 동생들에 대해 아무 말도 않던가요?"

랜스콤은 눈살을 찌푸리면서 골똘히 생각했다.

"주인님께선 입속으로 중얼거리곤 하셨지요. 제게 말씀하신다기보다는 오히 려 주인님 자신에게 하시는 것처럼 보였습니다. 제가 그 자리에 있다는 것조 차 잊어버린 채로요. 물론 저를 그만큼 잘 아시기 때문이지요……."

"당신 말이 맞소."

"하지만 무슨 말씀을 하셨는지는 또렷하게 기억나지 않습니다. '여자들이란 99번 멍청하다가도 100번째 가서 똑똑해지곤 한단 말이야.'라고 말씀하셨던 것 같군요. 아, 맞습니다. 그러고는, '생각이라는 것은 같은 세대 사람들끼리만 통 할 수 있지. 최소한 그들은 젊은 애들처럼 공연한 망상이라고 비웃지는 않을 테니까.'라고도 하셨답니다. 그리고 잠시 뒤에는, '함정을 판다는 건 나쁜 일이 지만, 별다른 방도가 없어.'라고 말씀하셨지요. 하지만 그 말이 어떤 연관이 있 는지는 모르겠습니다. 제 생각에는 아마도 과수원 관리인을 두고 하신 말씀인 것 같습니다. 번번이 복숭아가 없어졌거든요."

하지만 엔트휘슬 씨는 그건 관리인을 두고 한 말이 아니라고 생각했다.

몇 가지 더 질문한 다음 랜스콤을 내보내고 나서, 그는 지금까지 들은 이야기들을 다시 한 번 정리해보았다. 아무것도, 정말 아무것도 없었다.

집사의 이야기에서 얻은 것이라고는 아무것도 없다. 하지만 어딘지 의미 있는 것이 있었다. 리처드가 한 말 중에서 여자에 대한 평은 모든 여자를 뜻하는 것이 아니라 누이동생인 코라를 두고 한 말일 게다. 그리고 '망상'을 털어놓았던 대상도 바로 그녀일 테지. 하지만 함정을 판다고 했는데, 그건 과연 누구를 위한 함정이란 말인가?

3

엔트휘슬 씨는 헬렌에게 어느 정도까지 이야기해야 할지 망설였다. 마침내 그는 모든 사실을 다 털어놓아야겠다고 결심했다.

엔트휘슬 씨는 우선 리처드의 유품들을 정리해주고, 자질구레한 집안일들을 처리해준 데 대해 고마움을 표시했다. 집은 팔려고 이미 내놓은 상태였고, 몇몇 사람들이 보러 오기로 되어 있었다.

"가정용 주택으로 구입하려는 사람들인가요?"

"유감스럽게도 그렇지가 않습니다. YMCA에서도 왔고, 어느 청년단체에서도 교섭중입니다. 또한 제퍼슨 신탁은행에서는 이 집을 박물관으로 만들 생각도 하는 것 같더군요."

"가정용으로 쓰이지 않게 되다니 정말 서글프군요. 하지만 요즘 같은 때 이런 집에 산다는 건 별로 실용적이지는 않을 거예요."

"이 집이 팔릴 때까지만이라도 당분간 머물러 주지 않겠습니까? 크게 폐가되지 않는다면, 그렇게 부탁하고 싶군요."

"좋아요. 오히려 잘된 일이에요. 어차피 5월 전에는 키프러스에 가지 않을 테니까요. 그리고 런던에 있는 것보다는 이곳에 있는 것이 훨씬 좋아요. 나는이 집을 무척 좋아한답니다. 레오도 그랬었고 예전에 우리는 이곳에서 정말행복하게 지냈지요."

"부인이 이곳에 있어 주길 원하는 데는 또 다른 이유가 있습니다. 사실, 내 친구 중에 에르퀼 포와로라는 사람이 있는데……."

헬렌이 날카롭게 말했다.

"에르퀼 포와로라고요? 그렇다면?"

"그를 압니까?"

"예, 친구에게 들은 적이 있어요. 하지만 오래전에 죽었다고 아는데요."

"건강하게 살아 있습니다. 물론 젊지는 않지만요."

"젊을 리가 없겠죠." 그녀는 그저 기계적으로 대꾸했다.

헬렌의 얼굴은 창백하게 질리더니 힘겹게 말을 꺼냈다.

"혹시 코라가 옳았다고 생각하시나요? 리처드가……, 살해되었다고?"

엔트휘슬 씨는 조금도 동요하는 기색을 보이지 않았다.

헬렌의 침착한 태도에 맞춰서 그 역시 침착한 태도를 잃지 않고 있었다.

그의 말이 끝나자 그녀가 입을 열었다.

"그 말이 엉터리라고 생각했어야 하겠지만……, 사실 우리는 그러지 않았지요. 모드와 나는 장례식이 있던 날 저녁에 코라의 어처구니없는 말을 잊어버리려고 애썼어요. 하지만 아무리 해도 마음이 편치 않았답니다. 게다가 코라가 살해되었으니. 나는 단지 우연이라고 생각하고 싶어요. 하지만, 왜 도무지 그 생각이 떠나질 않는 거예요."

"예, 이해가 갑니다. 하지만 포와로는 대단히 머리가 좋은 사람이니까 우리가 뭘 원하는지 금방 이해할 겁니다. 즉, 우리가 그런 확신을 얻고 싶어 한다는 것을 재빨리 알아차릴 겁니다."

"그러나 사실은 그게 아니라는 것도 알아차리겠죠?"

"왜 그런 말을 하는 겁니까?"

엔트휘슬 씨가 날카롭게 물었다.

"나도 모르겠어요. 나는 그동안 줄곧 불안했어요. 코라가 한 말 때문만은 아니에요. 뭔가 다른 것이 있어요. 그날 좀 어색하다는 느낌을 받았거든요."

"어색하다고요? 어떤 점에서 말입니까?"

"그건 모르겠어요. 그저 어색했을 뿐이에요."

"혹시 그때 모였던 사람들 중 누군가에게서 그런 느낌을 받았던 것은 아닙니까?"

"예, 그래요. 그런 것 같아요. 그렇지만 누구 때문이었는지, 혹은 무엇 때문에 그렇게 느꼈는지는 모르겠어요. 내 말이 터무니없게 들리시겠지만……."

"천만에요. 아주 흥미있는 이야기로군요. 정말 흥미있습니다. 당신은 바보가 아닙니다. 그러니까 뭔가 중요한 의미가 있는 걸 눈치 챘을 겁니다."

"하지만 기억이 나질 않아요. 생각해 내려고 애쓰면 애쓸수록……."

"아예 생각하지 말아요. 생각해 내려고 애쓸수록 점점 어려워지는 법이니까요. 그냥 내버려두십시오. 그러면 언젠가 문득 떠오르게 될 겁니다. 그렇게 떠오를 때 내게 알려 주십시오. 즉시 말입니다."

"그렇게 하지요."

제9장

질크리스트는 검은색 펠트 모자를 쓰고 삐져나온 머리를 모자 속으로 밀어 넣었다. 심리는 12시에 열리기로 되어 있었고, 지금은 11시 20분이 채 못 되었다. 그녀는 자신의 회색 외투와 치마가 무척 아름답다고 생각하면서, 검은색 블라우스를 받쳐입었다. 전부 다 검은색으로 통일하고 싶었지만, 그럴 만한 형편이 되지 못했다. 그녀는 깨끗하게 정돈된 침실을 둘러보다가, 여러 항구와 포구가 그려진 풍경화들이 걸린 벽에 시선을 고정시켰다.

풍경화들 밑에는 모두 코라 랜스퀘네트라고 휘갈겨 쓴 서명이 들어 있었다. 질크리스트는 폴플렉상 항구의 풍경화를 유심히 바라보았다. 그녀는 그 그림을 특별히 아꼈다. 옷장 위에는 그녀가 운영했던 버드나무 찻집의 사진이 소중하게 놓여 있었다. 질크리스트는 그 사진을 물끄러미 바라보다가 한숨을 내쉬었다.

그때 아래층에서 벨소리가 들려왔다.

'누굴까?' 질크리스트는 의아하게 생각했다.

그녀는 방에서 나와 계단을 내려갔다. 한 번 더 벨소리가 나더니, 이어서 노크소리가 들렸다. 질크리스트는 문득 불안감을 느꼈다.

그녀는 아주 천천히 문가로 다가가서 마음을 진정시킨 다음에 마지못해하며 문을 열어 주었다. 검은 옷을 말쑥하게 차려입은 젊은 여자가 작은 여행가방을 들고 문 앞에 서 있었다.

그 여자는 깜짝 놀란 질크리스트의 얼굴을 보고는 재빨리 말을 꺼냈다.

"질크리스트 양? 나는 랜스퀘네트 부인의 조카딸인 수잔 뱅크스예요."

"아, 예, 그래요? 나는 미처 몰랐어요. 어서 들어오세요, 뱅크스 부인. 선반을 조심하세요. 조금 튀어나왔거든요. 이렇게 빨리 올 거라고는 생각지 않았답니다. 커피라도 준비해야겠군요."

수잔 뱅크스가 활기찬 목소리로 말했다.

"별로 생각이 없어요. 그건 그렇고, 놀라게 해드려서 미안하군요."

"아, 예, 사실은 조금 놀랐답니다. 나는 그다지 겁이 없는 편이라서 혼자 남아 있어도 조금도 무섭지 않다고 말씀드렸었지요. 그리고 사실 정말로 두렵지 않았어요. 다만……, 아마 심리에 대해 생각했기 때문일 거예요. 그리고 이것 저것 생각하다 보니까 그만……. 어쨌든 오늘 아침에는 내내 신경이 예민해져서 30분 전만 해도 문조차 열기 힘들만큼 질려 있었답니다. 혹시 살인범이 온 게 아닐까 하는 생각이 들더군요. 하지만 막상 문을 열어 보니까 기부금을 모으러 다니는 수녀였어요. 그래서 얼마나 안심했는지 몰라요. 나는 가톨릭 신자는 아니지만, 2실링을 주었지요. 수녀들이 훌륭한 일을 하고 있으니까요. 참, 어서 자리에 앉으세요, 미세스, 미세스……?"

"뱅크스예요."

"아, 예, 뱅크스였죠. 그런데 기차로 오셨나요?"

"아뇨, 내가 직접 차를 몰고 왔어요. 골목이 너무 좁아서 근처에 있는 차고에다 차를 넣어 두었어요."

"이 골목이 너무 좁은 건 사실이에요. 하지만 별로 교통이 나쁘진 않답니다. 사람들이 거의 다니질 않거든요."

질크리스트는 이렇게 말하면서 약간 몸을 부르르 떨었다.

"아주머니께선 모든 걸 내게 물려주셨어요."

"예, 나도 알고 있어요. 엔트휘슬 씨가 이야기해주셨거든요. 여기 있는 가구들이 마음에 들지 모르겠군요. 결혼한 지 얼마 안 되신다니까……. 요즘은 가구 값이 엄청나게 비싸거든요. 랜스퀴네트 부인의 가구 중에는 멋진 것들이 몇 가지 있답니다."

수잔은 그녀의 그러한 말을 인정할 수 없었다. 코라의 가구는 너무나도 세련되지 못한 것들이었다. 가구들은 대체로 '현대적'인 것들과 '엉터리 예술품'의 것들로 이루어져 있었다.

"아무것도 마음에 들지 않는군요." 그녀가 말했다.

"내게는 가구가 있으니까 경매에 붙이기로 하겠어요. 그런데 혹시 특별히 마음에 드는 거라도 있나요? 그렇다면 기꺼이……."

그녀는 약간 당황한 나머지 말을 멈췄다. 하지만 질크리스트는 별다른 기색 없이 한층 밝은 표정을 지었다.

"정말 친절하군요, 뱅크스 부인, 예, 친절하고말고요. 감사합니다. 하지만 나도 내 물건들을 가지고 있답니다. 언젠가 필요할 때 사용하려고 창고 속에 보관해두었지요. 그리고 아버님이 남겨 주신 그림들도 있어요. 옛날에 나는 조그만 찻집을 경영했지요. 하지만 전쟁이 일어나는 바람에 그만……, 정말 운이 나빴어요. 그때는 장사가 전혀 되지 않았답니다. 언젠가 기회가 오면 찻집을 새로 하나 낼 생각이에요. 그래서 가게 물건들 중에서 좋은 것들만 골라 아버님의 그림들과 함께 창고에 넣어 두었지요. 그러나 부인이 정말로 괜찮으시다면, 랜스퀘네트 부인의 저 조그만 탁자를 갖고 싶군요. 아주 아름다운 탁자인데다가 부인이 살아 계셨을 때 저 위에서 차를 마시곤 했거든요."

수잔은 커다란 자주색 나리꽃 무늬가 있는 초록 탁자를 쳐다본 다음, 질크리스트 양에게 가져도 좋다고 말했다.

"정말 고마워요, 뱅크스 부인, 내가 너무 염치가 없는 것 같군요. 아름다운 그림들과 자수정 브로치까지 받았는데 말이에요. 그 브로치는 부인에게 드려야 할 것 같군요."

"어머, 아니에요."

"유품들을 정리하시겠어요? 아무래도 심리가 끝난 뒤에 정리해야겠지요?"

"나는 이틀 정도 머물면서 유품들을 정리하고, 필요한 일을 처리할 생각이에요."

"여기서 묵으시려고요?"

"예, 그러면 안 되나요?"

"오, 아니에요, 뱅크스 부인. 아니고말고요. 침대 시트를 새로 바꿔야겠군요. 그리고 나는 여기 소파 위에서 자면 되니까요."

"코라 아주머니의 방이 있잖아요? 거기서 자면 될 텐데요."

"꺼림칙하지 않으세요?"

"아주머니가 거기서 살해되었기 때문에요? 오, 아니요. 나는 조금도 개의치 않아요. 나는 원래 겁이 없는 편이거든요. 그런데 방이 제대로 되어 있나요?"

질크리스트는 재빨리 질문의 뜻을 알아차렸다.

"오, 예, 뱅크스 부인, 담요들은 세탁소에 보냈고, 팬터 부인과 내가 방 구석 구석을 깨끗이 닦아냈어요. 여분의 담요도 충분히 있고요. 하지만 한번 직접 살펴보는 게 좋지 않겠어요?"

질크리스트가 앞장섰고, 수잔이 그 뒤를 따라갔다.

코라 랜스퀴네트가 살해된 방은 잘 치워져 있었다. 그곳에는 그 어떤 기분 나쁜 분위기도 존재하지 않았다. 그 방에는 거실과 마찬가지로 현대식 물건들과 요란하게 칠해진 가구들이 놓여 있었다. 가구들은 마치 코라의 세련되지 못한 취미를 말해주는 것 같았다. 벽난로 선반 위에는 목욕통 속으로 들어가려는 풍만한 여인의 나체화가 걸려 있었다.

그 그림을 보는 순간 수잔은 '움찔' 하고 놀랐다. 그러자 질크리스트가 옆에서 한마디 했다.

"저건 랜스퀴네트 부인의 남편이 그린 그림이랍니다. 아래층 식당에도 그분의 그림들이 많이 있지요."

"세상에!"

"글쎄요, 나도 사실 저런 풍의 그림은 좋아하지 않아요. 하지만 랜스퀴네트 부인은 남편의 예술성을 높이 평가하셨지요. 그리고 그분의 그림이 제대로 평가받지 못한다고 늘 말씀하셨답니다."

"코라 아주머니의 그림은 어디에 있나요?"

"내 방에 있어요. 그 그림들을 보시겠어요?"

질크리스트는 자신의 보물들을 자랑스럽게 보여 주었다. 수잔은 코라 아주머니가 해변 풍경을 좋아했던 모양이라고 말했다.

"오, 그렇답니다. 두 분이 브레타뉴의 한 조그만 어촌에서 오랫동안 사셨다더군요. 배들이 정말 멋지지요?"

"그렇군요." 수잔이 중얼거렸다.

'마치 그림엽서 시리즈 같군.'이라고 그녀는 생각했다. 그만큼 코라 랜스퀴네트의 그림들은 지나치게 세부묘사가 되어 있었으며, 색깔 또한 현란하기 짝이 없었다. 어쩌면 그림엽서를 보고 모방한 것인지도 모르지.

그녀가 그런 말을 꺼내자, 질크리스트는 몹시도 화를 냈다. 랜스퀴네트 부인은 언제나 실물을 보고 그렸다면서!

"랜스퀴네트 부인은 진정한 예술가셨어요."

질크리스트가 도전적으로 말했다.

그녀가 시계를 힐끗 쳐다보자 수잔이 재빨리 말했다.

"심리에 참석할 시간이죠? 내가 가서 차를 가져오도록 할까요?"

질크리스트는 5분만 걸어가면 된다고 대답했다. 그래서 그들은 걸어서 가기로 했다. 그들은 열차로 이미 도착해 있던 엔트휘슬 씨와 만나서 나란히 마을 회관으로 들어갔다. 낯선 사람들이 여러 명 와 있었다.

심리에서는 별로 흥미로운 것이 없었다. 사망자의 신원 보고가 있었고, 의학적인 진술이 진행되었다. 시체 검시 결과 저항한 흔적은 전혀 없다고 했다. 살해될 당시에 피해자는 아마 잠들어 있어서 전혀 의식이 없었을 것이다. 사망 추정 시간은 오후 4시 30분 이전이다. 아마 2~4시 사이로 보인다.

질크리스트가 시체를 발견하게 된 경위에 대해 진술했다. 순경과 모튼 경위가 진술했다. 그리고 검시관의 짤막한 보고가 있었다. 결국 배심원들은 '누군가에게 살해되었다.'라고 결론을 내렸다.

심리가 끝났다. 그들은 다시 햇빛이 쏟아지는 곳으로 걸어 나왔다. 사진기자들의 모습이 여기저기서 보였다. 엔트휘슬 씨는 미리 예약해 둔 킹스 암스 식당으로 수잔과 질크리스트를 안내했다.

그가 마치 변명하듯이 말했다.

"음식은 별로 좋지 않을 겁니다."

하지만 음식 맛이 그렇게 나쁘지는 않았다. 질크리스트는 냄새를 맡아 보더니 "정말 형편없군요."라고 중얼거렸다. 하지만 기분을 바꿔서 아일랜드식 스튜를 왕성한 식욕으로 먹어치웠다.

엔트휘슬 씨가 수잔에게 말을 걸었다.

"수잔, 오늘 당신이 오리라고는 전혀 생각지 못했소. 이럴 줄 알았다면 함께 오는 거였는데."

"저도 오늘 올 생각은 하지 않았어요. 하지만 가족 중에 아무도 참석하지 않는다는 게 너무한 것 같아서요. 조지에게 전화했더니, 너무 바빠서 올 수가 없다더군요. 로저먼드는 오디션이 있다고 했어요. 티모시 아저씨는 편찮으셔서 물론 안 될 테고요. 그래서 결국 제가 오게 된 거죠."

"남편과 함께 오지 않았나?"

"그레고리는 따분한 가게 일 때문에 오지 못했어요."

질크리스트의 놀라는 얼굴을 본 수잔이 말했다.

"남편은 약국에서 일하고 있어요."

그런 일을 하는 사람이 도저히 수잔과는 어울릴 성싶지 않았다. 하지만 질크리스트는 과감하게 한마디 했다.

"오, 예, 키츠(1795~1821, Keats, 영국의 시인)처럼 말이죠."

"그레고리는 시인이 아니에요." 수잔이 말했다.

그러고는 이렇게 덧붙였다.

"우리는 아주 멋진 계획을 세워 두었어요. 미용실과 특별한 약을 조제하는 제약소를 만들 생각이랍니다."

"정말 훌륭한 계획이군요." 질크리스트가 말했다.

"엘리자베스 아든 백작 부인처럼 말이죠. 아니면 헬레나 루빈스타인이던가요? 어느 누구든 말이에요."

그러고는 친절하게 한마디 덧붙였다.

"약국은 사실 보통 가게와는 전혀 다르죠. 포목점이라든가 식료품 가게와는 말이에요."

"당신은 찻집을 운영했다고 했지요?"

"예, 그래요."

질크리스트의 얼굴이 밝아졌다. 그녀는 버드나무 찻집을 경영했다는 걸 결코 장사라고 생각하지 않았다. 그녀는 찻집이 고상한 거라고 생각하고 있었다. 질크리스트는 수잔에게 버드나무 찻집에 대해 이야기하기 시작했다.

엔트휘슬 씨도 처음에는 그녀의 이야기에 귀를 기울였으나, 이내 다른 생각에 몰두했다. 수잔이 두 번씩이나 불렀는데도 그는 대답하지 않았다. 마침내 정신을 차린 그가 황급히 사과했다.

"아, 미안하군. 티모시에 대해 생각하고 있었소. 그가 걱정되는군."

"티모시 아저씨 때문예요? 별일 없을 거예요. 그저 꾀병을 부리시는 걸 텐데요 뭘."

"그럴지도 모르죠. 하지만 내가 걱정하는 건 그의 건강이 아니라 티모시 부인이오. 층계에서 구르는 바람에 발목을 다쳐서 꼼짝 못하고 있을 거요. 그리고 당신 아저씨는 아주 화가 나 있소."

수잔이 말했다.

"자기가 아주머니를 간호해줘야 한다고 말이죠? 차라리 잘된 일이지 뭐예요."

"그래, 나도 그렇게 생각하오. 하지만 가엾은 당신 아주머니가 제대로 간호라도 받을 수 있을지 의문이군요. 집에는 하인이 한 명도 없거든."

"나이 드신 분들이 고생 좀 하시겠군요." 수잔이 말했다.

"그분들은 조지아풍 저택에 살고 있지요?"

엔트휘슬 씨는 고개를 끄덕였다.

그들이 식당에서 나왔을 때는 이미 기자들이 다 사라지고 없었다. 그런데 두 명의 기자들이 현관에서 수잔을 기다리고 있었다. 엔트휘슬 씨의 보호를 받으면서 그녀는 필요한 몇 마디 대답을 했다. 그러고 나서 그녀와 질크리스트는 집 안으로 들어갔고, 엔트휘슬 씨는 예약해 두었던 킹스 암스 호텔로 돌아갔다.

"내 차가 아직도 차고에 있어요." 수잔이 말했다.

"깜박 잊고 있었어요. 조금 있다가 마을까지 몰고 가야겠어요."

질크리스트가 염려스러운 얼굴로 말했다.

"해가 진 뒤에 나가진 않겠죠?"

수잔은 그녀를 쳐다보고서 웃음을 터뜨렸다.

"아직도 살인범이 서성거리고 있다고 생각하세요?"

"아니, 아니요. 그런 뜻이 아니에요."

질크리스트는 몹시 당황한 듯했다.

'하지만 그 생각을 했을 거야.' 수잔은 속으로 생각했다.

'정말 놀랍군!'

질크리스트는 주방 쪽으로 사라졌다.

"일찌감치 차를 드시고 싶겠죠? 3시 반이 어떨까요?"

수잔은 3시 반에 차를 마시는 건 너무 이르다고 생각했다. 하지만 너그럽게 좋다고 대답했다.

"아무 때든 상관없어요, 질크리스트 양."

주방에서 그릇이 딸그락거리는 소리가 들렸다.

수잔은 거실로 들어갔다. 몇 분 뒤 벨소리가 나고, 이어서 문을 두드리는 소리가 들렸다. 수잔이 현관 쪽으로 다가가자 마침 질크리스트가 주방에서 앞치마에 손을 닦으며 나왔다.

"오, 세상에, 도대체 누굴까요?"

"보나마나 기자들일 테죠." 수잔이 대답했다.

"뱅크스 부인, 정말 귀찮겠어요."

"신경 쓰지 마세요. 내가 알아서 처리할 테니까요."

"지금 막 차와 함께 먹을 핫케이크를 만들고 있었어요."

수잔이 문에 다가갈 때까지도 질크리스트는 주위를 서성거렸다.

수잔은 질크리스트가 살인범이 찾아왔을까 봐 걱정하고 있을 거라고 생각했다. 하지만 찾아온 사람은 뜻밖에도 중년 신사였다.

그는 수잔에게 모자를 벗어서 인사하고는, 정중한 태도로 말을 건넸다.

"뱅크스 부인인가요?"

"예, 그런데요."

"나는 거드리입니다. 알렉산더 거드리라고 합니다. 랜스퀘네트 부인의 오랜 친구죠. 당신은 그녀의 조카딸인 수잔 애버니시 양 아닌가요?"

"예, 맞아요."

"들어가도 되겠습니까?"

"오, 물론이에요."

거드리는 신발닦개에 구두를 깨끗이 턴 다음, 안으로 들어섰다. 그러고는 외투를 벗고, 모자를 걸고는 수잔의 뒤를 따라서 거실로 들어갔다.

"정말 우울한 일입니다."

말을 건넨 거드리는 상대방이 조금도 우울한 기색을 보이지 않자, 그 자신도 한결 밝은 표정을 지었다.

"예, 무척 우울한 일이지요. 내가 할 수 있는 최선의 방법은 심리에 참석하는 거라고 생각했습니다. 물론 장례식에도요. 가엾은 코라, 불쌍하고 어리석은 코라. 나는 그녀를 결혼 초기부터 알고 지냈습니다. 그녀는 굉장한 다혈질이었지요. 그리고 예술을 대단히 심각하게 생각했고요. 피에르도 역시 진지하게 생각했습니다. 사람들이 모두 엉터리 남편이라고 했어도 코라는 그를 나쁘게 보지 않았지요. 그는 까다로운 성격을 가지고 있었는데, 코라는 그걸 화가의 특이한 성격이라고 생각했습니다. 예술가이기 때문에 그 정도의 부도덕쯤은 이해한다는 식으로 말입니다! 아마 그녀는 그 이상으로 생각했을 겁니다. 그 여자는 가엾게도 예술에 대한 안목이라곤 전혀 없었답니다. 비록, 다른 일에는 놀라운 기지를 발휘하곤 했지만요."

"사람들도 다들 그렇게 이야기하더군요." 수잔이 말했다.

"나는 아주머니를 잘 몰라요."

"그녀는 스스로 가족들로부터 고립되기를 원했습니다. 가족들이 자신의 소중한 남편을 하찮게 생각한다는 이유 때문이었지요. 그녀는 결코 예쁘진 않았지요. 하지만 그래도 뭔가가 있는 여자였습니다. 좋은 친구였는데! 그녀가 어떻게 행동하고 무슨 이야기를 꺼낼지는 아무도 짐작하지 못했습니다. 그리고 우리들을 꽤 웃겼지요. 영원한 어린 철부지, 우리는 그녀에 대해 그렇게 느꼈습니다. 그리고 마지막으로 그녀를 만났을 때(나는 피에르가 죽고 난 뒤로도 자주 그녀를 만났습니다)도, 여전히 어린아이처럼 행동하더군요."

수잔은 거드리에게 담배를 권했다. 하지만 그는 고개를 저었다.

"고맙지만, 사양하겠습니다. 나는 원래 담배를 피우지 않습니다. 그런데 내가 왜 왔는지 궁금하지 않습니까? 솔직히 말하자니, 마음이 조금 찔리는군요. 사실은, 몇 주일 전에 여기 오겠다고 코라와 약속을 했었습니다. 보통 1년에

한 번씩 여길 찾아오곤 했지요. 그런데 얼마 전에 그녀는 그림들을 많이 사 모았다면서 나에게 한번 와서 그림들을 봐달라고 했습니다. 저는 미술 감정 가거든요. 물론 대부분이 형편없었지만, 그래도 투기를 목적으로 산 것이 아니었으니까요. 시골 경매에 나오는 작품들이란 다 그렇고 그런 것들인데다가, 그림 값보다도 틀이 더 비싼 경우가 허다하답니다.

그런 곳에서 괜찮은 그림들을 구하기란 거의 불가능한 일이지요. 하지만 간혹 특별한 경우가 있긴 합니다. 큐이프의 작품이 불과 몇 파운드로 거래된 적도 있었죠. 그 뒷이야기를 살펴보면 아주 재미있답니다. 그 그림은 큐이프 집안에서 오랫동안 일해 온 나이 먹은 하녀가 받은 것이었는데, 물론 그 집안사람들도 그 그림의 가치를 몰랐었죠. 늙은 하녀는 조카딸이 그림 속의 말이 마음에 든다고 하자, 그걸 조카딸에게 줘버렸습니다. 그저 낡아빠진 쓸모없는 그림이라고만 생각한 거지요! 예, 이런 일이 종종 있답니다.

그래서 코라는 자신의 안목을 믿고 그림을 수집하기 시작한 겁니다. 작년에는 내게 와서 렘브란트 작품을 봐달라고 하더군요. 렘브란트 그림을 말입니다! 그래서 와보니, 변변치 않은 복사판이더군요! 하지만 뜻밖에도 바르톨로치의 판화가 있었습니다. 불행하게도 얼룩이 있긴 했지만요. 나는 그걸 30파운드에 팔아 주었습니다. 그랬더니 이번에는 이탈리아 야수파의 그림을 구입했다고 편지했더군요. 그래서 나는 한번 와서 봐주겠다고 약속했지요."

"그건 저기에 있을 거예요."

수잔이 그의 뒤편에 있는 벽을 가리켰다.

거드리는 의자에서 일어나 안경을 쓴 다음 그림을 자세히 살펴보았다.

"가엾은 코라." 마침내 그가 입을 열었다.

"저쪽에도 있는데요." 수잔이 말했다.

거드리는 느긋한 태도로 랜스퀘네트 부인의 그림들을 살펴보았다. 그리고 이따금 그는 '쯧쯧' 하고 혀를 내차거나 한숨을 쉬곤 했다.

마침내 그는 안경을 벗었다.

"엉망이로군요. 저런 엉터리 그림들을 가지고 착각하다니 정말 기가 막히는군요! 유감스럽지만, 바르톨로치 작품은 완전히 행운이었던 모양입니다. 가엾은 코라, 아직까지도 이런 유치한 취미를 가지고 있다니. 그녀의 꿈을 깨뜨리지 않게 되어서 오히려 다행입니다."

"식당에도 그림이 몇 점 있어요." 수잔이 말했다.

"하지만 거기 있는 건 대개 아주머니 남편의 작품들인 것 같더군요."

거드리는 끔찍하다는 듯이 손을 저었다.

"제발 그것들을 보라고 하지 마십시오. 또다시 보기도 역겹습니다! 그것에 대해서 코라와 같은 생각을 가져 보려고 애썼습니다만, 잘 되지 않더군요. 코라는 아주 헌신적인 아내였죠. 정말 헌신적이었습니다. 아참, 뱅크스 부인, 내가 너무 시간을 많이 빼앗는 것 같군요."

"오, 아니에요. 그냥 앉아 계세요. 차 준비가 다 되었을 거예요."

"정말 고맙습니다."

거드리는 다시 자리에 앉았다.

"내가 가서 보고 오죠."

질크리스트는 막 오븐에서 핫케이크를 꺼내는 중이었다. 쟁반도 이미 준비되어 있었으며, 주전자 뚜껑이 들썩이고 있었다.

"거드리 씨라는 분이 오셨는데, 내가 차를 드시고 가라고 했어요."

"거드리 씨요? 오, 예, 랜스퀘네트 부인의 친한 친구 분이세요. 아주 훌륭한 미술 감정가시지요. 다행히 핫케이크와 만들어 둔 딸기잼이 있으니까 차만 한 잔 더 끓이면 되겠군요. 찻물도 데워졌으니……. 오, 뱅크스 부인, 그 무거운 쟁반을 들지 마세요. 내가 가져가겠어요."

하지만 수잔은 그 쟁반을 날랐다. 그녀의 등 뒤에서 질크리스트가 찻주전자를 들고 들어왔다.

"핫케이크라, 정말 대접을 톡톡히 받는군요." 거드리가 말했다.

"게다가 맛있는 잼까지! 요즘 가게에서 파는 잼은 정말 형편없지요!"

질크리스트는 얼굴을 붉히면서도 즐거운 표정이었다. 차도 훌륭했으며, 핫케이크 등 모든 것이 다 훌륭했다. 질크리스트는 마치 버드나무 찻집에라도 와 있는 듯한 표정이었다.

"정말 잘 먹었습니다. 이젠 그만……."

거드리는 질크리스트가 권하는 마지막 남은 핫케이크를 들면서 말했다.

"하지만 좀 죄스러운 느낌이 드는군요. 불쌍한 코라가 살해된 자리에서 차를 즐기고 있다는 사실이 말입니다."

질크리스트가 그 말에 즉각적으로 반응을 나타냈다.

"오, 하지만 랜스퀴네트 부인께서도 당신이 훌륭한 차를 드시길 바랄 거예요. 그리고 원기를 북돋으셔야죠."

"예, 어쩌면 그 말이 옳을지도 모르겠군요. 사실, 친한 사람이 살해되었다는 것은 잘 실감이 나지 않지요."

"나도 마찬가지예요." 수잔이 말했다.

"꼭 거짓말 같거든요."

"그리고 건달 녀석에게 살해된 것도 아닌 모양이더군요. 코라가 왜 살해되었는지 이유를 알 것도 같습니다."

수잔이 재빨리 물었다.

"그래요? 그 이유가 뭐지요?"

"글쎄요. 코라는 신중한 면이 없었습니다." 거드리가 말했다.

"더군다나 뭐랄까, 어떻게 하면 자신이 똑똑하다는 것을 알릴 수 있을까 하는데 열중해 있었지요. 마치 누군가의 비밀을 아는 어린아이처럼 말입니다. 그리고 일단 비밀을 알고 나면 그걸 이야기하고 싶어서 안달했지요. 말하지 않겠다고 약속했어도, 끝내 이야기해버리고 말았어요. 그건 자기 자신도 어쩔 수가 없는 모양입니다."

수잔은 아무 말도 하지 않았다. 질크리스트도 마찬가지였다. 그녀는 걱정스러운 표정을 지었다.

거드리는 이야기를 이어나갔다.

"차에다 독약을 탔다든가, 아니면 배달된 초콜릿 상자 속에 독약이 들어 있었다면 놀라지 않았을 겁니다. 하지만 강도 살인이라니……. 그건 너무나 터무니없습니다. 왜냐하면 코라에게는 값어치 있는 물건이 전혀 없으니까요. 그리고 그녀는 집에다 별로 돈을 두지 않는 걸로 알고 있는데요, 그렇지 않습니까?"

"예, 거의 없었어요."

질크리스트가 대답했다.

거드리는 한숨을 쉬고 자리에서 일어섰다.

"아! 전쟁 때문에 완전히 무법 지대가 되고 말았습니다. 세상이 변해버렸어요."

그는 차를 잘 마셨다고 인사하고는 그 집을 나섰다. 질크리스트가 그를 따라 나가서 외투 입는 것을 거들어 주었다.

수잔은 거실의 창문을 통해 대문 밖으로 나가는 그의 모습을 내다보았다.

질크리스트가 조그만 꾸러미를 들고서 방으로 들어왔다.

"우리가 외출한 사이에 집배원이 왔다간 모양이에요. 우편함 속에다 밀어넣었는지 문 뒤쪽 구석에 떨어져 있더군요. 도대체 뭘까? 어머나, 결혼 케이크예요."

질크리스트는 몹시 기쁜 얼굴로 포장지를 뜯었다. 안에는 은빛 리본으로 묶인 하얀 상자가 들어 있었다.

"분명해요!"

그녀는 서둘러서 리본을 풀었다. 안에는 아몬드가 박힌 예쁜 케이크가 들어 있었다.

"정말 예쁘군요! 그런데 도대체 누가……?"

그녀는 옆에 붙은 카드를 들여다보았다.

"존과 메리……. 누구인지는 모르겠는데요? 멍청하게도 이름을 써놓지 않았군요."

수잔은 무슨 생각엔가 몰두하고 있다가 깨어난 듯이 말했다.

"세례명만 쓰면 곤란할 때가 종종 있어요. 언젠가 존이라고 서명된 엽서를 받은 적이 있었는데, 나는 존이란 이름을 가진 사람을 8명이나 알고 있었거든요. 그래서 결국 일일이 전화를 해서 확인해야 했지요. 글씨체를 보고 알아보기란 어려우니까요."

질크리스트는 자기가 아는 사람 중에 그런 이름이 있는지 생각해보았다.

"도로시의 딸일지도 몰라. 그 애 이름이 메리였지. 하지만 그 애가 약혼했다는 이야기는 못 들었는데, 더욱이 결혼이라니? 그리고 존 밴필드가 있었지. 그 애도 이제 결혼할 나이가 되었을 거야. 아니면 인필드 집 딸인가? 아니야, 그 애 이름은 마거릿이었지. 주소도 쓰지 않았군. 나중에 생각이 나겠지……."

그녀는 쟁반을 들고서 주방으로 들어갔다.

수잔도 자리에서 일어나서 혼잣말로 중얼거렸다.

"자, 어서 가서 그 차를 어디엔가 갖다 두어야겠는걸."

제10장

수잔은 차고에 맡겨 두었던 차를 꺼내서 마을로 몰고 갔다. 킹스 암스 호텔의 차고에 갖다 두려고 가보았는데, 그곳에는 차고가 없었다. 하지만 그 옆에 공간이 있었기에 그녀는 막 나가려는 커다란 다이믈러 자동차 옆쪽에 차를 세워 두었다. 다이믈러 자동차에는 커다란 턱수염을 기른 중년의 외국인 신사가 한 사람 타고 있었다.

수잔이 차에 대해 한 소년에게 말을 걸자 소년은 그녀가 하는 말에는 조금도 신경 쓰지 않고, 흥미롭다는 얼굴로 그녀의 얼굴을 빤히 쳐다보았다.

마침내 소년은 조심스러운 목소리로 말을 꺼냈다.

"아주머니가 바로 그 여자의 조카딸인가요?" 소년이 되풀이해서 말했다.

"아, 그래. 맞아."

"아, 어디선가 본 얼굴 같아요."

'도깨비 같은 아이로군.' 그녀는 돌아오는 길에 생각했다.

질크리스트는 그녀를 기다리고 있었다.

"어머, 무사히 돌아왔군요."

질크리스트는 수잔을 짜증나게 만드는 안도의 목소리로 말했다. 그러고는 근심스러운 듯이 물었다.

"스파게티를 들 수 있겠어요? 오늘 밤에는……."

"아, 예, 아무래도 좋아요. 그다지 식욕이 없군요."

"그럼 내가 맛있는 스파게티를 만들어 주지요."

그녀의 그런 큰 목소리는 결코 근거 없는 게 아니었다. 질크리스트는 정말 훌륭한 요리사라고 수잔은 생각했다. 수잔은 설거지를 도와주겠다고 나섰지만, 질크리스트는 별로 많지 않으니 그만두라고 했다.

잠시 뒤, 그녀는 커피를 마셨다. 하지만 너무 연하게 탔기 때문에 별로 맛이 없었다.

질크리스트는 수잔에게 결혼 케이크 한 조각을 권했지만 그녀는 사양했다.

"아주 훌륭한 케이크예요."

질크리스트가 케이크를 맛보면서 기쁨에 넘친 목소리로 말했다.

"아마 엘렌의 딸이 결혼했을 거예요. 얼마 전에 약혼했으니까 말이에요. 하지만 그 애의 이름이 생각나지 않는군요."

수잔은 기쁨에 도취해 있는 질크리스트를 그냥 내버려두었다. 그녀는 좀더 있다가 이야기하는 게 좋겠다고 생각했다. 저녁식사를 마친 뒤, 이야기를 꺼내기에 적당한 시간이라고 생각한 수잔이 마침내 입을 열었다.

"리처드 아저씨가 돌아가시기 전에 이곳에 한 번 오셨지요?"

"예."

"그때가 정확하게 언제였나요?"

"글쎄요. 아마 그분이 돌아가시기 3주일 전일 거예요."

"그때 편찮으신 것처럼 보이던가요?"

"아니에요. 전혀 편찮은 것처럼 보이지 않았어요. 대단히 활기에 넘친 모습이었거든요. 랜스퀴네트 부인은 그분을 보고 깜짝 놀랐어요. '세상에, 리처드 오빠가 이렇게 오랜만에 찾아오다니!'라고 말했거든요. 그러자 그분은, '어떻게 지냈는지 내 눈으로 보고 싶어서 찾아왔다.'라고 말씀하셨지요. 랜스퀴네트 부인은, '나는 잘 지내고 있어요.'라고 대답하셨죠. 부인께서는 그분이 그렇게 불쑥 나타나신 것이 몹시 언짢으셨던 모양이에요. 그동안 전혀 연락이 없었으니까요. 애버니시 씨께서는, '너와 나, 그리고 티모시밖에 남지 않았으니 더 이상 옛날 감정을 거론하지 말기로 하자. 게다가 티모시마저 건강이 나빠져 아무 이야기도 나눌 수 없는 형편이다.'라고 말씀하셨어요. 그러고는 또, '피에르가 너를 행복하게 해주었다고 하니, 아무래도 내가 잘못한 것 같구나. 그러니 이제 기분을 풀어라.'라고 말씀하셨지요. 아주 상냥하게 말씀하시더군요."

"여기서 얼마나 계셨지요?"

"점심만 하고 가셨어요. 비프 스튜 요리를 드셨지요. 다행히도 그날 정육점에서 사람이 왔었거든요."

질크리스트는 너무 지나칠 정도로 자질구레한 것까지 기억해 냈다.

"그들 두 분은 사이가 좋은 편이었나요?"

"아, 예."

수잔은 잠깐 입을 다물었다가 이내 다시 말했다.

"코라 아주머니는 그분이 돌아가셨다는 소식을 듣고 놀라셨나요?"

"그럼요. 갑작스럽게 돌아가셨다죠?"

"예, 갑작스런 일이었죠. 분명히 아주머니가 놀라셨다고 했지요? 그전에 아저씨가 얼마나 편찮으신지에 대한 이야기를 전혀 못 들었던 모양이군요."

"오, 무슨 뜻인지 알겠어요."

질크리스트는 한동안 말이 없었다.

"아니, 아니에요. 부인 말이 맞는 것 같군요. 그분이 무척 늙으셨다고 말하는 걸 들은 기억이 나요. 노망이 들은 것 같다고 했던 것 같군요……."

"하지만 당신에게는 정상으로 보였다는 말인가요?"

"글쎄요, 정신이 이상한 것 같지는 않으니까요. 하지만 나는 그분과 이야기를 못 해봤기 때문에 그건 알 수 없죠. 두 분만 말씀하시도록 저는 자리를 피해 드렸거든요."

수잔은 질크리스트를 빤히 쳐다보았다. 질크리스트는 문 뒤에서 남의 이야기를 엿듣는다거나 남의 물건을 슬쩍하거나 남의 편지를 몰래 뜯어볼 사람은 아니다. 하지만 우연히 그들의 이야기를 듣게 되었는지도 모르지. 창문이 열려 있었는데 정원을 손질하고 있었다든가, 혹은 홀에서 먼지를 털고 있었다면 이야기 소리가 들릴 만한 충분한 거리니까. 그럴 경우, 듣기 싫어도 어쩔 수 없이 귀에 들어오겠지.

"그분의 이야기를 전혀 못 들었나요?" 수잔이 물었다.

수잔의 너무 당돌한 질문 때문인지 질크리스트의 얼굴은 노여움으로 붉게 달아올랐다.

"천만에요, 뱅크스 부인. 문 뒤에서 엿듣는다던가 하는 행동은 내 자신이 절대로 용납 못해요!"

예민한 반응을 보고, 그녀가 이야기를 들었을 거라고 수잔은 생각했다. 그렇지 않았다면 그저, "아니에요."라고 대답했을 것이다.

수잔은 좀 큰 목소리로 말했다.

"내가 실례를 했군요. 그런 뜻으로 한 말이 아니에요. 하지만 이런 조그만 집에서 살다 보면 우연히 이야기를 듣게 되는 경우가 많지요. 그리고 지금은 두 분이 모두 돌아가셨으니까 두 분 사이에 무슨 이야기가 오고 갔는지 알아도 괜찮을 것 같아서요."

"물론 부인 말이 옳아요. 이 집은 아주 작고, 그리고 부인이 두 분 사이에 무슨 이야기가 오고 갔는지 알고 싶어 하는 것도 당연하지요. 하지만 유감스럽게도 나는 별로 많은 이야기를 듣지 못했답니다. 내 생각에는 두 분이 애버니시 씨의 건강에 대해 말씀하셨던 것 같아요. 그리고 분명히……, 음, 그분은 망상에 대해 이야기하셨어요. 그렇게 보이진 않았지만, 환자이셨으니까 자신의 병의 원인을 외부에서 찾으려고 하셨을 테죠. 그런 경우는 아주 많답니다. 우리 아주머니만 해도……."

수잔은 엔트휘슬 씨처럼 그녀의 말을 막았다.

"그렇군요. 우리들도 그렇게 생각하고 있었어요. 아저씨의 하인들은 모두 다 아저씨를 좋아했어요. 그러니 그런 이야기를 들으면 무척 화를 낼 거예요……."

그녀는 잠깐 말을 멈추었다.

"오, 물론 그렇겠지요. 하인들은 그런 일에 특히 예민한 법이니까요. 우리 아주머니는……."

다시 수잔이 말을 막았다.

"그런데 하인들이 자신을 독살하려고 한다고 말씀하시지는 않던가요?"

"나는 몰라요. 나는 사실은……."

수잔은 질크리스트가 몹시 곤란해하고 있다는 것을 알아차렸다.

"하인들이 아니라, 어떤 특정한 사람을 지목했던 모양이군요?"

"모르겠어요, 뱅크스 부인. 정말 나는……."

하지만 그녀는 수잔의 시선을 피하려고 애쓰고 있었다.

수잔은 질크리스트가 말한 것보다 더 많이 알고 있을 거라고 생각했다.

'질크리스트는 분명히 더 많은 것을 알고 있을 거야.'

당분간은 그 문제로 다그치지 않으리라 생각하고 수잔은 화제를 바꾸었다.

"질크리스트 양, 앞으로 어떻게 할 계획이에요?"

"글쎄요. 사실 거기에 대해 의논할 생각이었지요. 뱅크스 부인, 엔트휘슬 씨께는 일이 정리될 때까지 여기에 머물고 싶다고 말씀드렸거든요."

"알고 있어요. 아주 고맙게 생각하고 있답니다."

"그런데 그 일이 얼마나 걸릴지 궁금하군요. 새로운 일자리를 찾아야 하니까요."

수잔은 잠시 생각해보았다.

"여기 일은 별로 오래 걸리지 않을 거예요. 이틀 정도면 모든 일을 처리할 수 있을 테니까요."

"그렇다면 물건들을 모두 처분할 생각인가요?"

"예, 집을 세주는 건 어렵지 않겠지요?"

"물론이지요. 사람들이 서로 빌리겠다고 몰려들 거예요. 요즘에는 셋집이 거의 없으니까요. 거의 다 사고파는 집들뿐이거든요."

"그렇다면 일은 간단히 끝나겠군요."

수잔은 잠시 망설이다가 말을 꺼냈다.

"말씀드릴 게 있는데……, 3개월치 봉급을 받아 주셨으면 해서요."

"정말 고맙습니다, 뱅크스 부인. 그런데 혹시 폐가 안 된다면……, 저어, 나를 다른 데 소개해주지 않겠어요? 내가 부인 친척과 함께 살았으며, 일을 잘 해낸다고 말이에요."

"오, 물론 그렇게 해드리죠."

"이런 부탁을 드려도 될지 모르겠지만……."

질크리스트의 손이 약간 떨리기 시작했다. 그녀는 목소리를 침착하게 가라앉히려고 애썼다.

"가능하면 사정 이야기나……, 이름까지도 말해줄 수 없을까요?"

수잔은 그녀를 빤히 쳐다보았다.

"무슨 뜻인지 모르겠군요."

"생각해보세요, 뱅크스 부인. 살인사건 말이에요. 그 사건은 신문에 났기 때문에 당연히 많은 사람들이 알고 있을 거예요. 사람들은 '두 여자가 함께 살았는데, 그중 한 여자가 살해되었다. 그러면 혹시 나머지 한 여자가 살해한 것이 아닐까?'라고 생각할지도 모르잖아요. 그러니 내가 일자리를 구하기 전에 이 문제부터 처리해야 할 것 같아요. 그런 생각만 하면 걱정이 되어서 견딜 수가 없어요. 혹시 영영 이런 직업을 구하지 못하는 게 아닐까 하는 생각에 잠을 못 이룰 때도 있답니다. 그렇게 되면 내가 무슨 일을 할 수 있겠어요?"

이렇게 말하는 그녀의 목소리에는 서글픈 비애감이 서려 있었다.

수잔은 가슴이 찌릿해 오는 걸 느꼈다.

그녀는 이 평범한 여자의 절망감을 이해할 수 있었다. 질크리스트의 말은 지극히 타당한 것이었다. 사람들이 살인사건에 관련된(비록 결백하다고 해도) 여자를 반갑게 고용할 리는 없을 테니까 말이다.

수잔이 입을 열었다.

"하지만 범인이 잡힌다면……."

"오, 그렇게만 된다면 아무런 문제도 없지요. 하지만 정말 잡힐까요? 경찰에서는 실마리도 못 잡고 있는 모양이던데요. 영영 범인이 잡히지 않는다면 나는 끝내 꺼림칙한 인물로 즉, 살인범일지도 모른다는 혐의를 받으면서 살아야 하는 거 아니에요?"

수잔은 공감하듯이 고개를 끄덕였다.

질크리스트는 코라 랜스쿼네트의 죽음으로 아무런 이득도 보지 못했다. 하지만 혹시 또 누가 알겠는가? 세상에는 함께 사는 여자들 사이의 불화에 대한 이야기가 얼마나 많은가? 갑자기 상대를 공격한다든지 하는 이야기가…… 그들을 잘 모르는 사람들은 코라 랜스쿼네트와 질크리스트의 사이가 바로 그랬을 거라고 생각하겠지…….

수잔은 마음을 결정하고 이야기를 시작했다.

"너무 걱정하지 마세요." 그녀는 쾌활한 목소리로 말했다.

"내가 친구들에게 물어봐서 일자리를 구해 드릴 테니까요. 어렵지 않을 거예요."

"하지만……." 질크리스트가 여느 때와 같은 태도로 돌아와서 말했다.

"나는 거친 일은 해낼 수가 없어요. 그저 간단한 요리나 집안일이라면 모르지만……."

이때 전화벨이 울려서 질크리스트가 황급히 자리에서 일어났다.

"도대체 누굴까요?"

"아마 남편일 거예요." 수잔이 자리에서 벌떡 일어나면서 말했다.

"오늘 밤에 전화하기로 했거든요."

그녀는 전화기 있는 곳으로 다가갔다.

"예? 예, 내가 뱅크스 부인인데요……."

잠깐 동안 말이 없었다. 그러다가 이내 그녀의 목소리가 달라졌다, 부드럽고 다정한 목소리로.

"여보세요, 여보세요 예, 나예요. 오, 아주 좋아요. 누군가에 의해서 살해되었다고요……. 그런 법이죠. 그저 엔트휘슬 씨만이……, 뭐라고요? 그렇게 확실하게 말하긴 어렵지만, 그렇게 생각해요. 예, 우리가 생각한 그대로예요. 계획한 대로……, 모두 팔 생각이에요. 아무것도 마음에 드는 게 없어요. 하루나 이틀도……, 정말 끔찍해요. 너무 안절부절못하지 마세요. 내가 할 일을 알고 있어요. 그레고리, 당신은……, 당신은 조심해서, 아니에요, 아무것도 아니에요. 안녕히 주무세요, 여보."

그녀는 수화기를 내려놓았다. 질크리스트는 분명히 들릴 만한 거리에 있었을 것이다. 어쩌면 주방에서 들을 수 있었는지도 모르지.

수잔은 그레고리에게 묻고 싶은 게 있었지만, 끝내 묻지 않았다.

그녀는 다소 멍하니 전화기 옆에 그대로 서 있었다. 그러다가 어떤 생각이 퍼뜩 머리에 스쳤다.

"그래……." 그녀는 중얼거렸다.

"바로 그거야."

그녀는 교환을 통해 전화를 신청했다. 약 15분 뒤에 교환원의 목소리가 들려왔다.

"받지 않는데요."

"계속해서 연결해주세요."

수잔은 그저 반사적으로 말했다. 그녀는 수화기 저쪽에서 희미하게 울리는 전화벨 소리에 귀를 기울이고 있었다. 그러다가 갑자기 벨소리가 끊기고 약간 화가 난 듯한 남자의 목소리가 들려왔다.

"예, 누구세요?"

"티모시 아저씨?"

"뭐라고? 무슨 말인지 안 들리는데요."

"티모시 아저씨? 수잔 뱅크스예요."

"수잔 누구라고?"

"뱅크스, 조카딸 수잔이라고요."

"오, 수잔이라고? 그런데 무슨 일이냐? 이런 한밤중에 전화하다니?"

"아직 초저녁인데요 뭐."

"나는 이미 잠자리에 들었는걸."

"일찍 주무시는군요. 모드 아주머니는 어떠세요?"

"그것 때문에 전화한 거냐? 네 아주머니는 너무 고통이 심해서 꼼짝도 못하고 있다. 그래서 집안 꼴이 말이 아니야. 바보 같은 의사가 간호사를 보내 줄 수 없다고 하더구나. 모드에게 병원에 입원하라는 거야. 하지만 나는 그렇게 할 수 없다고 했다. 지금 의사가 사람을 구하려고 사방에 알아보고 있을 거야. 나는 아무것도 할 수가 없어. 하고 싶은 생각도 없고. 오늘 밤에는 어떤 바보 같은 파출부가 한 명 와 있다. 하지만 빨리 남편에게로 돌아가야 한다고 고집을 부리고 있어서 걱정이구나. 도대체 어떻게 해야 할지 모르겠다."

"바로 그 때문에 제가 전화한 거예요. 질크리스트 양이 어떨까요?"

"그 여자가 누군데? 그런 이름은 처음 듣는걸."

"코라 아주머니와 함께 있던 사람인데, 아주 유능해요."

"요리를 할 수 있을까?"

"예, 아주 잘해요. 그리고 모드 아주머니도 간호해줄 수 있을 거예요."

"아주 잘됐구나. 그럼, 아무 때나 올 수 있는 거니? 마을에서 일하러 오는 파출부 여자들이 온통 휘젓고 다니는 통에 정신이 하나도 없구나."

"가능한 한 빨리 가라고 하겠어요. 내일 모레쯤이 어떨까요?"

"좋아, 정말 고맙다." 티모시가 말했다.

"수잔, 너는 정말 착하구나. 음, 어쨌든 고맙다."

수잔은 수화기를 내려놓고 나서 주방으로 들어갔다.

"요크셔의 우리 아주머니를 돌봐 드리면 어떨까요? 아주머니는 발목을 다치셨고, 아저씨는 아무 일도 못하거든요. 아저씨는 그렇고 그렇지만, 모드 아주머니는 아주 좋은 분이세요. 일을 도와주러 오는 사람이 있으니까, 그저 아주머니를 돌봐 드리고 요리나 하시면 될 거예요."

질크리스트는 너무나 흥분한 나머지, 커피 주전자를 떨어뜨릴 뻔했다.

"오, 고맙습니다. 정말 고마워요. 참으로 친절하시군요. 나는 환자를 간호하는 데 능숙하답니다. 그리고 아저씨라는 분에게도 맛있는 요리를 해드릴 수 있을 거예요. 정말 고마워요, 뱅크스 부인."

제11장

1

수잔은 침대에 누워 어서 잠이 오기를 기다렸다. 그녀는 무척 지쳐 있었다. 그래서 곧장 곯아떨어질 것이라고 생각했었다. 그녀는 잠을 이루지 못해서 괴로워해본 적이 없었다. 하지만 오늘 밤은 시간이 가면 갈수록 정신이 더욱더 또렷해지기만 했다. 그녀는 이 방의 침대에서 자는 게 조금도 두렵지 않다고 말했었다. 이 침대는 바로 코라 랜스퀴네트가……

아니야, 이러면 안 되지. 그녀는 자신의 마음속에서 그 모든 것을 떨쳐 버리고자 했다. 언제나 자신의 용기에 자부심을 가졌던 그녀였다.

왜 1주일 전의 일을 생각하는 걸까?

앞으로의 계획에 대해 생각해보자. 그녀와 그레고리의 미래를.

카디건가(街)의 가게들. 그것이야말로 그들이 원했던 것이다. 1층에는 가게를 차리고, 2층에는 예쁜 살림집을 꾸며야지. 그리고 뒤쪽에는 그레고리의 실험실을 만들고, 그레고리는 다시 침착해지고 좋아질 거야. 더 이상 그런 끔찍한 정신착란은 없겠지. 그럴 때 그녀를 쳐다보는 그는 그녀가 누구인지조차도 모르는 사람처럼 보였다. 한두 번 그녀는 정말로 겁을 집어먹은 적이 있었다.

그때 콜 씨는 암시했다. 아니 이렇게 경고했다.

"또다시 이런 일이 생긴다면……"

만일 그 일이 또다시 생긴다면……

아니야. 분명히 그런 일이 또 일어났을 거야. 리처드 아저씨가 돌아가시지 않았더라면……

리처드 아저씨……. 하지만 왜 꼭 그렇게 생각해야 하지? 그분은 삶의 즐거움이라는 걸 모르셨어. 노쇠한데다가 지쳐 있었지. 게다가 아들도 죽었고, 그렇게 편안하게 죽을 수 있다는 것도 축복인 셈이지. 조용히……, 잠자면서 죽다니……. 잠이 왔으면 좋겠는데.

시간이 갈수록 정신이 점점 맑아지다니, 정말 한심하군……. 가구들이 삐걱거리는 소리, 나뭇가지에 바람이 스치는 소리, 그리고 가끔씩 이상한 울음소리가 들렸다. 그것은 올빼미 울음소리였다. 어쩐지 섬뜩한 기분이 드는 곳이다.

시끄럽고 번잡한 도시와는 너무도 다른 분위기이다. 집에서는 이렇게 불안하지 않았다. 언제나 사람들에게 둘러싸여서 결코 혼자 있는 때가 없었으니까. 하지만 여기는…….

살인사건이 있었던 집에는 간혹 유령이 나타난다던데. 어쩌면 이 집도 그런 유령의 집으로 소문나게 될지도 모른다. 코라 랜스퀘네트의 유령이 나타나는……. 그런데 이상한 일이다. 마치 코라 아주머니가 바로 내 옆에 와 있는 것 같은 기분이 드니 말이다. 공상일 거야. 코라 랜스퀘네트는 이미 죽었고, 내일이면 땅에 묻히게 될 텐데 뭐. 지금 이 집에는 수잔 자신과 질크리스트밖에는 아무도 없다. 그런데도 그녀는 마치 다른 사람이 그녀 옆에 와 있는 것 같은 느낌을 떨쳐 버릴 수가 없었다.

아주머니는 이 침대 위에서 주무시다가 도끼로 변을 당하고 말았다. 아무 의심도 없이 아주 편안하게……. 도끼에 맞을지도 모르는 채……. 그 때문에 지금 수잔이 잠들지 못하는 것일까?

다시 가구가 삐걱거리는 소리가 들려왔다.

누군가 살금살금 다가오는 걸음 소리……? 수잔은 불을 켰다.

아무것도 없었다. 공연한 생각이야, 마음을 편안하게 갖자. 자, 눈을 감아야지……. 그때 분명히 신음소리가 났다.

누군가가 죽을 듯한 고통에 겨워 내는 소리였다.

"아무 생각도 말아야지. 모두 다 쓸데없는 생각이야."

수잔은 자신을 타일렀다.

죽음 뒤에는 아무것도 없다. 죽음이란 그것으로 끝이다. 유령 따위는 절대로 존재하지 않아. 어느 누구도 죽음의 세계에서 돌아올 수 없어. 그런데 어떤 여자의 신음소리가…….

또다시 신음소리가 들려왔다. 아까보다 더 크게……. 누군가 고통에 몸부림

치고 있다.

하지만 저건 진짜 신음소리야. 그녀는 다시 스위치를 컸다. 그리고 침대에서 일어나 앉아 귀를 기울였다.

진짜 신음소리가 들렸다. 그녀는 벽을 통해서 똑똑히 들을 수 있었다. 그 소리는 바로 옆방에서 나고 있었던 것이다.

수잔은 침대에서 벌떡 일어나서는 황급히 가운을 걸치고 옆방으로 갔다. 질 크리스트의 방 앞으로 간 그녀는 몇 번 문을 두드리다가 그대로 안으로 들어갔다. 그녀는 침대에 앉아 있었는데 그녀의 얼굴은 고통으로 몹시 일그러져 있었다.

"질크리스트 양, 도대체 무슨 일이에요? 어디 아프신가요?"

"예, 나도 모르겠어요. 나는······."

그녀는 침대에서 빠져나오려고 하다가 구역질 때문에 다시 침대에 쓰러지고 말았다.

그녀가 힘겹게 중얼거렸다.

"제발, 의사를 불러줘요. 뭔가 잘못 먹은 것 같아요······."

"약을 좀 드릴게요. 그래도 괜찮아지지 않으면 그때 의사를 부르기로 하죠."

질크리스트는 고개를 저었다.

"아니요. 지금 당장 불러줘요. 너무 아파요. 도저히 참을 수가······."

"전화번호를 알고 있어요? 아니면 전화번호부에서 찾아볼까요?"

질크리스트는 그녀에게 전화번호를 알려 주었다. 그녀의 통증은 점점 더 심해지는 모양이었다.

수잔이 전화를 걸자 어떤 남자가 졸린 목소리로 전화를 받았다.

"누구요? 질크리스트? 메드가(街)에 있는 집이라고요? 예, 알겠습니다. 곧 가겠습니다."

그 남자는 말한 대로 빨리 왔다. 10분 뒤에 수잔은 차가 멈추는 소리를 들을 수 있었다.

그녀는 얼른 문을 열어 주었다. 그녀는 그를 2층으로 안내하면서 자세하게 설명해주었다.

"내 생각에는……, 아마 뭔가를 잘못 먹은 모양이에요. 아주 통증이 심한가 봐요."

의사는 대수롭지 않을 거라고 생각하는 듯했다. 하지만 환자를 진찰했을 때는 지금까지의 그런 태도는 싹 변하고 말았다. 그는 수잔에게 몇 가지 부탁을 하고는 곧장 아래층으로 내려가서 전화를 걸었다.

"앰뷸런스를 불렀습니다. 병원으로 옮겨야겠습니다."

"그렇게 심각한가요?"

"예, 고통을 진정시키기 위해 모르핀 주사를 한 대 놓았습니다. 하지만 내가 보기엔……."

그는 잠시 말을 끊었다.

"저녁식사는 무엇을 했습니까?"

"마카로니 요리를 먹었고, 디저트로 커스터드 푸딩을 먹었어요. 그리고 식사 뒤에는 커피를 마셨고요."

"당신도 같은 걸 먹었습니까?"

"예."

"그러면 당신은 어떻습니까? 아무렇지도 않은 모양이지요?"

"전혀."

"혹시 다른 것을 먹지는 않았습니까? 상한 생선이나 소시지 같은 것 말입니다."

"아니에요. 우리는 킹스 암스에서 점심을 먹었을 뿐이에요. 심리가 끝난 다음에요."

"아, 당신이 바로 랜스퀴네트 부인의 조카딸이군요?"

"예, 그래요."

"정말 끔찍한 사건이었습니다. 경찰이 꼭 범인을 체포해야 할 텐데……."

"물론 그래야죠."

앰뷸런스가 도착했다.

질크리스트가 실려나가고, 의사가 앰뷸런스에 올라탔다. 그들이 떠나고 나서 그녀는 2층 침실로 올라갔다.

수잔은 침대에 눕자마자 곧장 깊은 잠에 곯아떨어졌다.

2

장례식은 그런대로 잘 치러졌다. 마을 사람들 대부분이 참석해주었다. 수잔과 엔트휘슬 씨만이 가족 대표로 참석했을 뿐, 다른 친척들은 많은 화환만 보내왔다. 엔트휘슬 씨는 질크리스트가 어디에 있는지 물어보았다. 그러자 수잔은 재빨리 귓속말로 설명해주었다.

엔트휘슬 씨의 눈썹이 치켜 올라갔다.

"좀 이상한데?"

"오늘 아침에는 많이 좋아졌어요. 병원에서 전화가 왔는데, 그렇게 갑작스러운 증상이 나타나는 경우가 많다더군요."

엔트휘슬 씨는 더 이상 아무 말도 하지 않았다. 그는 장례식을 마친 뒤에 곧장 런던으로 돌아갔다.

수잔은 집으로 다시 돌아왔다. 그녀는 달걀 몇 개를 찾아서 오믈렛을 만들어 먹었다. 그리고 코라의 방에 올라가서 그녀의 유품들을 살펴보려고 했다.

그런데 이때 마침 의사가 찾아왔다. 그의 표정은 어두웠다. 그는 수잔의 물음에, 질크리스트가 많이 좋아졌다고 대꾸했다.

"이틀 정도만 있으면 퇴원할 수 있을 겁니다. 무엇보다도 내게 빨리 연락하기를 잘하셨습니다. 조금만 더 늦었더라면, 목숨이 위태로웠을 겁니다."

수잔은 그를 빤히 쳐다보았다.

"그 정도로 상태가 심각했나요?"

"뱅크스 부인, 어제 질크리스트 양이 무얼 먹었는지 다시 한 번 말해줘야겠습니다. 하나도 빠뜨리지 말고요."

수잔은 한참 동안 곰곰이 생각했다. 그러고는 몇 가지 더 이야기해주었다.

하지만 의사는 불충분하다는 듯이 고개를 저었다.

"분명히 질크리스트 양 혼자서 먹은 게 있을 텐데요?"

"그런 거는 없어요…… 케이크, 잼, 차, 그리고 저녁식사; 없어요. 더 이상은 기억이 나질 않아요."

의사는 콧등을 비비고 방을 서성거렸다.

"그녀가 독이 든 음식이라도 먹었나요?"

의사는 그녀를 날카롭게 쏘아본 다음 결심한 듯이 말했다.

"그건 바로 비소였습니다."

"비소라고요?" 수잔이 놀라서 그를 쳐다보았다.

"누군가가 그녀에게 비소를 먹였단 말인가요?"

"그런 것 같습니다."

"그녀 스스로 먹었을 수도 있지 않을까요?"

"자살 말입니까? 그녀는 그러지 않았다고 말했습니다. 그리고 만일, 그녀가 자살하려고 했다면 비소를 선택하지 않았을 겁니다. 집에 수면제가 있었으니까요. 그녀는 그것을 과용해도 됐을 겁니다."

"그렇다면 우연히 비소가 어디엔가 섞여 있었던 것이 아닐까요?"

"그것이 바로 내가 궁금해하는 점입니다. 설마 그럴 리는 없다고 생각하지만, 간혹 그런 경우가 없는 것도 아닙니다. 하지만 당신과 그녀가 같은 음식을 먹었다면……."

수잔이 고개를 끄덕였다.

"예, 우리는 똑같은 걸 먹었어요." 이렇게 말하던 수잔이 갑자기 소리쳤다.

"어머, 그래요, 결혼 케이크가 있었어요!"

"뭐라고요, 결혼 케이크?"

수잔은 자세히 이야기해주었다.

의사는 아주 주의 깊게 그녀의 이야기에 귀를 기울였다.

"이상하군요. 누가 보냈는지 그녀도 몰랐단 말이지요? 그 케이크가 조금이라도 남아 있습니까? 아니면 상자라도?"

"글쎄요. 내가 한 번 찾아보지요."

그들은 함께 집 안을 살펴보았다. 그래서 결국 케이크 얼룩이 남아 있는 하얀 상자를 찬장에서 찾아냈다.

의사는 그 케이크 상자를 조심스럽게 닫았다.

"내가 가져가겠습니다. 혹시 이 포장지가 어디에 있는지 모릅니까?"

케이크 상자를 쌌던 종이는 어디에서도 나오지 않았다. 수잔은 아마 태워 버린 모양이라고 말했다.

"금방 떠나지는 않겠지요, 뱅크스 부인?"

그는 친절한 목소리로 말했지만, 수잔은 좀 거북한 감정을 느꼈다.

"예, 아주머니의 유품들을 정리해야 하니까요. 며칠 더 있을 생각이에요."

"좋습니다. 아마 경찰에서 부인에게 몇 가지 물어볼 겁니다. 혹시 누가 그런 짓을 했는지 짐작 가는 사람은 없습니까?"

수잔은 고개를 저었다.

"나는 그녀에 대해 아는 게 별로 없어요. 몇 년 동안 우리 아주머니와 함께 살았다는 것밖에는……."

"아주 평범한 여자 같더군요. 원한을 사거나, 아니면 멜로드라마 같은데 나오는 여자 같지는 않습니다. 결혼 케이크가 배달되었다. 어쩌면 누군가가 시키는 여자가……. 하지만 도대체 누가 질크리스트 같은 사람을 시키겠습니까? 절대로 그럴 리는 없을 겁니다."

"예, 그럴 거예요."

"알 수 없는 일이군요. 리체트 세인트 메리 사람들에게 이런 일이 일어날 줄은 몰랐습니다. 처음에는 끔찍한 살인사건이 일어나더니, 이번에는 독이 든 케이크가 배달되고……, 끊임없는 사건의 연속이로군요."

그는 말을 마친 뒤, 자기 차가 있는 데로 걸어 내려갔다. 숨이 막힐 것 같았다. 수잔은 문을 열어 두고서 일을 하기 위해 다시 2층으로 올라갔다.

코라 랜스퀴네트는 깔끔한 편이 아니었다. 그녀의 옷장에는 여러 가지 잡동사니 물건들이 가득 차 있었다. 편지라든가 낡은 장신구들, 그리고 붓 등이 서로 뒤섞여 있었다. 속옷이 든 서랍을 열어 보니, 오래된 편지들과 계산서 등이 흩어져 있었다. 또 다른 서랍에는 점퍼와 함께 낡은 사진들과 스케치북이 들어 있었다. 수잔은 프랑스가 배경으로 되어 있는 사진 한 묶음을 꺼냈다.

몇 년 전 사진들인 것 같았는데, 대부분이 어떤 키가 큰 남자 옆에 더 마른 모습의 코라가 매달린 사진들이었다. 수잔은 키 큰 남자가 바로 피에르 랜스퀴네트일 거라고 생각했다. 그녀는 사진에 흥미를 느꼈지만, 한옆으로 치워 두고 산더미처럼 쌓여 있는 서류들을 능숙하게 정리해 나가기 시작했다.

잠시 뒤, 그녀는 어떤 편지 한 장을 골라내어 두 번씩이나 연거푸 읽었다. 그러고는 누군가 그녀를 부르는 소리가 들릴 때까지 꼼짝 않고 그 편지를 쳐다보았다.

"거기서 뭘 하는 거지, 수잔? 무슨 일이야?"

수잔은 얼굴을 붉혔다. 자기도 모르게 놀라서 고함을 지른 것이 창피했던 것이다.

"조지! 깜짝 놀랐잖아!"

그녀의 사촌이 빙그레 웃었다.

"정말 놀란 모양이군."

"어떻게 여기까지 들어왔지?"

"아래층 문이 열려 있어서 그냥 들어온 거야. 그리고 아래층에 아무도 없어서, 2층까지 올라와 본 거지. 언제 이곳에 도착했느냐 하면, 오늘 아침에 장례식에 참석하기 위해 집에서 출발했어."

"장례식에서는 못 봤는데?"

"고물 버스가 말썽을 부려서 말이야. 겨우 움직이게 됐을 때는 이미 장례식 시간에 늦어 버렸지. 하지만 네가 여기 와 있을 것 같아서 이곳으로 온 거야."

그는 잠깐 말을 멈추었다가 다시 이었다.

"사실, 네게 전화했었어. 그레고리가 받더니 볼일이 있어서 여기로 갔다고 하더군. 그래서 내가 좀 도와줄 수 있을까 해서 내려온 거야."

수잔이 말했다.

"직장에 나가야 하지 않아? 아니면 아무 때나 휴가를 얻을 수 있는 거니?"

"장례식에 참석한다는 건 결근 이유로는 아주 그럴듯하지. 게다가 이번 장례식은 아주 특이한 경우에 속하니까. 살인사건이란 언제나 사람들을 흥분시키는 법이거든. 그리고 앞으로는 사무실 같은데 매달려 있지 않아도 될 테니까. 나는 이제 더는 가난한 사람이 아니야. 좀더 좋은 직장을 찾아봐야겠어."

그는 잠깐 말을 멈추었다가 싱긋 웃으면서 한마디 덧붙였다.

"마치 그레고리처럼……."

수잔은 생각에 잠긴 얼굴로 조지를 쳐다보았다. 그녀는 이 사촌을 별로 자주 만나지 않았다. 그리고 그와 만나더라도 그녀는 그의 진심을 파악하기가 어렵다는 느낌을 받곤 했다.

그녀가 물었다.

"여기에 온 이유가 따로 있을 텐데?"

"솔직하게 말해서, 뭣 좀 조사해보려고 왔어. 지난번 장례식 때 있었던 일을 곰곰이 생각해봤어. 그날 코라 아주머니가 불쑥 꺼낸 말에 대해 말이야. 그 말이 단순히 지나가는 말로 생각해도 될 아무 근거가 없는 헛소리인지, 아니면 정말로 무슨 근거가 있어서 그런 이야기를 한 건지 몹시 궁금해지더군. 그런데 이 편지에 무슨 특별한 내용이라도 있었나? 아주 열심히 읽고 있던데."

수잔은 천천히 대꾸했다.

"이건 리처드 아저씨가 코라 아주머니에게 보낸 편지야. 이곳을 다녀가신 뒤에 쓴 거지."

수잔은 조지의 검은 눈을 쳐다보았다. 그녀는 지금까지 그의 눈이 갈색이라고 생각해왔다. 하지만 이제 보니 그의 눈은 검은색이었다. 그리고 그 눈에는 뭔가 설명하기 힘든 분위기가 어려 있었다. 마치 어떤 비밀을 숨기고 있는 듯한 그런 눈이었다.

"무슨 특별한 내용이라도 있어?" 조지가 물었다.

"아니, 뭐 별로……."

"내가 봐도 될까?"

그녀는 잠시 망설였으나, 이내 그 편지를 조지에게 넘겨주었다.

그는 낮은 목소리로 죽 읽어 내려갔다.

"이처럼 오랜 세월이 흐른 뒤에 너를 다시 만나게 되어 정말 기뻤단다. ……집에는 무사히 돌아왔고, 그다지 피곤하지도 않단다……."

갑자기 그의 목소리가 날카롭게 바뀌었다.

"내가 했던 이야기를 아무에게도 하지 말아다오. 내가 잘못 생각했을 수도 있으니까. 사랑하는 오빠 리처드"

"대체 이게 무슨 뜻일까?" 그는 수잔을 올려다보았다.

"뭔가 뜻이 있겠지…… 단순히 자기 건강에 대한 말일지도 몰라. 아니면 어떤 친구에 대한 소문일지도 모르고."

"아, 그래, 그런 이야기일 수도 있겠군. 아무튼 구체적인 이야기는 없으니까. 하지만 뭔가 의미가 있는 것 같은데……. 아저씨가 코라 아주머니에게 무슨 말을 했을까? 혹시 그걸 알고 있는 사람이 없을까?"

수잔이 대꾸했다.

"질크리스트 양이 알지도 모르지. 내 생각에는 그 여자가 들었을 것 같아."

"아, 그래, 그 여자가 있었지. 그런데 지금 어디 있지?"

"병원에. 비소를 먹었거든."

조지가 빤히 쳐다보았다.

"설마 사실은 아니겠지?"

"사실이야. 어떤 사람이 독이 든 결혼 케이크를 보냈어."

조지는 털썩 의자에 주저앉으면서 중얼거렸다.

"리처드 아저씨 생각이 틀리진 않은 것 같군."

3

다음 날 아침 모튼 경위가 찾아왔다. 그는 부드러운 목소리를 가진 중년 남자였다. 그의 태도는 침착했으며, 조금도 서두르는 기색이 없었다. 하지만 눈빛만은 날카로웠다.

"내가 왜 찾아왔는지 이유를 아시겠죠, 뱅크스 부인?" 그가 물었다.

"프록터 박사에게서 질크리스트 양에 대한 이야기를 들었습니다. 케이크 얼룩을 검사해보니, 역시 비소가 들어 있더군요."

"그렇다면 누군가 그녀를 독살하려고 했단 말인가요?"

"그런 것 같습니다. 질크리스트 양 자신도 전혀 이해할 수 없다더군요. 그저 자기에게 그런 짓을 할 만한 사람은 아무도 없다는 말만 되풀이했습니다. 하지만 분명히 누군가의 소행일 겁니다. 그 점에 대해 뭔가 떠오르는 것이 없습니까?"

수잔은 고개를 저으며 말했다.

"나는 아무것도 몰라요. 혹시 소인이나, 아니면 글씨체로 알아볼 수 있지 않을까요?"

"잊어버리신 모양이군요. 포장지는 불에 타서 없어졌습니다. 게다가 실제로 우편으로 배달된 것인지도 확실하지 않습니다. 앤드류 청년(집배원의 이름입니다만)의 말로는, 그런 걸 배달한 기억이 없다는군요. 물론 너무 많은 우편물을 배달하다 보면 기억이 나지 않을 수도 있겠지요. 하지만 어쨌든 확인해볼 방법은 없습니다."

"그렇다면 어떻게……?"

"다른 방법이 있지요, 뱅크스 부인. 질크리스트의 이름이 쓰인 낡은 포장지를 사용하는 방법이지요. 거기에는 이름뿐 아니라, 주소라든가 우표 같은 것도 붙어 있을 테니까요. 그 낡은 종이로 케이크를 싼 다음 슬쩍 편지함 속에다 넣어 두는 겁니다. 그러면 마치 진짜 우편으로 배달된 것처럼 보일 테니까요."

그는 담담한 목소리로 한마디 더 했다.

"결혼 케이크를 보내다니 정말 영리한 놈입니다. 나이 든 독신 여성들이란 으레 결혼 케이크에 감상적으로 되는 법이죠. 자기 자신을 기억해주고 있다는 사실에만 만족해서, 아무런 의심도 하지 않을 테니까요. 결혼 케이크가 아니라 다른 과자류였다면 그녀는 분명히 한 번쯤 다시 생각해보았을 겁니다."

수잔은 느릿하게 말했다.

"질크리스트 양은 그걸 보낸 사람이 누굴까 하고 오랫동안 생각해보았어요. 하지만 의심은 하지 않더군요. 말씀하신 대로 무척 기뻐했어요."

그녀는 이렇게 한마디 덧붙였다.

"그런데 거기에 들은 독이 목숨을 앗아갈 정도인가요?"

"분석해보기 전에는 뭐라고 확실하게 말할 수가 없군요. 문제는 질크리스트 양이 그걸 모두 먹었느냐 하는데 달렸습니다. 아마 그런 것 같지는 않은 데……, 혹시 기억이 나지 않습니까?"

"글쎄, 잘 기억이 나지 않는군요. 내게 좀 먹으라고 권해서 내가 사양했었지요. 그러자 그녀는 아주 맛있다면서 케이크를 먹더군요. 하지만 그걸 다 먹었는지는 모르겠어요."

"만일, 실례가 안 된다면 2층에 올라가 보고 싶은데요, 뱅크스 부인."

"그렇게 하세요."

그녀는 모든 경위의 뒤를 따라 질크리스트의 방으로 들어갔다. 그러고는 변명하듯이 말했다.

"너무 지저분하지요? 아주머니의 장례식 때문에 워낙 바빴거든요. 게다가 다른 일도 많아서……. 그리고 방을 치우지 말고 그대로 놔두는 것이 좋을 것 같아서요."

"잘 생각했습니다, 뱅크스 부인. 그렇게 생각하기란 좀처럼 쉬운 일이 아닌데 말입니다."

그는 침대로 다가가서 조심스럽게 베개를 들어올렸다. 그의 얼굴에 미소가 번졌다.

"여기 있군." 그가 중얼거렸다.

결혼 케이크 한 조각이 침대 시트 밑에 놓여 있었다.

"정말 이상한 일이군요." 수잔이 한마디 했다.

"아, 아닙니다. 그렇지 않습니다. 아마 요즘 젊은이들은 이렇게 하는 사람이 별로 없을 겁니다. 결혼 같은 것에 별로 신경 쓰지 않으니까요. 하지만 이건 오랜 관습이지요. 결혼 케이크 한 조각을 베개 밑에 깔고 자면 미래의 남편을 꿈에서 만나게 된다고들 합니다."

"하지만 분명히 질크리스트 양은……."

"그 나이에 이런 행동을 한다는 게 우습게 보일 테니까, 이야기하지 않았겠지요. 하지만 나는 이미 짐작하고 있었습니다."

그의 얼굴은 다시 근엄한 표정으로 바뀌었다.

"만일, 그런 어리석은 짓을 하지 않았다면 질크리스트 양은 이미 이 세상 사람이 아니었을 겁니다. 그런 우스운 행동이 결국 목숨을 구해준 셈이죠."

"도대체 누가 그녀를 죽이려고 했을까요?"

그는 수잔을 똑바로 쳐다보았다. 그의 시선에는 왠지 수잔을 거북하게 만드는 것이 있었다.

"모르겠습니까?" 그가 물었다.

"예, 전혀 모르겠어요."

모튼 경위가 말했다.

"그렇다면 이제부터 찾아봐야죠."

제12장

　현대적인 가구들로 장식된 어떤 방 안에 중년 남자 2명이 앉아 있었다. 그 방 안 어디에도 곡선이란 존재하지 않았다. 그저 모든 것이 다 반듯반듯하기만 했다. 유일하게 둥근 곡선을 그리는 것은 에르큘 포와로의 모습뿐이었다. 그의 배는 둥그렇게 튀어나왔으며, 머리는 동그란 달걀 모양이었다. 그는 시럽을 마시면서 고비를 빤히 쳐다보았다.

　고비는 키가 작고 살이 찐 사람이었다. 그는 살찐 얼굴 때문에 윤곽이 뚜렷하게 드러나지 않았다. 그의 시선은 포와로를 향해 있지 않았다. 원래부터 그는 사람을 똑바로 쳐다보는 법이 없었다. 고비는 정보를 수집하는 사람으로 유명했다. 하지만 그에 대해 아는 사람은 거의 없었으며, 그래서 그에게 의뢰해 오는 사람도 극히 드문 편이었다.

　그러나 그를 알고 부탁해 오는 사람들은 백만장자들이었다. 고비가 그만큼 많은 돈을 요구했기 때문이다. 그리고 사실 그는 정보를 수집하는데 뛰어난 능력을 가지고 있었다. 그것도 아주 재빠르게—고비의 명령이 떨어지기가 무섭게, 농부들이라든가 남녀노소, 신분의 고하를 막론하고 수많은 사람들이 철저하게 조사되었다.

　하지만 이제 그는 그런 일에서 은퇴했다. 그러나 가끔씩 옛 고객들의 청을 받아들이기도 했다. 에르큘 포와로도 그런 고객 중 하나였던 것이다.

　"부탁하신 걸 알아봤습니다." 그는 부드러운 목소리로 말했다.

　"아이들을 내보냈습니다. 아주 쓸 만한 녀석들입니다. 하지만 예전 젊은이들과는 너무도 다르더군요. 예전에는 그런 식으로 나오지 않았거든요. 도대체 배우려 들지를 않는답니다. 1~2년 정도 일하고 나면 마치 모든 걸 다 안다는 식이랍니다. 그러고는 제멋대로 일을 처리하려 들거든요. 그 녀석들이 일하는 걸 보면, 정말 기가 막힌답니다."

그는 서글픈 듯이 고개를 저었다. 그러고는 시선을 돌려서 전기 소켓을 쳐다보았다.

"바로 그 망할 놈의 정부 때문입니다." 그가 내뱉듯이 말했다.

"그리고 엉터리 교육 탓도 있겠지요. 도대체 사고력을 길러 주지 않는단 말입니다. 대부분이 생각할 줄을 모릅니다. 그 녀석들이 아는 거라곤, 단지 책에 나온 것뿐이지요. 하지만 그런 지식은 우리 일에는 전혀 쓸모가 없습니다."

고비는 의자 깊숙이 몸을 기대고 이번에는 전기스탠드를 쳐다보았다.

"정부를 너무 비난하지 마십시오! 그나마 없다면 우리는 제대로 살아나갈 수 없을 겁니다. 분명히 장담하지만, 노트를 옆에 끼고 말끔하게 차려입은 모습으로 BBC방송국 기자라고 말하면, 어딜 가더라도 괄시받지는 않을 겁니다. 어떤 사람에게 무얼 물어도 잘 대답해줄 겁니다. 일상생활이라든가, 뒷이야기들도 서슴지 않고 대답해주겠지요. 심지어 23일에(중류층 사람들이 월급을 받는 날이지요) 무엇을 먹었다는 것까지도 대답해줄 겁니다. 아무튼 무엇을 물어봐도 전혀 거리낌 없이 선선히 대답해주겠죠. 묻고 있는 사람이 기자가 아니라고는 생각지도 못하고 말입니다. 사람들은 정말로 정부에서 여론 조사를 하려고 기자를 내보낸 것이라고 믿을 겁니다."

고비가 덧붙였다.

"이거야말로 우리에게 무척 편리한 방법이지요. 전화에다가 도청장치를 해둔다든가 하는 방법보다 훨씬 효과적입니다. 물론 때때로 걸스카우트나 보이스카우트에서 조사를 나왔다고 둘러대기도 하지만, 그래도 정부 이름을 파는 것보다는 못합니다. 그런 의미에서라도 정부는 탐정들에게는 필수적이지요. 그러니 그나마 그런 정부라도 있는 게 얼마나 다행한 일입니까!"

포와로는 아무 대꾸도 하지 않았다. 그는 요즘 들어서 고비가 부쩍 말이 많아졌다고 생각했다. 하지만 이내 본론으로 들어가겠지.

"아!" 고비가 외치더니 조그만 노트를 꺼내 놓았다.

그는 손가락에 침을 묻혀서 몇 장을 넘겼다.

"여기 있군요. 조지 크로스필드. 먼저 이 사람부터 이야기하도록 하죠. 그저 평범한 사실들뿐이더군요. 어떻게 이런 정보들을 입수했는지에 대해서는 구태여 말씀드리지 않겠습니다. 이 사람은 퀴어가(街)에 살고 있습니다. 경마나 도박에 빠져 있고 여자들에게 별로 인기가 없습니다. 가끔씩 프랑스나 몬테로에 건너가서 돈을 물 쓰듯이 뿌리고 다닌답니다. 카지노 게임에도 돈을 많이 낭비하고요. 그런데 그런 엄청난 돈을 쓰고 다닐 만큼 그의 월급은 많지 않습니다. 물론 이 점에 대해 깊이 파고들 필요는 없겠지만, 그가 법을 교묘하게 회피하는 것 같단 말입니다. 게다가 변호사니 그런 일에는 아주 능숙하겠지요.

그가 자기에게 맡긴 돈을 빼돌려 다른데 썼을 거라고 생각하는 데는 다 그만한 이유가 있습니다. 이 사람은 최근에 엄청난 손해를 보았습니다. 요즘 증권 매매에서도 재미를 못 본데다가 경마에서도 번번이 지기만 했거든요. 판단을 잘못한데다가 운까지 나빴기 때문이었죠. 그래서 지난 3개월 동안 몹시 돈에 쪼들려 왔습니다. 사무실에서는 소심하고 화를 잘 내고 음침해서, 아무튼 좋은 사람은 아닌 걸로 평판이 나 있습니다. 하지만 그 사람의 아저씨가 죽은 뒤에는 모든 게 달라졌습니다. 아주 생기에 넘치고 있거든요. 쥐구멍에 볕이 든 셈이라고나 할까요!

자, 이제 부탁하신 정보에 대해 말씀드리죠. 그가 사건 당일에 허스트 공원에 있었다는 것은 거짓말이 분명합니다. 그와 안면이 있는 마권업자들 중 어느 누구도 그 사람을 보지 못했다고 합니다. 어딘지는 모르겠지만, 기차로 패딩턴을 떠난 것으로 보입니다. 패딩턴의 택시 운전사들은 그 사람 사진을 보았지만 별로 신통하게 대답하지 못하더군요. 하지만 이 문제는 일단 접어 두기로 하겠습니다. 그는 아주 평범한 인물입니다. 남다른 데가 없는 사람이지요. 그 때문인지 몰라도 패딩턴의 짐꾼이라든가 그 밖의 많은 사람들에게 물어봐도 그를 보았다는 사람은 한 사람도 없더군요. 하지만 한 가지 확실한 것은 촐리 역에서는 내리지 않았다는 겁니다.

촐리 역이란 바로 리체트 세인트 메리에서 가장 가까이에 있지요. 작은 역이라서 낯선 사람이 도착했다면 금방 눈에 띄었을 겁니다. 리딩에서 버스를 탔는지도 모르죠. 그곳이라면 버스가 붐비고, 리체트 세인트 메리까지 곧바로 갈 수 있는 버스를 포함해서 여러 노선의 버스가 있으니까요. 하지만 살인을 계획하고 있었다면 버스를 타지는 않았을 겁니다. 어쨌든 상당히 교활한 사람입니다. 리체트 세인트 메리에서 그를 봤다는 사람이 하나도 없더군요. 하기야 자기 모습을 보여 줄 필요도 없었겠지만. 마을을 거치지 않고 다른 길로 접근했거나, 아니면 변장을 하고 지나갔을 수도 있습니다. 계속 조사해볼까요? 흥미가 생기거든요."

"그렇게 하십시오." 에르큘 포와로가 말했다.

고비는 또다시 손가락에 침을 묻혀서 노트를 넘겼다.

"마이클 세인. 그는 자기 직업에 굉장한 애착을 가지고 있습니다. 그리고 자기 자신에 대해 남들이 평가하는 것보다도 더욱 후한 점수를 주고 있고요. 그는 아주 빠른 시일 내에 성공하고 싶어 합니다. 돈을 좋아하는 편이고, 호사스러운 생활을 좋아합니다. 그리고 여자들에게 무척 인기가 좋습니다. 여기저기서 수많은 여자들이 그에게 유혹의 손길을 뻗치곤 합니다. 그 자신도 그런 유혹을 즐기긴 하지만, 그래도 역시 직업이 우선이더군요. 지난번 공연 때, 여주인공이었던 소렐 데인튼과 눈이 맞아서, 지금까지도 그 여자와 몰래 만나고 있습니다. 그때 그는 단역을 맡았는데, 그래도 상당히 잘해 냈더군요. 데인튼의 남편되는 사람은 그를 별로 좋아하지 않습니다. 하지만 그의 아내는 데인튼에 대해서도, 그 남편에 대해서도 아무것도 모르고 있지요. 하긴 워낙 눈치가 없는 여자인 것 같더군요. 배우가 되기에는 부족하지만, 그래도 상당히 예쁜 여자입니다. 남편을 무척이나 사랑하고요. 불과 얼마 전까지만 해도 그들 부부 사이에 불화가 있었다는 소문이 들렸는데, 지금은 다 좋아졌답니다. 리처드 애버니시 씨가 죽고 나서부터 말입니다."

고비는 마지막 말을 강조하기라도 하듯이 의미심장하게 고개를 끄덕였다.

"사건 당일 세인 씨의 말로는 로젠하임이라는 사람을 만났고, 오스카 루이스라는 사람과 연극 문제로 이야기를 나누었다고 합니다. 하지만 그는 이 사람들을 만나지 않았습니다. 대신 약속을 취소하는 전보를 보냈지요. 그리고 나서는 차를 한 대 빌렸습니다. 그때가 약 12시경입니다. 다시 차를 갖다 준 시간은 저녁 6시경이었습니다. 계기에 주행거리가 나타나 있기 때문에 그가 얼마나 주행했는지 알 수 있었습니다. 그런데 리체트 세인트 메리에서 그날 낮선 차를 봤다는 사람이 한 명도 없다는군요. 사람의 눈에 띄지 않고 차를 숨겨 둘 만한 곳이 많이 있습니다. 더구나 그 집에서 불과 몇 백 야드만 내려가면, 낡은 차고가 하나 있지요. 아니면 그곳에서 가까운 거리에 있는 시장에다 세워 둘 수도 있고요. 거기라면 경찰이 함부로 주차했다고 딱지를 떼지는 않으니까요. 세인 씨도 계속 추적해볼까요?"

"물론이지요."

"이번에는 세인 부인의 차례입니다."

고비는 코를 만지작거리면서 세인 부인에 대해서 이야기를 꺼냈다.

"부인의 말로는 쇼핑을 나갔다고 했습니다. 그저 쇼핑을 했다고요⋯⋯."

고비는 천장을 올려다보면서 말을 이었다.

"쇼핑하러 돌아다니는 여자들이란 대개 낭비를 하기 마련입니다. 게다가 그전날 돈이 들어온다는 걸 알게 되었으니 아무것도 걸릴 것 없이 쇼핑할 수 있었겠지요. 그 여자는 한두 개의 크레디트 카드를 가지고 있었는데, 제한 액수를 초과했기 때문에 지불 독촉을 받고 있었습니다. 더 이상 크레디트 카드로는 쇼핑할 수가 없게 된 거죠. 그렇기 때문에 그 여자는 여기저기를 기웃거리면서 옷을 걸쳐 보기도 하고, 보석을 구경하기도 하면서 정작 물건을 사지는 못했습니다! 그 여자에게 접근하기는 아주 쉬웠습니다. 내가 데리고 있는 여자를 한 명 내보냈지요. 연극에 대해 제법 아는 여자를 골라서 말입니다. 그리고 식당에서 우연히 마주친 척하면서, 여자들이 하듯이 이런 식으로 말하라고 했습니다. '어머나. 당신이로군요. '시련의 길' 이후로는 전혀 연극에 출연하지 않으셨더군요. 연기가 정말 훌륭했어요! 그런데 최근에 허버드를 보셨나요?' 이렇게 해서 두 사람은 서로 이야기를 나누게 되었습니다.

사실, 세인 부인은 연기력이 형편없는 배우입니다. 하지만 오히려 그 때문에 훨씬 수월하게 이야기를 이끌어 나갈 수 있었습니다. 두 사람은 즉시 연극에 대한 이야기를 나누었습니다. 그리고 내가 시킨 여자는 세인 부인의 말에 맞장구를 치면서, '당신 연기는 어떻고⋯⋯.'라고 적당히 추켜세워 주기도 했지요. 그런데 그런 칭찬을 듣게 되면 대부분의 여자들은 '어머, 아니에요, 나는⋯⋯.' 하면서 겸손해하는데, 세인 부인은 그런 여자들과는 달리, '오, 예, 모두 그렇다고들 해요.'라고 말했다더군요. 그러니 당신이라면 그런 여자를 어떻게 처리하겠습니까?"

고비는 고개를 설레설레 흔들었다.

"정말 어쩔 도리가 없군요."

에르큘 포와로가 공감하면서 대답했다.

"그건 그렇고, 나는 에지웨어 경의 살인사건을 결코 잊을 수가 없습니다. 하마터면 범인을 잡지 못할 뻔했지요. 예, 이 에르큘 포와로가 말입니다. 범인은 뜻밖에도 너무 단순한 머리를 가진 사람이었습니다. 지나치게 단순한 사람들은 복잡한 사건을 저지르지 않는 법이지요. 그저 살인을 한 다음 별다른 속임수도 쓰지 않고 그냥 놔두는 경우가 많습니다. 이번 사건이 정말 살인사건이라면, 나는 범인이 차라리 교활하고 빈틈없기를 바랍니다. 완전범죄로 만들기위해서 자꾸만 여러 계책을 사용하는 편이 우리로서는 상대하기가 훨씬 쉬우니까요."

고비의 시선이 이번에는 자신이 들고 있는 노트로 옮겨졌다.

"뱅크스 부부, 이 사람들은 종일 집 안에만 틀어박혀 있었다고 말했습니다. 하지만 뱅크스 부인은 집에 있지 않았습니다! 그녀는 차고에서 차를 꺼낸 다음, 1시경에 어딘가로 갔습니다. 주행거리도 알 수 없었습니다. 매일 차를 타고 다니니까 그걸 일일이 체크할 수도 없을 테지요. 다음엔 뱅크스 씨에 대해서 말씀드리지요. 뭔가 흥미로운 점이 있더군요. 먼저, 사건 당일 그 사람이 뭘 했는지 전혀 알 수가 없다는 말부터 해야겠습니다. 직장에 나가지 않은 것만은 확실합니다. 장례식을 이유로 며칠 휴가를 신청한 것 같습니다. 그리고 그 사람은 자기 직업에 대해 별관심이 없는 것 같더군요. 제법 안정된 직장이고, 대우가 나쁜 편도 아닌데 말입니다. 그런데 그 사람은 가끔 이상한 흥분상태에 빠지곤 하는가 봅니다.

그가 사건 당일에 뭘 하고 있었는지는 알아내지 못했습니다만, 자기 아내와 함께 나가지 않은 것만은 확실합니다. 어쩌면, 종일 아파트에서 꼼짝하지 않고 있었는지도 모르죠. 그 아파트에는 수위가 없기 때문에 누가 들어오고 나갔는지를 전혀 알 수 없었습니다. 그런데 한 가지 흥미로운 점이 있더군요. 바로 그 사람의 과거에 대한 겁니다. 그러니까 자기 아내와 만나기 약 4개월 전까지만 해도 그 사람은 정신병원에 있었답니다. 의학적으로 정신이상으로 판명된 것은 아니지만, 주위 사람들 이야기가 그 사람의 정신이 이상했다더군요.

한 번은 약에다 뭔가를 집어넣은 적이 있다고 합니다. 그때 그 사람은 메디페어에서 일하고 있었습니다. 그 약을 먹은 여자가 회복되기는 했지만, 회사가 발칵 뒤집혔습니다. 결국, 회사 측의 변상으로 경찰이 개입하지는 않게 되었습니다. 이런 사고가 일어나자 사람들은 오히려 그를 동정하게 되었습니다. 물론 사람의 목숨을 빼앗아 갈 정도로 치명적인 약을 집어넣었던 것이 아니었으니까 그렇게 관대할 수 있었겠죠. 그는 사퇴를 종용받지는 않았지만, 스스로 사표를 냈습니다. 몹시 신경이 약해졌다는 이유로 말이지요.

그런데 그 뒤로 그는 아주 상태가 악화된 모양입니다. 그는 의사를 찾아가서 자신은 죄책감으로 고통받고 있다고 말했습니다. 자기가 고의로 한 짓이라고 고백하면서 말입니다. 그 여자가 약국에 들어오면서부터 너무 무례하게 굴어 도저히 참을 수가 없었답니다. 더군다나 지난번에 조제해준 약이 엉망이라고 투덜거렸다는군요. 그래서 그는 화가 난 끝에 해로운 약을 이것저것 집어넣었다는 겁니다. 그러더니 그 사람은 '내게 그런 식으로 대하다니, 벌을 받아도 마땅해!'라고 말했답니다. 그렇게 말한 다음, 마구 울음을 터뜨리면서 자기는 이 세상에 살 만한 가치가 없는 사람이라고 이야기했다는군요. 그런 증세에 대한 의학적인 용어가 있던데……, 죄책감 콤플렉스라던가, 하여튼 그 비슷한 겁니다. 하지만 절대로 고의는 아니었을 거라고 생각합니다. 그저 부주의에 의해 생긴 일이겠죠. 하지만 본인은 그 사건을 너무 심각하게 받아들였던 모양입니다."

"있을 수 있는 일이지요."

에르퀼 포와로가 불어로 말했다.

"뭐라고 하셨습니까? 어쨌든 정신병원에 들어갔다가 곧 퇴원했습니다. 그때, 애버니시 양을 만나게 된 겁니다. 그 뒤 그는 지금의 작은 약국에서 일하게 되었습니다. 약국 주인에게는 자신이 1년 반 정도 영국을 떠나 있었다고 둘러댔습니다. 약국에서는 어느 누구도 그 사람에게 적의를 품고 있지 않는데,

동료 한 사람이 그의 성격이 이상하고 가끔 이상한 행동을 한다고 말하더군요. 한 가지 재미난 이야기를 들려드릴까요? 언젠가 어떤 손님이 이런 농담을 한 적이 있답니다. '내 아내에게 줄 독약을 좀 주시지 그래요, 하하하!' 그러자 뱅크스는 아주 조용한 목소리로 이렇게 대꾸했답니다. '그렇게 해드리지요. 200파운드만 내시면 됩니다.' 결국 그 손님은 어색하게 웃고 나가버렸답니다. 물론 농담일 수도 있겠지요. 하지만 내가 보기에 뱅크스는 전혀 농담할 만한 사람이 아닙니다."

에르퀼 포와로가 입을 열었다.

"그런 정보까지 알아내다니, 참으로 놀랍군요! 그런 비밀까지 말입니다!"

"다 방법이 있지요."

고비는 문쪽을 쳐다보면서 중얼거렸다.

"이번에는 티모시 애버니시 부부에 대해 이야기해보기로 할까요? 그 사람들은 아주 멋진 곳에서 살더군요. 하지만 돈이 무척 많이 들겠더군요. 그들은 몹시 돈에 쪼들리는 것 같았습니다. 막대한 세금에다가, 투자에 실패했기 때문이죠. 애버니시 씨는 자신의 건강이 나쁘다는 이유로 오히려 그런 생활을 즐기는 것 같습니다. 그저 편하게만 지내려고 들거든요. 그는 끊임없이 투덜거리고 잔소리를 해대곤 합니다. 그리고 식욕도 왕성해서, 마음만 먹는다면 얼마든지 건강하게 활동할 수 있을 것 같더군요. 파출부밖에는 아무도 애버니시 씨가 부르기 전에, 그의 방에 들어갈 수 없습니다. 그는 장례식 다음날 아침에 몹시 기분이 나빴는지 존스 부인에게 욕을 해댔습니다. 아침식사를 아주 조금만 먹고서 점심은 먹지 않겠다고 말했습니다. 전날 밤 잠을 제대로 자지 못했답니다. 그는 다음날까지도 줄곧 기분이 나빠서, 의사가 마음에 들지 않는다고 투덜거렸습니다. 그런데 그날 아침 9시 30분부터 다음날 아침까지 그를 본 사람은 아무도 없었습니다. 그의 말로는 집에 혼자 있었다는군요."

"애버니시 부인은?"

"그 시간에 부인은 차를 타고 엔더비를 떠났습니다. 걸어서 캐시스턴이라는 곳에 있는 조그만 주차장에 가서, 자기 차가 고장 났다고 이야기했습니다. 수리공 한 사람이 그녀와 함께 차 있는 데로 갔습니다. 그는 내부를 조사해보고 나서, 고치려면 시간이 오래 걸릴 거라고 했습니다. 그날 안으로는 고칠 수 없다고 말입니다. 그래서 그 부인은 결국 근처에 있는 조그만 여관에 묵기로 했습니다. 그녀는 여관에서 샌드위치를 만들어 달라고 해서는 근처를 구경하겠다며 밖으로 나갔습니다. 그러고는 그날 저녁 늦게까지 여관에 돌아오지 않았습니다. 정보원의 말로는 의심해볼 것도 없다고 하는군요. 작은 동네이니까 틀림없겠죠!"

"시간은?"

"그녀는 11시에 샌드위치를 받았습니다. 만일 걸어서 도로 있는 데까지 나갔다면 월캐스터까지 자동차를 얻어 타고 갈 수 있었을 겁니다. 그런 다음, 거기서 리딩 웨스트행 특급열차를 탔을 수도 있겠지요. 버스라든가 기타 여러 교통수단에 대해서는 이만 생략하기로 하겠습니다. 만일 사건이 오후 늦게 이루어졌다면 그녀가 했을 수도 있겠죠."

"의사 말로는 아무리 늦었다고 해도, 4시 30분 이후는 아닐 거라더군요."

"내 말은……" 고비가 말했다.

"그 여자가 범인이라는 뜻은 아닙니다. 그 여자는 많은 사람에게 호감을 주는 좋은 사람인 것 같습니다. 그건 그렇고 그 여자는 자기 남편을 마치 어린아이처럼 다루더군요."

"일종의 모성 본능이겠죠."

"그 여자는 건강하고 힘도 셉니다. 장작을 패기도 하고, 커다란 물통도 번쩍 들거든요. 자동차 수리도 아주 잘하고요."

"그런데 그 차의 어디가 고장 났습니까?"

"자세한 이야기를 듣고 싶습니까, 포와로 씨?"

"오, 아닙니다. 나는 기계 같은 것에 대해선 전혀 숙맥이랍니다."

"헤드라이트가 제대로 켜지지 않았답니다. 아무리 고치려고 해도, 잘 안 되었다는군요. 누군가 망가뜨릴 마음이 있었다면, 힘 안 들이고 해치울 수 있을 만한 고장입니다. 물론 차의 내부에 대해 잘 아는 사람의 짓일 테지요."

"거참!" 포와로가 씁쓸하게 외쳤다.

"충분히 가능한 일입니다. 흠, 빠뜨리고 지나간 사람이 없나요? 참, 레오 애버니시 부인이 있지요?"

"그 부인은 아주 훌륭한 여자입니다. 돌아가신 애버니시 씨도 그 부인을 무척 좋아했었지요. 그녀는 그가 죽기 2주일 전쯤부터 거기 묵고 있었습니다."

"그가 누이동생을 만나러 리체트 세인트 메리에 다녀온 뒤에 말입니까?"

"아니, 바로 직전입니다. 부인의 재산은 전쟁 뒤에 엄청나게 줄었습니다. 그래서 살던 집을 처분하고, 런던에다 조그만 아파트를 하나 구해 살고 있었습니다. 키프러스에 별장이 있어서, 1년 중 얼마 동안은 거기서 지내곤 한답니다. 어린 조카를 한 명 데리고 있는데, 조카 교육을 부인이 맡아서 하는 모양입니다. 그리고 이따금 경제적으로 도움을 주는 젊은 예술가들이 한두 명 있고요."

"그야말로 흠잡을 데 없는 성녀다운 생활이군요."

포와로가 눈을 감으면서 말했다.

"그런데 하인들 몰래 엔더비를 빠져나가는 게 전혀 불가능했을까요? 제발 그렇다고 이야기해주었으면 좋겠군요!"

고비는 포와로의 반짝이는 구두를 흘끔흘끔 바라보면서 중얼거렸다.

"유감스럽게도 그렇게 말씀드릴 수가 없습니다, 포와로 씨. 애버니시 부인은 잠시 머물러 달라는 엔트휘슬 씨의 부탁을 받고, 런던에 가서 옷과 소지품들을 가져오겠다면서 엔더비를 떠난 적이 있었거든요."

"맙소사!"

포와로는 충격을 받은 듯이 외쳤다.

제13장

모튼 경위라고 쓰인 명함을 건네받은 에르큘 포와로는 눈썹을 치켜세웠다.

"들어오라고 하게, 조지. 들여보내. 그리고 음, 경찰들은 무얼 좋아하더라?"

"맥주가 어떨까요?"

"원 세상에! 하지만 그게 영국적이겠군. 그럼 맥주를 가져오게."

모튼 경위는 단도직입적으로 이야기를 시작했다.

"내가 런던에 온 것은 그럴 만한 이유가 있기 때문입니다. 바로 당신을 만나기 위해서죠, 포와로 씨. 화요일에 있었던 심리에서 당신을 보고 몹시 흥분했습니다."

"그렇다면 거기서 나를 보았다는 말입니까?"

"예, 그렇습니다. 무척 놀랐습니다. 그리고 뭐랄까, 호기심이 생겼습니다. 당신은 나를 모르실 테지만, 나는 당신을 잘 기억하고 있습니다. 팽번 사건이 있었지요?"

"아하, 당신도 그 사건을 수사했던 모양이지요?"

"옛날 피라미 형사 시절이었죠. 오래전 일이지만, 나는 당신을 뚜렷하게 기억하고 있습니다."

"그래서 그날 나를 보자마자 한눈에 알아보았단 말입니까?"

"별로 힘들 것도 없지요."

모튼 경위가 엷은 미소를 지으면서 대꾸했다.

"당신 모습은……, 뭐랄까, 아무튼 특이하니까요."

그는 한껏 멋을 부린 포와로의 옷차림과 둥근 턱수염을 바라보았다.

"그런 시골에서는 눈에 띄는 모습이지요."

"그럴 수도 있겠군요. 예, 그렇습니다." 포와로가 유쾌한 듯이 말했다.

"왜 거기에 나타나셨는지 무척 궁금하더군요. 그런 종류의 범죄에는(강도라든가 폭행 같은) 별로 관심이 없는 걸로 알고 있었는데요."

"그 사건이 단순한 강도 사건이라고 생각합니까?"

"우리도 아직 그 점을 확신하지 못하고 있습니다."

"처음부터 이상하다고 생각했습니까?"

"예, 그렇습니다, 포와로 씨. 좀 의심스러운 점들이 있었거든요. 이번에도 몇 명의 용의자들을 데려다 심문해보았지만, 모두 알리바이가 확실했습니다. 소위 말하는 '평범한' 사건은 아닙니다. 포와로 씨, 분명합니다. 서장님께서도 같은 생각을 갖고 계십니다. 누군가 강도로 위장해서 살인을 저지른 것이 분명합니다. 질크리스트라는 여자가 한 짓일지도 모르죠. 하지만 동기가 불분명하거든요. 게다가 두 사람 사이에 어떤 감정이 있었던 것 같지도 않습니다. 랜스퀘네트 부인은 머리가 약간 단순하다고나 할까요, 아무튼 그런 여자였습니다. 하지만 하녀를 못살게 괴롭히는 못된 성격은 아니었지요. 그리고 세상에는 질크리스트처럼 평범한 여자들이 많이 있습니다. 그런 여자들은 대개 살인 같은 건 하지 않지요."

그는 잠깐 말을 멈췄다.

"그래서 우리는 다른 용의자를 생각해봐야 했습니다. 내가 온 것은 바로 그 때문입니다. 혹시 당신에게서 무슨 도움이라도 얻을 수 있지 않을까 해서죠. 거기까지 가셨을 때는 뭔가 특별한 이유가 있지 않았겠습니까, 포와로 씨?"

"예, 맞습니다. 이유가 있지요. 분명히 멋진 다이믈러 차 때문만은 아니었습니다."

"무슨 정보라도 알고 계십니까?"

"경찰에서 말하는 그런 종류의 정보는 전혀 없습니다. 증거로 제시할 만한 것도 없고요."

"하지만 어떤 힌트 같은 것이라도 없습니까?"

"없습니다."

"포와로 씨, 사실은 그동안에 또 일이 생겼답니다."

그는 독이 든 결혼 케이크에 대해 자세히 설명했다.

포와로는 길게 한숨을 내쉬었다.

"바보 같으니, 정말 한심하군. 엔트휘슬 씨에게 질크리스트를 잘 보살펴 주라고 그만큼 이야기했는데도……, 나는 그 여자가 살해될지도 모른다고 경고했었습니다. 하지만 솔직히 말해서 독약을 사용하리라고는 생각하지 못했습니다. 역시 도끼 같은 걸로 공격할 거라고 생각했죠. 그래서 날이 어두워진 뒤에 그 여자를 혼자 나가게 해서는 안 될 거라고 생각했는데."

"하지만 왜 그 여자가 살해당할지도 모른다고 생각하셨습니까? 이유를 말해 주십시오, 포와로 씨."

포와로는 천천히 고개를 끄덕였다.

"예, 말하지요. 엔트휘슬 씨는 변호사기 때문에, 단순한 가정이나 추측에 대해서는 이야기하지 않으려고 할 겁니다. 하지만 내가 말하는 것까지 막지는 않겠지요. 어쩌면 오히려 잘됐다고 기뻐할지도 모릅니다. 그는 자신이 멍청하거나 어리석게 보이는 게 싫을 테지만, 어쩌면 사실일지도 모르는 그것에 대해서 당신이 알게 되는 것을 바랄지도 모릅니다."

포와로는 조지가 커다란 맥주잔을 들고 방으로 들어서는 것을 보고, 잠시 말을 멈췄다.

"한 잔 드시지요."

"함께 드시지 않겠습니까?"

"나는 원래 맥주는 마시지 않습니다. 대신 나는 포도주를 한 잔 마시겠습니다. 그런데 영국인들은 이런 포도주를 별로 좋아하지 않는 것 같더군요."

모튼 경위는 즐거운 눈길로 맥주잔을 쳐다보았다.

포와로는 검붉은 포도주가 담긴 잔을 들어 한 모금 마신 다음, 이야기를 시작했다.

"이 모든 것은 장례식에서 시작되었습니다. 아니, 장례식을 마친 뒤라고 하는 것이 정확하겠군요."

그는 엔트휘슬 씨에게서 들은 이야기에다, 자기 나름대로 해설까지 덧붙여서 설명해주었다. 그의 이야기를 듣고 있자면, 마치 에르큘 포와로 자신이 실제로 그 장면을 목격한 것처럼 느껴질 정도였다. 모튼 경위는 머리 회전이 아주 빠른 사람이었다. 그는 재빨리 설명의 요점을 파악했다.

"애버니시 씨가 독살되었을 수도 있다는 말입니까?"

"예, 가능한 일입니다."

"하지만 그 시체를 이미 화장시켜 버렸으니 아무런 증거도 없지 않습니까?"

"맞습니다."

모튼 형사는 곰곰이 생각에 잠겼다.

"거참, 재미있군요. 하지만 우리들이 할 만한 일은 하나도 없는 것 같습니다. 리처드 애버니시의 죽음에 대해 수사할 만한 근거가 하나도 없단 말입니다. 그저 시간 낭비일 뿐이죠."

"그렇겠죠."

"하지만 사람들, 그 자리에 있었던 사람들은 코라 랜스퀘네트의 말을 들었습니다. 그리고 그들 중 누군가는 그녀가 자세한 이야기를 할지도 모른다고 가슴을 졸였을 수도 있겠지요."

"그 여자라면 틀림없이 이야기했을 겁니다. 당신 말대로 그 자리에는 여러 사람이 있었습니다. 자, 이제 당신은 내가 왜 그 심리에 나타났는지, 그리고 왜 이 사건에 관심을 가지고 있는지를 알겠지요? 결국, 궁극적인 이유는 바로 내가 사람들에 대해서 항상 흥미를 느끼고 있기 때문입니다."

"그렇다면 질크리스트 양이 당한 것은······."

"그것 역시 필연적인 것이었습니다. 리처드 애버니시가 코라의 집을 방문한 적이 있었습니다. 거기에서 그는 코라와 이야기를 나누면서 누군가의 이름을 입 밖에 냈는지도 모르죠. 그럴 경우, 그걸 엿들었다고 생각되는 사람은 바로 질크리스트 양뿐이거든요. 코라를 침묵시키고 난 다음에도, 살인범은 여전히 불안감에 휩싸여 있었을 겁니다. 혹시라도 다른 사람이 아는 게 아닐까 하고 불안해했던 거죠. 물론 그런 경우, 영리한 살인범이라면 차라리 그냥 내버려두었을 겁니다. 하지만 그들은 대부분 영리한 편이 못되거든요. 우리에게는 그것이 오히려 다행한 일이지요. 그는 불안해하다가 마침내 보다 확실히 해두고 싶었을 겁니다. 그러고는 자신의 빈틈없는 계략에 흡족해했을 테지요. 그렇지만 그것은 결국 자신의 목을 스스로 조르는 행위였습니다."

포와로는 이야기를 계속했다.

"질크리스트 양을 침묵시키려던 계획은 범인의 실수입니다. 자, 덕분에 당신은 수사할 사건이 두 가지나 생긴 셈이죠. 결혼 케이크 때문에 범인의 필체도 알게 되었고요. 다만, 포장지가 타 버린 게 애석하지만……."

"예, 그것만 있었다면 케이크가 우편으로 배달된 건지, 아닌지를 확인할 수 있었을 텐데 말입니다."

"혹시 우편으로 배달된 것이 아니라고 생각할 만한 근거라도 있습니까?"

"집배원 말이……, 물론 그 자신도 장담하진 못합니다만, 만약 소포가 마을 우체국을 통해 배달된 거라면 우체국 여직원 중 누군가에게는 띄었을 거라고 합니다. 하지만 요즘에는 마켓 케인스에서 트럭으로 운반되거든요. 물론, 집배원이 수많은 지역을 돌아다니고, 많은 우편물을 배달하니까 깜박 잊어버렸을 수도 있겠죠. 그 사람 말로는, 그 마을에 배달된 것은 모두 편지들뿐이었지 소포는 하나도 없었다는군요. 하지만 확실하지는 않습니다. 사실, 그는 여자 문제로 고민하고 있어서 다른데 정신을 쏟을 여유가 없었으니까요. 내가 그의 기억력을 시험해보았는데, 역시 믿을 만한 사람은 아니었습니다. 만일 그가 그것을 배달했다고 하면(이름이 뭐더라?) '그 거드리라는 사람의 눈에도 띄지 않았다는 게 이상합니다."

"아, 거드리라는 사람도 있었군요."

모튼 경위가 미소 지었다.

"예, 포와로 씨. 그래서 우리들은 그를 조사해보았습니다. 그가 랜스퀴네트 부인의 친구라고 그럴듯하게 둘러댔을 수도 있으니까요. 뱅크스 부인은 그가 실제로 친구인지 아닌지를 모르지 않습니까? 어쩌면 그 사람이 소포를 몰래 집어넣었는지도 모르죠. 우편으로 배달된 것처럼 꾸미는 식은 죽 먹기일 테니까요. 포장지를 약간 더럽힌 다음, 우표 위에다가 소인을 찍으면 되거든요."

그는 잠깐 말을 끊었다가 다시 계속했다.

"그리고 다른 가능성도 있습니다."

포와로가 고개를 끄덕였다.

"그렇다면……?"

"조지 크로스필드가 그곳에 나타났었습니다. 다음날이긴 했지만요. 장례식에 참석하려고 오다가 도중에 엔진 고장 때문에 늦어졌다는군요. 혹시 그에 대해 뭔가 알고 계시는 거라도 있습니까?"

"아주 조금……, 내가 알고 싶어 하는 만큼은 안 됩니다."

"그렇습니까? 물론, 그 사람들은 리처드 애버니시의 유언장 때문에 장례식에 우르르 몰려왔겠지만, 그렇다고 해서, 그 사람들을 모두 심문해볼 수는 없는 일 아닙니까?"

"내 나름대로 정보를 수집해보았습니다. 하지만 모든 것은 당신이 알아서 처리하십시오. 어차피 나는 그 사람들을 심문할 만한 권한도 없는 처지니까. 사실, 있다고 해도 그렇게 하는 것이 현명한 방법이라고 할 수는 없겠지요."

"나는 여유를 갖고 천천히 수사를 진행시킬 생각입니다. 당신도 서두르고 싶지는 않으시겠죠. 하지만 일단 당신이 나서기만 하면 틀림없이 범인을 잡을 수 있을 것이라고 생각합니다."

"당신은……, 될 수 있는 대로 정상적인 방법으로 수사해나가십시오. 좀 더 디기는 하겠지만, 그래도 그것이 가장 확실한 방법입니다. 나는……."

"예. 그럼, 포와로 씨는?"

"나는 북부로 가겠습니다. 좀전에도 말했듯이, 나는 사람들에게 무척 흥미를 느끼고 있거든요. 일종의 예행연습이라고나 할까요. 아무튼 북부로 갈 생각입니다." 에르퀼 포와로가 덧붙여 말했다.

"나는, 외국인 난민들을 위한 아파트를 구입하러 왔다고 말할 생각입니다. 즉, UNARCO에서 파견된 사람으로 행세하는 거죠?"

"UNARCO가 뭐죠?"

"국제 난민 원조 단체입니다. 제법 그럴듯하죠?"

모튼 경위는 싱긋 웃어 보였다.

제14장

에르퀼 포와로가 얼굴을 찌푸리고 있는 자넷에게 말했다.

"정말 감사합니다. 참으로 친절하시군요."

자넷은 여전히 심술 사나운 표정으로 방을 나갔다. 도대체 외국인들이란! 그 따위 질문들이나 해대다니! 게다가 그 무례함이란! 그 사람은 애버니시 씨가 고통을 받았던 그런 종류의 희귀한 심장질환에 관심을 가진 전문가라고 했다. 물론 주인이 갑작스럽게 돌아가셨으니, 의사가 놀라는 것도 당연하다. 하지만 아무리 그렇다고 해도 이런 외국 의사까지 불러들여서 시끄럽게 만들 필요는 없지 않은가?

레오 부인은 이렇게 명령했다.

"퐁타르리에 씨의 질문에 잘 대답해 드려요. 이유가 있어서 묻는 것일 테니까……"

사람들은 묻고 또 묻고, 끊임없이 물어댄다. 어떤 때는 그들의 노트에 여백도 안 남을 정도로 빽빽이 써넣어야 할 때도 있었다. 관청이라든가 그 밖의 다른 곳이라도 그렇지, 도대체 무엇 때문에 개인의 사생활에 대해 물어온단 말인가? 무례하게 나이까지 물었다. 물론, 그녀는 제대로 대답해주지 않았다! 실제 나이보다 다섯 살이나 적게 대답한 것이다. 그렇다고 해서 뭐가 잘못인가? 쉰네 살로 느꼈다면, 거침없이 쉰네 살이라고 말했을 것이다!

하지만 퐁타르리에는 나이 같은 걸 묻지는 않았다. 그래도 그 사람은 어느 정도 예의를 아는 사람이었다. 그는 주인이 무슨 약을 들었는지, 그 약병들이 어디에 놓여 있었는지, 혹시 잘못해서 규정량을 초과해서 마신 것은 아닌지에 대해서만 물었다. 마치 그녀가 그런 세세한 데까지 모조리 기억하는 것처럼 말이다. 주인은 자신이 뭘 하고 있는지 똑바로 알고 있었다!

그 사람은 주인이 먹다 남은 약이 아직도 남아 있느냐고도 물었다. 그 약들은 오래전에 모조리 쓰레기통에 버렸다. 심장질환, 그리고 뭐더라? 긴 이름을 이야기했었지. 의사란 사람들은 언제든지 새로운 병명을 만들어 낸다니까! 로저스 노인의 경우만 해도 그렇지. 의사들은 그가 디스크라든가 하는 병을 앓고 있다고 말했다. 단순한 요통인데 말이야. 정원사로 일했던 우리 아버지도, 역시 요통으로 고생하셨지. 의사들이란 모두 그렇다니까!

그 의사라고 하는 사람은 한숨을 내쉬고는 랜스콤을 찾아서 아래층으로 내려갔다. 그는 자넷에게서 별다른 걸 알아내지 못했다. 처음부터 뭔가를 알아내리라고 기대하지도 않았다. 다만 헬렌 애버니시가 한 이야기가 정말로 사실인지만을 확인해보고 싶었을 뿐이다. 자넷은 레오 부인의 부탁도 있고, 주인이 돌아가시기 전 상태에 대해 잘 알고 있었기 때문에 순순히 대답해주었다. 그녀는 주인이 병으로 돌아가시게 된 것이라고 확신하고 있었다. 물론, 헬렌의 이야기가 사실이 아닐 거라고 의심했던 것은 아니었다. 그건 사실이었다. 하지만 천성이 워낙 그런데다가 오랜 습관 때문에, 자신이 직접 확인해보기 전에는 아무도 믿지 못하게 되어버렸다.

어쨌든 증거가 너무 미약하고 불충분하다. 리처드 애버니시가 비타민 캡슐을 먹었다는 사실은 밝혀냈다. 그가 임종할 당시에, 커다란 비타민 캡슐 약병에는 약이 얼마 남아 있지 않았다. 누군가 마음만 먹었다면 약병에 독약을 바꿔 놓고 범인이 이 집을 떠나고 나서 몇 주일 지난 다음에 리처드가 그걸 먹도록 만드는 건 그리 어려운 일이 아니다. 아니면, 리처드 애버니시가 죽던 바로 그날 집에 살짝 숨어 들어와서 침대 옆에 있는 약병에다 수면제를 바꿔 넣었을지도 모르고……. 그것도 아니라면 음식이나 물 같은 데다 독약을 슬쩍 타 넣었을지도 모르지.

에르퀼 포와로는 몸소 이곳저곳을 살펴보았다. 정문은 자물쇠로 잠겨 있지만, 정원 쪽으로 난 옆문은 저녁 무렵까지 열려 있었다. 약 1시 15분경에 정원사들이 점심을 먹으러 가고, 가정부들이 식당에 갔을 때, 포와로는 옆문을 통해서 리처드 애버니시의 침실로 올라갔다. 도중에 그는 아무와도 마주치지 않았다. 계단을 살짝 올라간 그는 주방에서 들려오는 사람들의 말소리를 들을 수 있었지만, 어느 누구도 그를 보지는 못했다.

그래, 충분히 가능한 일이다. 실제로 그렇게 했다면? 반드시 그랬다고 할 만한 증거는 아무것도 없었다. 포와로는 꼭 증거를 찾아야 하는 것은 아니었다. 하지만 그저 그런 가능성들만이라도 찾고 싶었다. 그가 진심으로 하고 싶은 것은 장례식에 모였던 사람들에 대해 조사하고, 나름대로 거기에 대한 결론을 내리는 것이다. 그는 이미 계획을 세웠다. 그전에 그는 먼저 랜스콤 노인과 몇 마디 나누고 싶었다.

랜스콤은 공손하긴 했지만, 왠지 거리감을 두고 대하는 듯했다. 그래도 자넷보다는 훨씬 부드러운 태도였다. 적어도 그는 이 외국인을 무슨 징그러운 동물 취급을 하지는 않았다. 그는 정성스럽게 닦던 조지아풍 찻주전자에서 손을 떼고는 굽혔던 허리를 폈다.

"무슨 일입니까, 선생님?" 그는 공손하게 말했다.

포와로는 조심스럽게 의자에 앉았다.

"애버니시 부인의 말에 의하면, 여기에서 나간 뒤에는 노스 게이트 쪽에 있는 오두막집에서 살고 싶다고 했다면서요?"

"그랬습니다. 하지만 이젠 모든 것이 다 변해 버렸습니다. 이 저택도 팔리고, 모든 영지가……."

포와로가 말을 막았다.

"아직도 가능합니다. 정원사들을 위한 오두막집이 있지요. 그곳은 별로 필요하지 않을 테니까, 얼마든지 조처해 드릴 수 있을 겁니다."

"그렇게까지 신경을 써주셔서 감사합니다. 선생님, 하지만 제 생각에는……, 그곳에서는 외국인들이 묵어야 되지 않겠습니까?"

"그렇소, 외국인들이 있지요. 그들은 허약하고 나이 든 난민들입니다. 그들에게는 고향으로 돌아갈 수 있는 희망이 없습니다. 이미 고향의 친척들도 다 죽고 없을 테고요. 또한 여기서도 돈을 벌 수 없습니다. 그래서 내가 일하고 있는 단체에서 그들에게 거처할 곳을 마련해주기로 했습니다. 그런데 마침 이곳이 아주 적당한 곳이라고 생각되는군요."

랜스콤은 한숨을 쉬었다.

"선생님께서도 이해하시겠지만, 이 집이 더 이상 가정집으로 쓰이지 않는다는 게 제게는 무척 섭섭합니다. 하지만 요즘 세태가 어떻게 돌아가는지는 저도 잘 알고 있습니다. 어떤 사람도 이런 곳에서 살 만큼 여유가 있지는 않을 테니까요. 게다가 젊은 사람들은 이런 데서 살려고도 하지 않을 겁니다. 그리고 요즘에는 집안일을 도와줄 일손을 구하기란 정말 어려운 일이죠. 설사 구한다 하더라도 임금이 비싼데다가, 일하는 것도 신통치 못하답니다. 그러니 결국 이런 대저택은 다른 용도로 쓰일 수밖에 없겠지요."

랜스콤은 또다시 한숨을 쉬었다.

"어차피 어떤 공공시설로 쓰일 바에는, 선생님께서 말씀하신 그런 용도로 쓰이는 게 좋겠지요. 우리가 지금까지 편안하게 지낼 수 있었던 것도 해군과 공군, 그리고 용감한 젊은이들 덕분이 아니겠습니까? 만일, 히틀러가 여기까지 쳐들어왔다면 저까지도 싸움에 나서야 했을 겁니다. 물론 총을 쏘기에는 시력이 부족할 테니, 대신 쇠스랑이라도 들고 나서겠지요. 우리는 이 나라에 불행한 사람들을 받아들이는 걸 꺼리지 않는답니다. 그것은 바로 우리의 자랑이기도 합니다. 앞으로도 계속해서 그렇게 할 거고요."

"고맙소, 랜스콤." 포와로가 상냥하게 말했다.

"그런데 당신은 주인의 죽음으로 커다란 충격을 받았겠군요."

"그렇습니다, 선생님. 저는 주인님께서 아주 젊었을 때부터 함께 지내왔거든요. 저는 참으로 운이 좋은 사람입니다, 선생님. 아무도 저만큼 훌륭한 주인님을 모실 수는 없었을 테니까요."

"나는 친구이자, 흠, 동료인 래러비 박사와 이야기를 나누었답니다. 한 가지 우리들이 궁금한 것은, 당신 주인이 죽기 바로 전날 무슨 특별한 근심이라든가 불쾌한 일을 당하지는 않았나 하는 겁니다. 혹시 그날 찾아온 사람은 없었습니까?"

"글쎄요, 선생님. 아무도 없었습니다."

"아무도 찾아온 사람이 없었단 말이죠?"

"이곳 목사님께서 그 전날 차를 드시러 오셨지요. 수녀들 몇 명이 기부금을 모으러 왔었고, 그리고 어떤 젊은 남자가 뒷문으로 들어와서는 마저리에게 솔

같은 것을 팔려고 했었습니다. 그 사람은 정말 끈질기더군요. 그밖에는 아무도 없었습니다."

랜스콤의 얼굴에 걱정스러운 표정이 떠올랐다. 포와로는 더 이상 그에게 물어보지 않았다. 랜스콤은 이미 자기가 아는 것을 모두 엔트휘슬 씨에게 털어놓았다. 그러니 에르퀼 포와로라고 해서 특별히 더 할 말이 있는 것은 아닐 게다.

포와로는 아주 수월하게 마저리에게 말을 붙일 수 있었다. 마저리는 소위 말하는 '전통적인 좋은 하인'의 부류에 속하는 여자가 아니었다. 그녀는 그저 훌륭한 요리사였으며, 머릿속은 요리에 대한 것만으로 꽉 차 있었다. 포와로는 주방에 있는 그녀를 찾아가 요리가 정말 훌륭하다고 칭찬해주었다. 그러자 마저리는 자신의 요리 솜씨를 인정해주는 사람이 있다는 것이 기뻐서 마구 떠들어대기 시작했다. 포와로는 리처드 애버니시가 죽기 바로 전날 밤에 무엇을 먹었는지 알아내었다.

마저리는 선선히 대답해주었다.

"주인님께 초콜릿 수플레를 만들어 드렸지요. 낙농장 주인이 제 친구라서, 달걀 6개와 크림을 구할 수 있었거든요. 그것들로 어떻게 요리를 했는지에 대해서는 이야기할 필요가 없겠지요. 아무튼 애버니시 주인님께서는 무척 맛있게 드셨어요."

그녀는 나머지 음식들에 대해서도 이런 식으로 자세하게 설명해주었다. 그녀의 이야기는 온통 자신의 요리 솜씨에 대한 것들뿐이었다.

마저리가 신나게 떠들면 떠들수록 포와로는 더 이상 그녀의 이야기를 들을 필요가 없다고 느꼈다. 그는 외투와 목도리를 걸치고 테라스로 나가서 늦은 장미들을 꺾고 있는 헬렌 애버니시 곁으로 다가갔다.

"뭔가 새로운 것이라도 찾아내셨어요?"

"아무것도요. 원래부터 기대도 하지 않았습니다."

"그럴 거예요. 엔트휘슬 씨로부터 선생님이 오신다는 이야기를 듣고서, 나도 주위를 살펴보았지만 아무것도 찾아내지 못했거든요."

그녀는 잠깐 말을 멈추었다가 유쾌하게 한마디 했다.

"어쩌면 이대로 미해결로 끝날지도 모르겠네요?"

"도끼로 살해된 것 말입니까?"

"나는 코라에 대해서 말하는 게 아니에요."

"나는 지금 코라의 사건을 생각하고 있습니다. 그녀를 살해한 이유가 무엇일까요? 엔트휘슬 씨 말로는 코라가 그런 엉뚱한 말을 꺼냈을 때 부인은 어색해했다던데, 그게 사실입니까?"

"예, 하지만……."

포와로가 재빨리 물었다.

"왜 어색해했나요? 너무 뜻밖이라서요? 놀라서요? 아니면, 뭔가 불쾌하다고나 할까, 그런 것 때문입니까? 불길하게 생각되었습니까?"

"오, 아니에요. 불길하다는 것은 아니에요. 그저 뭔가가, 오, 나도 모르겠어요. 전혀 기억이 나지 않아요. 그리고 별로 중요한 것도 아니잖아요?"

"왜 기억이 나지 않는 걸까요? 뭔가 좀더 중요한 것이 머릿속을 채워버렸기 때문일까요?"

"예, 예, 맞아요. 살인이라는 말 때문이에요. 그 이야기가 다른 생각을 모조리 없애버렸으니까요."

"혹시 그건 '살인'이라는 말에 대한 누군가의 반응이 아니었습니까?"

"어쩌면……, 하지만 어느 특정한 사람을 기억할 수가 없어요. 모두 다 코라를 쳐다보고 있었거든요."

"혹시 무슨 말을 듣지는 못했습니까? 완전한 문장은 아니더라도 말입니다……."

헬렌은 눈살을 찌푸리며 기억해내려고 애썼다.

"아니에요. 그런 기억이 없어요."

"아, 좋습니다. 언젠가는 생각이 나겠죠. 그리고 별로 중요한 것이 아닐지도 모르고요. 그건 그렇고, 부인, 코라에 대해 가장 잘 아는 사람은 누구일까요?"

"랜스콤일 거예요. 코라가 어릴 때부터 돌봐왔거든요. 자넷은 그녀가 결혼해서 떠난 뒤에야 이 집에 들어왔고요."

"랜스콤 다음으로는요?"

헬렌은 나직한 목소리로 말했다.

"내 생각에는……, 바로 저일 것 같군요. 모드는 코라에 대해 거의 모를 거예요."

"그렇다면 부인이 그녀를 가장 잘 아는 사람이라고 가정했을 때, 부인께선 코라의 그 말을 어떻게 생각하십니까?"

헬렌은 미소를 지었다.

"그건 코라다운 말이었어요!"

"내 말뜻은 그게 단순히 순수한 것이었느냐 하는 겁니다. 아무 생각 없이 그저 불쑥 말해버린 것이냐, 아니면 다른 사람들을 화나게 하는 나쁜 취미를 즐기고 있었느냐 하는 겁니다."

헬렌은 생각에 잠겼다.

"누구도 다른 사람에 대해 모두 알 수는 없겠지요. 코라가 정말로 어리석은 건지, 아니면 그저 그렇게 보이려고 위장한 것인지는 알 수가 없군요."

"그렇다면 코라가 마음속으로 이런 생각을 했다고 가정해봅시다. '리처드가 살해된 게 아니냐고 물어보면, 그들의 표정이 어떻게 변할까? 정말 재미있을 거야!' 바로 이런 게 그녀다운 생각이라는 거 아닙니까?"

헬렌은 의심스럽다는 표정을 지었다.

"그럴 수도 있겠죠. 원래부터 어린아이 같은 데가 있었으니까요. 하지만 그게 무슨 상관이죠?"

"살인에 대해 농담을 한다는 건 절대로 현명한 행동이 아니라는 걸 강조하고 싶은 겁니다."

포와로가 냉정하게 말했다.

"가엾은 코라!" 헬렌은 움찔했다.

포와로는 화제를 바꾸었다.

"티모시 부인은 장례식 날 이곳에서 묵었습니까?"

"예, 그랬어요."

"그 부인은 코라가 한 말에 대해 뭐라고 이야기하던가요?"

"정말 어처구니없다면서 코라다운 말이라고 했어요."

"그 이야기를 심각하게 받아들이던가요?"

"오, 아니에요, 아니에요. 그런 것 같지는 않았어요……."

두 번째의 '아니에요'라는 말은 어쩐지 자신 없이 들렸다. 하지만 별로 대수로운 일은 아니다. 누구나 곰곰이 기억을 더듬다 보면 그럴 수도 있을 테니까 말이다.

"그리고 부인, 당신은 심각하게 생각했습니까?"

헬렌 애버니시는 생각에 골몰한 채 포와로에게 대답했다.

"예, 포와로 씨. 그랬던 것 같아요."

"뭔가를 어색하게 느꼈기 때문인가요?"

"아마도……."

그는 다음 말이 나오기를 기다렸다. 하지만 그녀가 더 이상 말하지 않았으므로 그는 이야기를 계속했다.

"지난 세월 동안, 랜스퀴네트 부인과 가족들 사이가 썩 좋지 않았다고 들었습니다만……."

"예, 가족 중 아무도 코라의 남편을 좋아하지 않았어요. 그래서 코라는 화가 났고, 따라서 불화가 점점 커지게 되었지요."

"그런데 갑자기 리처드 씨가 그녀를 만나러 갔습니다, 왜 그랬을까요?"

"나도 모르겠어요. 아마 자신이 더 이상 오래 살 수 없다고 생각하시고, 화해하기를 원하셨던 모양이에요. 하지만 실제로 그랬는지는 모르겠어요."

"부인에게 말하지 않았나요?"

"내게요?"

"예, 부인은 그가 거기로 가기 바로 전에 이곳에서 그와 함께 있었습니다. 그런데 자신의 생각에 대해서 아무 말도 하지 않던가요?"

그는 그녀의 태도에서 뭔가 숨기고 있다는 것을 느꼈다.

"그분은 티모시를 만나러 가겠다고 말씀하셨어요. 실제로도 그렇게 했고요. 하지만 코라에 대해서는 아무 말도 없었어요. 이제 그만 안으로 들어가는 게 좋겠어요. 점심때가 된 것 같군요."

그녀는 지금까지 꺾었던 꽃들을 모아들고는 그와 함께 나란히 걸어갔다.

그들이 문 가까이에 이르렀을 때 포와로가 말을 꺼냈다.

"부인이 이곳에 머물러 있는 동안, 애버니시 씨가 가족들 중 어느 한 사람에 대해 아무 말도 하지 않았다는 게 정말입니까?"

헬렌의 얼굴에 희미하게 화난 표정이 떠올랐다.

"마치 경찰처럼 말하시는군요."

"한때 경찰인 적이 있었지요. 사실, 나는 부인에게 질문할 권리가 없습니다. 하지만 나는 부인도 진실을 알고 싶어 한다고 믿고 있습니다."

그들은 거실로 들어갔다.

헬렌은 한숨을 쉬면서 말했다.

"리처드는 젊은 조카들에게 실망했어요. 나이 든 사람들은 그런 법이지요. 그는 조카들을 경멸하는 말을 여러 번 했어요. 하지만 그 밖에는 살인에 대한 동기를 나타내 줄 만한 이야기는 없었어요."

"오!" 포와로가 외쳤다.

그녀는 중국식 꽃병을 가져와서 장미꽃들을 꽂기 시작했다. 꽃이 만족스럽게 꽂혀지자 그녀는 꽃병을 어디에 놓을까 하고 주위를 둘러보았다.

"부인, 꽃꽂이를 잘하시는군요. 부인이 손대기만 하면 모든 게 다 완벽해지는 것 같습니다."

"고마워요. 나는 원래 꽃을 좋아하거든요. 저 초록색 공작석 탁자 위에 놓는 게 좋을 것 같군요."

공작석 탁자 위에는 유리덮개가 달린 밀랍 꽃다발이 놓여 있었다.

그녀가 그 꽃다발을 치우려고 할 때 포와로가 무심코 말했다.

"혹시 누군가 애버니시 씨에게 수잔의 남편이 손님의 약에다 독약을 넣었다는 이야기를 하지 않았습니까? 아, 저런!"

그는 벌떡 자리에서 일어났다.

빅토리아식 장식물이 헬렌의 손에서 미끄러져 떨어졌다. 포와로가 재빨리 받으려 했지만, 이미 때는 늦었다. 그것은 바닥에 떨어져서 유리 덮개가 산산조각이 나버렸다.

헬렌은 몹시 놀란 표정이었다.

"내 정신 좀 봐! 다행히 꽃들은 상하지 않았군요. 새로 유리덮개만 만들면 되겠어요. 꽃다발은 계단 밑에 있는 선반 위에 치워 두는 게 좋겠군요."

포와로는 그녀가 그걸 선반 위에 올려놓는 것을 도와주고 거실로 돌아오면서 이렇게 말했다.

"내 잘못입니다. 부인을 놀라게 하는 게 아닌데……."

"그런데 뭘 물으셨지요? 깜빡 잊어버려서요."

"오, 됐습니다. 나도 그게 뭐였는지 잊어버렸습니다."

헬렌이 그에게로 다가와서는 그의 팔을 잡았다.

"포와로 씨, 모든 사람들의 사생활을 다 조사할 필요가 있을까요? 그들은 저……."

"코라 랜스퀴네트의 죽음 말입니까? 그들이 코라의 죽음과 관계가 없다면, 조사를 받을 필요가 없다는 뜻이죠? 하지만 천만에요. 그렇기 때문에 더욱 조사해야 하는 겁니다. 오! 물론 비밀은 누구에게나 다 있다는 속담도 있지요. 그 속담은 모든 사람들에게 적용됩니다. 그리고 어쩌면 부인에게도 적용되는 말이겠지요. 분명히 말씀드리지만, 어느 것도 그냥 지나칠 수는 없습니다. 바로 그 때문에 엔트휘슬 씨가 나를 찾아온 겁니다. 내가 경찰이 아니기 때문이지요. 그러니 내가 뭘 알아낸다고 하더라도 그걸 세상에 알릴 필요는 없습니다. 하지만 알고 있어야 합니다. 게다가 이런 문제에 있어서는 증거가 없기 때문에 결국 사람들을 조사해보는 수밖에 없답니다. 나는 장례식 때 여기 왔던 사람들을 모두 만나볼 겁니다. 그리고 이곳에서 만나볼 수 있다면 더욱 편하겠지요."

"글쎄요." 헬렌이 천천히 대답했다.

"그건 너무 어려운 일인데요."

"생각처럼 그렇게 어려운 일도 아닙니다. 나는 이미 한 가지 계획을 세워놓았습니다. 얼마 안 있어 이 집이 팔리게 됩니다. 그래서 경매에 붙이기 전에 엔트휘슬 씨는 모든 친척들을 이곳으로 모이게 해서 마음껏 가구들을 선택하라고 할 겁니다. 적당한 주말을 택해서 말입니다."

그는 잠깐 말을 멈추었다가 다시 계속했다.

"어때요, 그리 어려운 일도 아니잖습니까?"

헬렌은 그를 빤히 쳐다보았다. 그녀의 푸른 눈은 차가웠다. 아니 싸늘하다는 표현이 더 옳을 것이다.

"혹시 어느 누군가에게 함정을 파려는 거 아니에요, 포와로 씨?"

"맙소사! 차라리 그랬으면 좋겠습니다. 아니에요. 나는 아직 아무런 단서도 못 잡고 있습니다."

"물론……" 에르퀼 포와로가 나지막한 목소리로 덧붙였다.

"어느 정도의 테스트가 있을 수는 있겠지요."

"테스트? 어떤 테스트 말인가요?"

"아직 구체적으로 생각하진 않았습니다. 그리고 설사 생각했다 하더라도 부인은 모르는 편이 나을 겁니다."

"그렇다면 나도 역시 테스트를 받게 되는 건가요?"

"부인은 그동안 있었던 우리들의 일에 대해 너무 많이 알고 있었으니까요. 그건 그렇고, 한 가지 걱정스러운 게 있습니다. 젊은 사람들이야 기꺼이 오겠지만, 티모시 애버니시 씨가 여기까지 와줄지가 의문이로군요. 내가 듣기로는 절대로 집 밖으로 나오지 않는다던데요."

헬렌은 갑자기 미소를 지었다.

"포와로 씨, 당신은 참으로 운이 좋은 분이에요. 어제 모드가 말하더군요. 집에 페인트칠을 하고 있어서, 티모시가 페인트 냄새 때문에 몹시 고통스러워하고 있다고 말이에요. 그는 냄새 때문에 자신의 건강이 더욱 나빠지고 있다고 투덜거리고 있는 모양이에요. 그러니 한두 주일 정도 여기에 와 있으라고 하면 모드나 티모시나 모두 기뻐할 거예요. 모드는 아직 제대로 활동하기가 힘들거든요. 발목을 다친 걸 아시죠?"

"그런 말은 못 들었는데요, 참으로 안됐군요."

"다행히 코라와 함께 있던 질크리스트 양이 집안일을 해주게 되었지요. 아주 잘해내고 있는 모양이에요."

포와로는 헬렌을 날카롭게 쳐다보았다.

"뭐라고요? 대체 누가 질크리스트 양에게 거기에 가라고 했습니까?"

"수잔이 그렇게 한 걸로 알고 있는데요."

"저런……." 포와로가 흥미있다는 투로 말했다.

"그러니까 수잔이 그렇게 했단 말이죠? 그런 일을 처리해주는 걸 무척 좋아하나 보군요."

"수잔은 아주 똑똑한 애예요."

"예, 아주 똑똑하죠. 그런데 질크리스트 양이 독약이 든 결혼 케이크를 먹고 나서 가까스로 목숨을 건졌다는 이야기를 들으셨습니까?"

"아니오!" 헬렌은 깜짝 놀란 표정을 지었다.

"하지만 그 말을 들으니 모드가 전화로 질크리스트 양이 병원에서 막 퇴원했다고 한 말이 기억나는군요. 하지만 왜 병원에 있을까 생각해보지 않았어요. 독약이 들었다고요? 그런데 포와로 씨, 도대체 왜일까요?"

"정말로 몰라서 묻는 겁니까?"

헬렌은 갑자기 소리치기 시작했다.

"오! 모두 여기에 모이라고 하세요! 그래서 진실을 밝혀요! 더 이상 살인이 있어서는 안 돼요."

"그럼 협력해주시겠습니까?"

"예, 협력하겠어요."

제15장

1

"마루깔개가 정말 훌륭하군요, 존스 부인. 참으로 솜씨가 좋아요. 주방 탁자 위에 찻주전자를 놓아두었으니, 가서 마음껏 드세요. 애버니시 씨의 간식을 가져다 드리고, 나도 곧장 갈 테니까요."

질크리스트 양은 쟁반을 받쳐 들고 층계를 올라가서 티모시의 방을 두드렸다. 그러자 안에서 들어오라는 대답이 들렸다.

"아침 커피와 비스킷이에요, 애버니시 씨. 오늘은 좀더 기분이 좋으셨으면 좋겠군요. 날씨가 무척 좋거든요."

티모시는 볼멘소리로 투덜거리면서 미심쩍은 듯 물었다.

"그 우유에 찌꺼기가 있는 게 아니오?"

"오, 아니에요, 애버니시 씨. 제가 아주 조심스럽게 걷어냈는걸요. 게다가 다시 생길까 봐 여과기에다 또 한 번 걸렀어요. 하지만 어떤 사람들은 오히려 그 찌꺼기를 좋아하던데요."

"바보들이니까 그렇지!" 티모시가 외쳤다.

"그런데 저건 무슨 비스킷이지?"

"소화가 잘되는 비스킷이에요."

"소화가 잘된다고? 나는 생강이 든 비스킷을 빼고는 아무것도 먹지 않소."

"죄송하지만, 이번 주에는 식료품에서 그걸 구할 수 없었어요. 하지만 이것도 아주 맛이 좋답니다. 한 번 맛을 보세요."

"보기만 해도 어떨지 알겠소. 어쨌든 고맙소. 그런데 커튼 좀 가만히 내버려 둘 수 없소?"

"햇빛이 들어오는 게 싫으세요? 날씨가 아주 화창한데요."

"나는 이 방이 어두운 게 좋소. 빌어먹을 페인트 냄새 때문에 머리가 아파

죽겠어. 나는 원래 페인트 냄새에 예민한 편이라서, 저 냄새가 나를 미치게 만드다니까……."

질크리스트 양은 코를 킁킁거려 보고 나서 명랑하게 말했다.

"여기서는 별로 냄새가 나지 않잖아요. 일꾼들은 반대편에서 일하거든요."

"당신은 나만큼 예민하지 않아서 그런 거요. 그런데 내가 읽고 있는 책을 꼭 그렇게 멀리 치워야겠소?"

"오, 죄송합니다, 애버니시 씨. 그걸 모두 다 읽고 계신 줄은 몰랐어요."

"아내는 어디 있소? 한 시간 이상이나 보지 못했는데."

"애버니시 부인은 소파에서 쉬고 계세요."

"가서 여기에 와서 쉬라고 말해요."

"그렇게 말씀드리죠, 애버니시 씨. 하지만 부인은 잠드셨는지도 몰라요. 15분 뒤에 전해 드릴까요?"

"아니, 당장 내가 부른다고 전해요. 그리고 무릎덮개는 그대로 내버려둬요. 그렇게 해두고 싶어서 그렇게 한 거니까……."

"죄송해요. 저는 떨어진 줄 알았어요."

"떨어져 있는 게 좋소. 가서 모드를 데려와요. 아내가 필요하니까……."

질크리스트 양은 충계를 내려와서 모드 애버니시가 소설을 읽고 있는 거실로 살그머니 들어갔다.

"죄송합니다만, 애버니시 부인……." 그녀는 변명하듯이 말했다.

"애버니시 씨가 부인을 찾고 계세요."

모드는 미안하다는 표정으로 읽고 있던 소설을 치웠다.

"맙소사! 당장 올라가겠어요."

그녀는 지팡이를 집어들었다.

티모시는 아내가 방에 들어서자마자 고함을 질러댔다.

"드디어 나타나셨군!"

"미안해요. 당신이 나를 찾는 줄은 몰랐어요."

"당신이 데려온 그 여자 때문에 내가 미치겠어. 시끄러운 암탉처럼 온통 휘젓고 다니니 말이야. 전형적인 늙은 하녀야."

"그 여자 때문에 괴롭다면 정말 미안해요. 하지만 그녀도 당신에게 상냥하게 해드리려고 무척 애쓰고 있어요."

"아무도 상냥하게 대해 줄 필요가 없어. 귀찮게만 하는 그 따위 늙은 하녀는 필요 없단 말이야. 빌어먹을 늙은 여자 같으니라고!"

"꼭 그렇지는 않을 거예요."

"나를 마치 말썽꾸러기 어린애처럼 취급한단 말이야! 정말 미칠 지경이야."

"이해해요. 하지만 제발, 티모시, 그녀에게 너무 심하게 굴지는 마세요. 아직도 나는 거동이 불편해요. 게다가 당신도 그 여자의 요리 솜씨가 아주 좋다고 하셨잖아요."

"요리 솜씨는 좋지." 애버니시는 마지못해하면서 인정했다.

"그래, 훌륭한 요리사야. 그러니 그 여자를 주방에만 있게 하란 말이야. 제발 내 근처에서 얼씬거리지도 말도록 하라고."

"알겠어요. 그런데 기분은 어때요?"

"아주 나빠. 바튼에게 와서 진찰해 달라고 해야겠어. 페인트 냄새 때문에 심장이 나빠졌어. 내 맥박 소리를 좀 들어 보라고, 지독하게 불규칙적이야."

모드는 아무 말 없이 시키는 대로 했다.

"티모시, 우리 페인트칠이 끝날 때까지만 호텔에 가 있을까요?"

"그건 낭비야."

"지금 형편에……, 그게 그렇게 중요한가요?"

"당신도 어쩔 수 없는 여자라니까. 도저히 구제불능이야! 형님의 재산을 조금 상속받았다고 해서 금방 호화롭게 살려고 하다니 말이야."

"그런 뜻이 아니에요."

"당신에게 말해두지만, 리처드에게서 상속받은 재산은 별게 아니야. 두고 보라고. 정부에서 엄청난 세금을 거두어 갈 테니까 말이야."

애버니시 부인은 서글프게 머리를 흔들었다.

"이 커피는 식었어."

그 환자는 아직 맛도 보지 않은 뜨거운 커피를 끔찍하다는 듯 쳐다보았다.

"도대체 왜 내가 뜨거운 커피 한 잔도 얻어 마시지 못하는 거지?"

"내가 내려가서 데워 오겠어요."

주방에서는 질크리스트 양이 차를 마시면서 존스 부인과 이야기를 나누고 있었다.

"가능하면 애버니시 부인을 위해 모든 걸 다 해드리고 싶어요."

질크리스트 양이 말했다.

"계단을 오르락내리락하는 것이 부인에게는 너무 고통스러울 테니까요."

"남편의 손발 노릇을 하는 셈이죠."

존스 부인이 설탕을 넣고 저으면서 대꾸했다.

"그렇게 허약하시다니, 참으로 안됐어요."

"허약한 게 아니에요." 존스 부인이 목소리를 낮추었다.

"음식 같은 것도 벨을 울려서 사람들에게 나르게 하지만, 실제로는 스스로 얼마든지 잘 돌아다닐 수 있답니다. 어떤 때는 마을에 나타나기도 한다니까요. 물론 부인이 나가 있을 때이긴 하지만. 건강하게 잘만 걸어다닌다고요. 꼭 필요한 것이 있으면(이를테면 담배나 우표 같은 것 말이에요.) 자기가 얼마든지 가져온답니다. 부인이 장례식 때문에 나가 있는 동안 나에게 이 집에 묵어 달라더군요. 하지만 나는 거절했어요. '죄송합니다만, 남편 때문에 안 되겠어요. 아침에 일하러 나오는 것은 상관없지만, 남편이 퇴근해서 돌아올 때는 집에 있어야 하거든요.'라고 말했지요. 오히려 잘된 셈이지요. 한번 자신이 직접 일을 해보는 것도 나쁘지 않으니까요. 그러면 다른 사람들이 얼마나 수고를 하는지도 깨닫게 될 테니까요. 그래서 더욱더 고집을 부렸지요. 도대체가 쓸모라고는 없는 사람이에요."

존스 부인이 깊은 한숨을 내쉬더니 차를 한 모금 들이마셨다.

"흠." 그녀가 입맛을 다셨다.

존스 부인은 질크리스트 양을 미심쩍게 생각하고, 그녀가 '흔해 빠진 늙은 하녀'에 불과하다고 업신여기기는 했지만, 그래도 자신에게 차와 설탕을 아낌없이 내주는 데는 불만이 없었다.

그녀는 컵을 내려놓고서 말했다.

"그만 가서 바닥을 닦아야겠어요. 감자 껍질은 다 벗겨서 설거지대에 놓아

두었어요."

하지만 말과는 달리 감자는 껍질이 벗겨져 있지 않았다.

질크리스트 양이 뭐라고 말하기 전에 전화벨이 울렸다. 그녀는 황급히 달려가서 전화를 받았다. 그때 모드 애버니시가 계단 꼭대기에 나타났다.

질크리스트는 위를 쳐다보고 말했다.

"레오 부인인데요?"

"곧 간다고 해요."

모드는 고통스러운 듯이 계단을 천천히 내려왔다.

질크리스트가 중얼거렸다.

"또다시 계단을 내려오셔야 하다니 정말 안됐어요, 애버니시 부인. 애버니시 씨는 간식을 다 드셨나요? 쟁반을 가져와야겠군요."

그녀는 애버니시 부인이 전화로 이야기할 때 층계로 올라갔다.

"헬렌? 모드예요."

티모시는 질크리스트를 빤히 노려보았다. 그리고 그녀가 쟁반을 치우자 그는 초조한 듯이 물어보았다.

"누구에게서 온 전화요?"

"레오 애버니시 부인이에요."

"그래요? 적어도 한 시간 동안은 수화기를 붙들고 있겠군. 여자들이란 도대체 전화기를 들기만 하면 시간관념이 없어진단 말이야. 자신들이 얼마나 돈을 낭비하고 있는지를 도통 모르는 모양이야."

질크리스트는 명랑한 목소리로 전화요금을 내는 것은 레오 애버니시 부인 쪽이라고 말해주었다.

그러자 티모시는 투덜거렸다.

"그 커튼을 좀 쳐줄 수는 없소? 아니, 그게 아니고, 저쪽 것 말이오. 햇빛이 정면으로 눈에 비치는 건 정말 참을 수 없어. 그게 좋아요. 환자라고 해서 온종일 어두컴컴한 곳에 있을 필요는 없으니까."

그는 계속해서 투덜거렸다.

"그리고 저쪽에 있는 책들 중에서 초록색 케이스의 책을 찾아 주시오. 그런데 도대체 왜 그 문을 여는 거요?"

"이건 창문이에요, 애버니시 씨."

"도대체 무슨 말인지 모르겠군. 아내를 아래층에 내려가게 만든 것은 바로 당신이잖소? 그러니까 가서 당신이 대신 전화를 받고 아내를 보내요."

"예, 애버니시 씨. 그런데 저에게 찾아 달라는 책이 어떤 거였죠?"

환자는 눈을 감았다.

"이제는 기억이 안 나요. 당신 때문에 잊어버렸단 말이야. 그냥 나가는 게 좋겠소."

질크리스트는 쟁반을 들고서, 황급히 방을 빠져나왔다. 그녀가 홀로 내려왔을 때도 애버니시 부인은 여전히 통화중이었다.

그녀는 잠시 뒤에 다시 와서 가라앉은 목소리로 이렇게 말했다.

"방해해서 죄송합니다만, 기부금을 모으는 수녀가 찾아왔습니다. 마리아 자선기금 단체에서 나왔다는군요. 책을 하나 들고 왔는데, 사람들이 대부분 반 크라운이나 5실링을 주는 모양이에요."

"잠깐만, 헬렌."

모드가 전화에다 말했다. 그러고는 질크리스트에게 말했다.

"우리는, 우리 교회 자체의 자선단체가 있어요."

질크리스트는 다시 밖으로 나갔다.

모드는 몇 분 뒤에, "티모시에게 이야기해보겠어요."라고는 통화를 끝냈다. 그녀는 수화기를 내려놓은 다음, 홀 가운데로 걸어왔다.

질크리스트는 아직도 문간에 서 있었다. 그녀는 모드 애버니시가 말을 걸자 깜짝 놀라는 얼굴이었다.

"무슨 일이 있어요, 질크리스트 양?"

"오, 아니에요, 애버니시 부인. 잠깐 다른 생각을 한 것뿐이에요. 할 일이 많은데, 이 무슨 바보 같은 생각이람……."

질크리스트는 분주하게 움직이기 시작했고, 모드 애버니시는 남편에게 가기 위해 힘들게 계단을 올라갔다.

"헬렌이 전화했어요. 그 집이 팔리게 된 모양이에요. 외국인 난민들을 위한

단체에서 사들인다던데요……."

그녀는 잠깐 말을 멈추고 티모시가 자신이 태어나 성장한 집에 외국인 난민들이 살게 된다는 데 대해 강한 분노를 터뜨리는 것을 가만히 들어주었다.

"이제 이 나라에는 더 이상 분수라는 게 존재하지 않아. 내 옛집이! 세상에, 생각만 해도 참을 수가 없군."

모드가 이야기를 계속했다.

"헬렌은 당신, 아니, 우리들의 이런 감정을 이해하고 있어요. 그녀는 집이 팔리기 전에 한 번 와보는 게 어떠냐고 하더군요. 당신이 페인트 냄새 때문에 고통받고 있는 것을 무척이나 염려하고 있어요. 그녀 말로는, 호텔에 가는 것보다는 엔더비로 오는 편이 좋을 거라고 하더군요. 하인들도 여전히 남아 있으니까, 당신을 편안하게 돌봐 드릴 거예요."

티모시는 불쑥 반대한다는 말을 터뜨리려고 하다가 다시 조용해졌다. 그의 눈이 갑자기 날카롭게 빛났다.

그는 동의한다는 듯이 고개를 끄덕였다.

"생각이 깊기도 하지. 헬렌은 언제나 생각이 깊다니까. 한번 생각해보기로 하지. 페인트 냄새 때문에 괴로운 것은 사실이니까. 분명히 페인트엔 비소 성분이 있을 거야. 누군가가 그렇게 이야기하는 걸 들은 적이 있다고. 하지만 많이 움직이는 것도 역시 내 몸에 해로워. 어떤 것이 좋은지 나도 모르겠군."

"그렇다면 호텔이 나을 것 같군요." 모드가 말했다.

"좋은 호텔은 비싸긴 하겠지만, 당신 건강 문제도 있고 하니……."

티모시가 말을 막았다.

"제발, 모드, 우리는 백만장자가 아니야. 헬렌이 엔더비로 오라고 그렇게 친절하게 제안했는데, 굳이 호텔로 갈 필요는 없잖소? 뭐, 그녀가 그런 제안을 안 했다고 해도 문제될 것은 없지만, 어차피 그 집은 그녀의 것이 아니니까. 나는 법률에 대해선 잘 모르지만, 집이 팔리기 전까지는 우리 소유일 거라고 생각해. 외국인 난민들이라고? 흥, 죽은 사람이 무덤에서 웃을 지경이군 그래."

이렇게 말하고 그는 한숨을 쉬었다.

"죽기 전에 그곳을 다시 한 번 보고 싶어."

모드는 마지막 카드를 꺼냈다.

"엔트휘슬 씨가 가족들에게 가구라든가 도자기 같은 것들을(경매에 붙이기 전에) 고르라고 했다는군요."

티모시는 단호하게 잘라서 말했다.

"그렇다면 우리는 더욱더 가야 해. 값진 물건들이 꽤 있을 거야. 조카딸들의 남편들(나는 그 녀석들 중 어느 누구도 믿을 수가 없어), 그들끼리 서로 다투게 될지도 몰라. 헬렌은 역시 생각이 깊다니까. 집안의 어른으로서 나는 마땅히 참석해야 해."

그는 일어나서 힘찬 걸음걸이로 서성거렸다.

"그래, 훌륭한 생각이야. 헬렌에게 편지를 써서 가겠다고 해요. 내가 정말로 염려하는 건 바로 당신이야. 당신에게도 기분전환이 될 거야. 거기다 편안히 쉴 수도 있을 거요. 사실, 요즈음 당신은 너무 힘들었거든. 페인트칠을 끝낼 동안 질스파이라는 여자를 여기 머무르게 하고, 우리는 엔더비에 가 있기로 합시다."

"질크리스트예요." 모드가 고쳐 주었다.

티모시는 손을 저으면서, 그게 다 그거라고 대꾸했다.

2

"저는 그럴 수가 없어요." 질크리스트가 말했다.

모드는 깜짝 놀라서 그녀를 쳐다보았다.

질크리스트 양은 떨고 있었고, 그녀의 눈은 마치 호소하듯이 모드를 쳐다보고 있었다.

"제가 바보 같다는 걸 알고 있어요. 하지만 어쩔 수 없는걸요. 혼자서는 도저히 못 있겠어요. 만일, 누군가 함께 지낼 사람이라도 있다면 모르지만요."

그녀는 상대방을 쳐다보았다. 하지만 모드는 고개를 저었다. 모드 애버니시는 이웃 사람을 묵게 하는 것이 얼마나 어려운 일인지를 잘 알고 있었다.

질크리스트 양은 절망적인 목소리로 계속했다.

"부인은 제가 신경과민에 바보 같은 생각을 한다고 하시겠죠. 저도 이런 생각을 떨쳐 보려고 무진 애를 썼답니다. 저는 원래 신경이 날카롭다거나 겁이 많은 편이 아니었어요. 하지만 지금은 모든 게 다르게 보인답니다. 저는 겁에 질려 있어요. 예, 글자 그대로 겁에 질려 있답니다. 여기 혼자 있을 것을 생각만 해도……."

"물론, 리체트 세인트 메리에서 그런 일을 겪은 사람에게 이런 걸 부탁하는 내가 생각이 모자란 거예요."

"그런 것이 쓸데없는 생각이란 걸 저도 잘 알고 있어요. 그리고 처음엔 그렇게 느끼지도 않았고요. 그 사건이 있은 뒤에도 저는 그 집에 혼자 있으면서 아무런 두려움을 느끼지 않았는걸요. 그런 공포심은 서서히 커진 거랍니다. 저에 대해 아무것도 모르시겠지만, 저는 여기에 온 뒤부터 줄곧 두려워하고 있답니다. 특별히 무슨 이유가 있어서가 아니라, 그저 두려웠어요. 제가 너무 어리석지요? 저도 정말로 이런 제 자신이 부끄러워요. 뭔가 끔찍한 일이 일어날 것 같은 기분이 들거든요. 그 수녀가 찾아왔을 때도 소스라치게 놀랄 정도였으니까요. 오, 맙소사, 지금 제 상태가 안 좋아서……."

"그게 소위 말하는 자연 쇼크라는 걸 거예요."

"그래요? 저는 모르겠어요. 오, 부인. 그렇게 친절하게 대해 주셨는데도 이런 태도를 보여서 정말 죄송해요. 부인이 어떻게 생각하실지……."

"다른 방법을 생각해보겠어요."

모드는 그녀를 달랬다.

제16장

조지 크로스필드는 어떤 여자의 뒷모습이 현관으로 사라지는 걸 보고 걸음을 멈추었다. 그는 혼자 고개를 끄덕이고서 그녀를 뒤쫓아 갔다. 그것은 어떤 가게의 현관이었다. 장사를 하지 않는 그런 가게였다. 진열장은 텅 빈 채로 아무것도 진열되어 있지 않았다. 조지는 닫혀 있는 문을 두드렸다. 그러자 안경을 낀 어떤 젊은 남자가 문을 열어 주면서 그를 빤히 쳐다보았다.

"실례합니다." 조지가 말했다.

"내 사촌이 방금 여기로 들어갔거든요."

젊은 남자가 비켜 주자 조지는 안으로 들어갔다.

"안녕, 수잔."

어떤 포장된 상자 앞에 서 있던 수잔은 깜짝 놀라서 돌아보았다.

"아니, 조지. 도대체 어떻게 여기까지 왔지?"

"뒷모습을 보고 너일 거라고 생각했어."

"굉장한데? 뒷모습을 보고 사람을 알아보기가 쉽지 않을 텐데."

"얼굴을 보는 것보다 오히려 알아보기가 쉬워. 턱수염을 달고, 뺨을 불룩하게 만들고, 머리모양을 바꾸면, 아무도 알아볼 수가 없거든……. 하지만 돌아서서 뒷모습을 보이는 경우엔 거의 탄로가 나고 말지."

"명심해두겠어. 그건 그렇고, 내가 써놓기 전에 7피트 15인치라는 숫자를 기억해주겠어?"

"물론이지. 이게 뭔데, 책장이야?"

"아니, 칸막이야. 8피트 19인치. 그리고 3피트 12……."

안경을 낀 젊은이가 마치 변명하듯이 기침을 한 번 하고 말을 꺼냈다.

"실례합니다, 뱅크스 부인. 이 자리에 한동안 계시겠다면……."

"예, 그럴 거예요." 수잔이 말했다.

"열쇠를 주고 가시면 내가 문을 잠그고 나중에 사무실에다 갖다 드리겠어요. 그렇게 하면 되죠?"

"예, 감사합니다. 오늘 아침에 이렇듯 일손이 딸리지만 않았어도……."

수잔은 그 젊은이가 변명을 끝내기도 전에 알았다고 했다. 그러자 그 젊은이는 밖으로 나갔다.

"이제야 겨우 사라졌군." 수잔이 말했다.

"부동산업자들이란 정말 귀찮아."

"오!" 조지가 말했다.

"텅 빈 가게에서의 살인이라. 진열장에 아름다운 여인의 시체가 진열되어 있는 걸 보면, 행인들이 얼마나 흥분할까? 떼를 지어 몰려들겠지. 마치 황금 고기라도 본 듯이 말이야."

"네가 나를 살해할 이유는 없을 텐데, 조지."

"글쎄, 아저씨의 상속재산 중 네 몫의 4분의 1을 차지할 수 있겠지. 돈을 좋아하는 사람이라면 충분히 이유가 되지 않을까?"

수잔은 계산하던 걸 멈추고, 몸을 돌려 그를 쳐다보았다. 그녀의 입은 약간 벌어져 있었다.

"조지, 오늘 따라 뭔가 다르게 보이는구나. 정말로 이상해."

"다르다고? 어떻게 달라?"

"마치 광고하러 다니는 사람 같아."

그녀는 또 다른 포장된 상자에 주저앉아 담배에 불을 붙였다.

"조지, 리처드 아저씨의 상속재산이 몹시 필요한 모양이구나!"

"요즘 세상에 돈이 반갑지 않다고 말할 사람은 하나도 없을걸."

조지의 목소리는 여전히 명랑했다.

수잔이 말했다.

"너는 특히 곤란한 형편이잖아?"

"수잔, 네가 상관할 일이 아니야."

"그저 호기심 때문에 물어본 거야."

"장사할 생각으로 이 가게를 빌리는 거야?"

"이 건물 전체를 살 생각이야."

"건물 전체를 살 거라고?"

"응, 위의 두 층은 아파트야. 하나는 비어 있고, 다른 하나는 가게로 쓰이고 있어. 내가 사면 사람들을 다 내보낼 거야."

"멋진 돈벌이가 되겠군."

조지의 말투에는 왠지 약간 악의가 서려 있었다. 하지만 수잔은 그저 깊은 한숨을 쉬면서 말했다.

"어쨌든 정말 멋진 일이야. 기도가 이루어진 셈이지."

"기도는 나이 든 친척들을 죽이기도 하나?"

수잔은 이 말에 아무 대꾸도 하지 않았다.

"이곳은 좋아. 우선 건물이 멋지거든. 위층에 있는 살림집은 아주 독특하게 꾸밀 생각이야. 그리고 아래층은 현대식으로 꾸미겠어."

"무슨 장사를 하려고? 의상실인가?"

"아니, 미용실이지. 향기 나는 화장품이라든가, 크림 같은 것을 팔 거야."

"생산적인 돈벌이는 아니로군?"

"그래도 수지는 맞을걸. 그런 장사는 언제나 수지가 맞아. 나는 해낼 수 있어."

조지는 그의 사촌 누이를 찬찬히 살펴보았다. 그는 그녀의 부드러운 입술과 건강한 혈색에 감탄했다. 평범하지 않으면서도 생기발랄한 얼굴이었다. 그리고 그는 수잔에게서 이상한 자질을, 성공을 말해주는 자질을 보았다.

"그래." 그는 말했다.

"너라면 충분히 해낼 수 있을 거야, 수잔. 그런데 이런 장사는 오래전부터 생각해온 거야?"

"1년 이상."

"그렇다면 왜 리처드 아저씨에게 말하지 않았어? 돈을 대줬을지도 모르잖아."

"말씀드렸었지."

"그런데 아저씨가 거절하셨단 말이지? 왜 그러셨는지 이해할 수가 없는걸. 네가 아저씨와 똑같은 성격이라는 걸 아셨을 텐데 말이야."

수잔은 아무런 대꾸도 하지 않았다. 그러자 조지의 머릿속에는 가느다란 눈을 가진 어떤 사람의 모습이 언뜻 스치고 지나갔다. 마르고 불안한 눈을 가진 젊은이의 모습이……

"그런데 이름이 뭐더라……, 그레고리는 어떻게 할 거야?"

그가 물었다.

"약을 파는 걸 그만둘 테지?"

"물론이지. 뒤편에다 연구실을 만들어서 우리가 직접 화장품을 만들 거야."

조지는 웃음이 터져 나오려는 걸 꾹 참았다. 그는 이렇게 말하고 싶었다.

"이렇게 해서 어린아이가 장난감을 얻게 되는군."

하지만 그는 그 말을 하지 않았다. 사촌이라고 해서 참아준 것이 아니었다. 다만, 그는 수잔이 자기 남편에 대해 좀 유별나게 생각하므로 말을 조심할 필요가 있다고 느낀 것이다. 그녀의 그레고리에 대한 감정은 마치 폭발물을 안고 있는 것 같았다.

그는 장례식 날 그레고리 녀석에게서 뭔가 이상한 점을 느꼈다. 하여튼 뭔가 이상한 녀석이야. 보기에는 별다른 특징이 없는 것 같지만 어떤 면에서는 특별한 데가……

그는 다시 침착한 시선으로 수잔을 쳐다보았다.

"너야말로 진정한 애버니시네 사람이야. 유일한 사람이지. 리처드 아저씨는 네가 남자가 아닌 게 무척 애석했을 거야. 만일 네가 남자였다면 분명히 네가 상속자가 되었을 텐데."

수잔은 천천히 대꾸했다.

"그래, 그렇게 됐을지도 모르지."

그녀는 잠깐 말을 멈추었다가 다시 계속했다.

"아저씨는 그레고리를 좋아하지 않으셨어. 너도 알겠지만……"

"아하!" 조지는 눈썹을 치켜세웠다.

"바로 그 실수 때문에……?"

"그래."

"하지만 지금은 모든 게 잘되어 나가고 있잖아. 계획대로 말이야."

수잔이 의외로 그 말에 특별히 공감하는 걸 보고 그는 충격을 받았다. 여기까지 생각이 미치자 그는 잠깐 동안이나마 마음이 편치 못했다. 그는 냉정하다 싶을 정도로 유능한 여자는 좋아하지 않았다.

그가 화제를 바꿔서 말했다.

"그런데 헬렌으로부터 편지를 받았어? 엔더비에 대한 것 말이야."

"응, 받았어. 오늘 아침에. 너도?"

"그래, 어떻게 할 생각이야?"

"다음다음 주말에 가볼까 생각중이야. 모든 사람들이 다 좋다면. 헬렌은 우리 모두가 함께 모이길 바라는 것 같던데?"

조지는 날카롭게 웃었다.

"아니면 다른 사람이 좋은 가구를 고를 테니까?"

수잔도 웃었다.

"오, 나는 알맞은 가격일 거라고 생각해. 하지만 공매에서 사는 것보다야 싸게 살 수 있겠지. 게다가 나는 집안의 유물을 몇 가지 갖고 싶거든. 빅토리아 시대의 물건들을 한두 개 정도 여기에 갖다 두면 좋을 거야. 거실에 있는 그 공작석 탁자를 갖고 싶어. 그 위에다 새장을 올려두거나, 꽃들을 놔두면 멋질 거야."

"과연 보는 눈이 있군."

"너도 거기에 갈 거지?"

"오, 물론이지. 공정하게 경매가 이루어지는지 감독하기 위해서 가는 거야."

수잔이 웃으며 물었다.

"가족들끼리 무슨 말썽이라도 있을 거라고 생각하는 거야?"

"로저먼드가 아마 무대장치에 쓰려고 공작석 탁자를 가져가려고 할 텐데!"

수잔은 더 이상 웃지 않았다. 그 대신 그녀는 얼굴을 찌푸렸다.

"최근에 로저먼드를 만난 적이 있어?"

"우리가 3등 열차로 장례식에서 돌아온 뒤로는 아름다운 사촌누이 로저먼드를 보지 못했어."

"나는 한두 번 만난 적이 있어. 그런데……, 그녀는 조금 이상해 보였어."

"혹시 그 애에게 무슨 일이 있는 게 아닐까?"

"아니, 그저 몹시 혼란스러운 것 같아 보였어."

"엄청난 돈이 들어온데다가, 마이클의 우스꽝스러운 연극 때문에 흥분한 게 아닐까?"

"그럴지도 모르지. 그 연극은 우스꽝스럽다고 했지만, 성공을 거둔 셈인걸. 마이클은 능력이 있는 사람이야. 그는 무대에 서는 걸 두려워하지 않는다고. 그저 예쁘기만 한 로저먼드와는 전혀 달라."

"가엾은 미모의 멍청이 로저먼드."

"그렇지만 로저먼드도 남들이 생각하는 것만큼 어리석지는 않아. 그 애도 가끔 제법 날카로운 이야기를 하거든. 네가 생각도 못하는 그런 걸 알아차릴 때가 있단 말이야. 사람을 깜짝 놀라게 하는 거지."

"코라 아주머니처럼?"

"그래……."

한순간 어색한 분위기가 흘렀다. 그건 코라 랜스퀘네트의 이야기가 나왔기 때문이었다.

다음 순간, 조지는 다소 의식적으로 말을 꺼냈다.

"그런데 코라 아주머니와 함께 있던 그 여자는 어떻게 됐지? 그 여자를 위해서도 뭔가 해줘야 할 텐데 말이야."

"해주다니? 그게 무슨 뜻이야?"

"글쎄, 내 말은 코라 아주머니 사건 때문에 그 여자가 다른 일자리를 구하지 못할 테니, 우리가 힘써 줘야 한다는 뜻이야."

"그런 생각이 들었단 말이지?"

"응, 사람들은 누구나 자신의 몸을 지키려고 하거든. 물론, 그들이 질크리스트란 여자가 실제로 살인을 했다고 믿는다는 뜻은 아니야. 하지만 그래도 마음 깊은 곳에서는 뭔가 찜찜한 걸 느낄 거라고. 사람들이란 자기도 모르게 미신 같은 걸 믿으니까, 질크리스트를 재수 없는 여자라고 생각할 거야."

"그런 생각을 다 하다니 뜻밖인데? 도대체 어디서 그런 걸 알게 되었지?"

조지는 냉담하게 말했다.

"내가 변호사란 사실을 잊어버렸군. 나는 사람들의 이상한 비논리적인 심리 상태를 수없이 많이 봐왔단 말이야. 아무튼, 그 여자에게 새로운 일자리를 마련해 줘야 할 거야. 왠지 그 여자를 그대로 내버려둬서는 안 될 것 같아."

"그 점이라면 걱정할 필요 없어."

수잔의 목소리는 냉담하고 비꼬는 투였다.

"이미 내가 다 처리해두었으니까. 그 여자는 지금 티모시 아저씨 댁에 가 있어."

조지는 깜짝 놀란 얼굴이었다.

"세상에, 수잔, 그게 현명한 행동이라고 생각해?"

"내가 생각한 것 중에서는 가장 최선의 방법이었어. 당분간은 말이야."

조지는 그녀를 호기심 어린 시선으로 쳐다보았다.

"수잔, 너는 네 자신에 대해 확신을 가지고 있지? 자신이 뭘 하는지 정확히 알고 있고, 또 거기에 대해 후회도 없고 말이야."

수잔이 가볍게 대꾸했다.

"후회 같은 건 시간 낭비일 뿐이야."

제17장

마이클은 로저먼드에게 편지를 던져주었다.

"어때요?"

"가기로 하지. 당신 생각은 어때?"

마이클은 천천히 말했다.

"가는 게 좋을 거예요"

"보석이 있을지도 모르지. 어쩌면 여기저기 찾아보면 생각보다 굉장한 것들이 나올지도 모르고……."

"그 독특한 모양의 소파 말이에요. 그건 '배로네트의 행진'에 쓰면 어울릴 거예요. 만일, 그 작품을 재공연하게 되면 말이에요."

그는 자리에서 시계를 들여다보았다.

"깜박 잊을 뻔했군. 나가서 로젠하임을 만나야 해. 오늘 저녁 늦게야 들어올 거야. 오스카와 식사하고, 좀 의논할 게 있거든."

"오스카요? 그렇게 오랜만에 당신을 만나게 되어서 무척 반가워하겠군요. 그에게 내 안부나 전해주세요."

마이클은 그녀를 날카로운 시선으로 쳐다보았다. 그의 얼굴에는 미소가 사라지고, 대신 딱딱한 표정이 떠올랐다.

"무슨 뜻이야? 그렇게 오랜만이라니? 다른 사람이 들으면, 내가 그를 몇 달 동안 만나지 않았다고 생각하겠군."

"흥, 사실이 그렇잖아요?" 로저먼드가 중얼거렸다.

"불과 1주일 전에 함께 점심을 했단 말이야."

"우습군요. 그렇다면 그 사실을 깜박 잊어버렸나 보군요. 어제 그 사람이 전화했는데, '틸리는 서부를 쳐다보다' 공연 이후로 당신을 만나지 못했다고 하던데요"

"그 친구가 정신이 나간 모양이군."

마이클이 웃었다.

로저먼드는 아무런 감정 없이 크고 푸른 눈으로 그를 쳐다보았다.

"당신, 나를 바보로 아세요?"

마이클은 부인했다.

"천만에, 여보, 그럴 리가 있겠어?"

"아니에요. 당신은 나를 어리석은 여자라고 생각하고 있어요. 하지만 나도 늘 어리석은 것만은 아니에요. 그날 당신은 오스카 근처에도 가지 않았어요. 나는 당신이 어딜 갔었는지 알고 있어요."

"로저먼드, 도대체 무슨 말이야?"

"당신이 어디에 있었는지 알고 있다고 했어요……."

마이클은 잘생긴 얼굴을 굳히며 그의 아내를 쳐다보았다. 그녀 역시 그를 똑바로 바라보았다. 참으로 공허한 시간이라고 마이클은 새삼 느꼈다.

그는 다소 맥빠진 목소리로 말했다.

"당신이 지금 무슨 말을 하려는 건지 나는 도무지 모르겠는걸."

"나는 다만 거짓말을 하는 게 어리석다는 것을 말하고 있을 뿐이에요."

"여보, 로저먼드……."

그는 뭐라고 변명하려고 했다. 그러나 아내가 부드럽게 말하는 것을 듣고 주춤하고 말았다.

"우리는 이번 계약을 맺어서 꼭 무대에 올리고 싶어 했잖아요?"

"무대에 올리고 싶어 했다고? 그건 지금까지 바라왔던 오랜 꿈이었지."

"예, 바로 그 말이에요."

"그게 바로 당신이 하려던 말이야?"

"어쨌든 괜찮은 일 아니에요? 하지만 사람은 너무 많은 모험은 삼가야 하는 법이죠."

그는 그녀를 빤히 쳐다보다가 천천히 말했다.

"그건 당신 돈이니까……, 나도 알고 있어. 만일 당신이 그런 모험을 원치 않는다면……."

"여보, 우리들의 돈이에요."

로저먼드가 고쳐 말했다.

"내 생각에는 그게 어느 정도 중요한 것 같아요."

"자, 어보, 이일린 역할 말인데. 당신 참 훌륭했어."

로저먼드는 미소 지었다.

"그렇지 않아요. 정말, 그것을 공연하고 싶은데 말이에요."

마이클은 깜짝 놀랐다.

"여보, 도대체 무슨 일이오?"

"아무것도 아니에요."

"아니, 뭔가가 있어. 당신은 요즘 달라졌어. 우울하고 불안해하고……. 도대체 무슨 일이지?"

"아무것도 아니에요. 그저 내가 바라는 것은 당신이 조심하는 거예요."

"뭘 조심하라는 거지? 나는 언제나 조심하는 편인데."

"아니에요, 나는 그렇게 생각하지 않아요. 당신은 언제나 다른 사람들이 당신 생각대로 움직이고 있다고 생각하죠. 그날도 오스카에 대해 잘못 생각하신 거예요."

마이클은 분노로 얼굴이 새빨갛게 달아올랐다.

"당신은 어떻고요? 제인과 쇼핑하러 간다고 이야기했지만, 실제로는 그러지 않았어. 제인은 몇 주 전부터 미국에 가 있었단 말이야."

"그래요." 로저먼드가 말했다.

"내가 어리석었지요. 나는 그저 산책을 나갔어요. 리젠트 공원에 말이에요."

마이클은 이상하다는 듯이 그녀를 쳐다보았다.

"리젠트 공원에? 당신은 한 번도 그곳에 산책을 간 적이 없었잖아. 대체 무슨 일이야? 남자친구라도 생겼나? 뭐든지 말해봐, 로저먼드 요즘 당신은 너무 달라졌어. 이유가 뭐지?"

"여러 가지를 생각하는 중이에요. 어떻게 할 것인가를……."

마이클은 탁자를 돌아서 그녀에게로 다가갔다. 그의 목소리에는 뜨거운 열정이 깃들어 있었다.

"여보, 내가 당신을 얼마나 사랑하고 있는지 당신도 알고 있잖아!"

그녀도 그의 포옹에 응했지만, 포옹을 끝낸 뒤에도 여전히 그 이상한 분위기가 그녀의 눈에 서려 있었다.

그가 물었다.

"내가 무슨 짓을 하더라도 당신은 언제나 날 용서해주겠지?"

"그럴 거예요."

로저먼드가 희미하게 대꾸했다.

"그건 중요한 게 아니에요. 당신도 알다시피, 이젠 모든 것이 다 달라졌어요. 우리는 신중하게 생각한 다음, 계획을 세워야 해요."

"생각하고 계획하다니, 무엇을?"

로저먼드는 눈살을 찌푸리면서 말했다.

"일단 당신이 손을 댄 이상, 일은 아직 끝난 게 아니에요. 그건 시작에 불과해요. 언제나 다음에 할 일이 무엇인가를 생각해야만 해요. 그리고 무엇이 중요하고 무엇이 중요하지 않은가도 생각해야 하고요."

"로저먼드……."

그녀의 시선은 여전히 허공을 향해 있었다.

그녀의 이름이 세 번이나 불리고 나서야 그녀는 반응을 나타냈다.

"뭐라고 하셨죠?"

"당신이 지금 뭘 생각하고 있느냐고 물었어."

"오? 아, 예, 내가 내려가서(그게 뭐더라?) 리체트 세인트 메리에 말이에요. 코라 아주머니와 살던 그 여자를 만나볼까 생각하고 있었어요."

"왜?"

"곧 그 여자가 떠나버릴 거잖아요? 친척이나 그런 사람들에게로 말이에요. 우리가 그 여자에게 물어보기 전에 그 여자를 놓아줘서는 안 돼요."

"그 여자에게 뭘 물어보려고?"

"누가 코라 아주머니를 죽였는지 물어봐야죠."

마이클은 그녀를 빤히 쳐다보았다.

"당신은……, 그 여자가 알고 있다고 생각해?"

로저먼드는 다소 멍청한 얼굴로 대답했다.

"오, 물론이지요. 나는 그렇게 생각해요. 그 여자는 거기에 있었잖아요."

"그렇지만 그 여자는 이미 경찰에게 이야기했어."

"오, 그런 뜻으로 이야기한 건 아니에요. 내 말은 어쩌면 그 여자가 알고 있을지도 모른다는 거예요. 리처드 아저씨가 한 말을 들었다면 말이에요."

"하지만 못 들었는지도 몰라."

"오, 아니요. 분명히 들었을 거예요."

로저먼드는 마치 고집쟁이 아이처럼 떼를 쓰고 나섰다.

"어리석은 소리! 리처드 애버니시 영감님은 다른 사람 앞에서 집안사람을 의심하는 말을 하는 사람이 절대로 아니야."

"그야 그렇겠죠. 하지만 문 밖에서 우연히 들을 수도 있어요."

"엿듣는 것 말이야?"

"그렇게 생각해요. 아니, 확신해요. 외부와 차단된 상태에서 설거지 같은 따분한 주방일만 되풀이하는 생활이라면, 누구라도 그런 짓을 할 거예요. 분명히 그 여자도 엿듣거나 편지를 몰래 훔쳐보았을 거예요."

마이클은 약간 당황한 듯했다. 그러고는 불쑥 말했다.

"당신이라면 그렇게 하겠어?"

"나는 아예 그런 시골에 가서 살지도 않을 거예요."

로저먼드는 몸을 부르르 떨었다.

"그럴 바에는 차라리 죽는 편이 나아요."

"그러니까, 편지라든가 그런 것들을 몰래 읽을 수도 있단 말이지?"

로저먼드는 차갑게 말했다.

"그게 그렇게도 궁금한가요? 좋아요. 그렇다면 대답해 드리죠. 예, 그래요. 누구나 다 그렇게 하잖아요?"

그녀는 상대방의 눈을 똑바로 쳐다보았다.

"사람들은 끝내는 호기심에 굴복하고 말지요."

로저먼드가 말했다.

"하지만 막상 사실을 알고 나면 이야기하기를 꺼려하는 법이죠. 바로 질크 리스트도 이렇게 느끼고 있을 거예요. 그 여자는 분명히 알고 있어요."

마이클은 굳은 목소리로 말했다.

"로저먼드, 당신은 누가 코라를 죽였다고 생각하지? 그리고 리처드 영감은?"

또다시 그녀의 푸른 눈이 그를 똑바로 쳐다보았다.

"여보, 모르는 체하지 마세요. 당신도 나만큼 알고 있잖아요. 하지만 말하지 않는 편이 좋아요. 그러니 이 문제는 더 이상 말하지 말기로 해요."

제18장

　서재의 벽난로 옆에 앉은 에르큘 포와로는 모인 사람들을 쭉 훑어보았다. 그의 시선은 똑바른 자세로 앉아 있는 수잔을 거쳐서, 그녀 가까이에 앉아 있는 멍청한 표정의 남편에게로 옮겨갔다. 그러고는 무표정하게 대꾸하는 로저먼드에게 계속해서 말을 걸고 있는 조지 크로스필드에게 눈을 돌렸다.

　그리고 잘생긴 얼굴의 마이클에게로, 그리고 가장 좋은 안락의자에 등을 기대고 앉아 있는 티모시에게, 또한 티모시 뒤에 서 있는 튼튼해 보이는 모드에게로, 약간 떨어진 곳에 앉아 있는 헬렌에게로, 그리고 마지막으로 가족들 뒤쪽에 엉거주춤하게 앉아 있는(약간 촌스러우면서도 우아한 블라우스를 입은) 질크리스트 양에게로 시선을 옮겼다.

　그는 질크리스트 양이 곧 실례한다는 말과 함께 가족 모임을 떠나서 자기 방으로 올라갈 것이라고 생각했다. 질크리스트 양은 자신의 위치를 잘 아는 여자였다. 그녀는 많은 고통과 함께 그것을 깨우쳤을 것이다.

　에르큘 포와로는 커피를 한 모금 마시고, 반쯤 감은 눈으로 사람들을 찬찬히 살펴보았다. 그는 이 사람들 모두가 모이기를 원했다. 그리고 드디어 여기에 다 모이게 되었다. 이 사람들을 지금부터 어떻게 할까?

　그는 갑자기 이런 일에 싫증을 느꼈다. 왜 그럴까 그는 의아하게 생각했다. 헬렌 애버니시에게서 그런 이야기를 들었기 때문일까? 그녀에게는 뜻밖에도 강한 저항이 있었다. 비록 상냥하고 부드러운 태도를 보였지만, 은연중에 자신의 마음을 포와로에게 강력하게 전달한 것이다. 그녀는 리처드 노인의 죽음을 낱낱이 들춰내는 걸 싫어했다. 그건 그도 눈치 채고 있었다. 그녀는 그 일이 그냥 잊히길 원했다. 포와로가 놀란 건 그녀의 그러한 태도가 아니었다. 그는 자신이 그녀의 태도에 공감하고 있다는 사실에 놀란 것이다.

엔트휘슬 씨가 가족에 대해 했던 설명은 놀라운 것이었다. 그는 이곳에 모인 사람들에 대해 잘 설명해주었다. 늙은 변호사의 말이 있긴 했으나, 포와로는 자신이 직접 사람들을 만나보고 싶었다. 그는 사람들과 접촉하게 되면 누가 살인을 했는지 눈치 챌 수 있으리라고 생각했던 것이다. 에르큘 포와로는 많은 경험을 가지고 있는데다가 사람들의 관상을 보는데도 일가견이 있는 사람이었다. 그러므로 그는 누가 살인할 가능성을 가지고 있는지를 파악할 수 있었던 것이다. 하지만 막상 부딪치고 보니 생각만큼 그렇게 쉽지는 않았다.

그는 여기에 있는 모든 사람들이 다 살인자로서 가능성이 있다고 생각했다. 조지는 독살할 가능성이 있다. 수잔이라면 침착하고도 교묘하게 계획을 세워서 살인을 하겠지. 그레고리는 정신이 조금 이상하니까, 벌을 받고 싶다는 열망으로 그런 짓을 했을 수도 있고, 마이클은 야심이 있는데다가 살인자에게 흔히 볼 수 있는 허영심을 가졌다. 로저먼드는 지나치게 단순해 보이는 게 이상하고 티모시는 형을 미워하는데다가, 형의 돈을 탐내고 있었지.

모드는 티모시가 자신의 어린아이니까, 자신의 아이가 관계된 일이라면 물불을 가리지 않고 덤벼들었을 거다. 질크리스트 양까지도 살인의 가능성이 있다고 그는 생각했다. 만일 자신의 버드나무 집을 다시 얻을 수만 있다면 그 여자는 살인을 계획했을 것이다! 그러면 헬렌은? 그는 헬렌이 살인을 하리라고는 차마 생각할 수 없었다. 그녀는 너무나도 교양이 있는 여자였으며 폭력과는 너무나 거리가 먼 사람이었다. 그리고 그녀와 죽은 남편은 리처드 애버니시를 무척 아꼈었다.

포와로는 혼자서 한숨을 쉬었다. 진실에 도달하기 위한 길은 아무데도 없었다. 그 대신에 그는 좀더 멀기는 하지만 그래도 확실한 방법을 택하기로 했다.

대화를 나눠야 한다. 수많은 대화를…… 사람들은 결국에는 거짓말로든지, 아니면 진실로서든지 자기 자신을 드러내기 마련이니까……

헬렌이 사람들에게 포와로를 소개했다. 포와로는 자신의 등장으로 빚어지는 사람들의 혐오를(가족들의 모임에 외국인이라니!) 감당해야 했다. 그는 자신의 눈과 귀를 충분히 활용했다. 그는 지켜보고, 귀를 기울여 들었다. 몰래 엿듣기도 하고, 공개적인 장소에서 듣기도 했다!

그는 재산이 분배될 때 나타나는 그런 신경전을 목격했다. 그는 일부러 사람들에게 말을 걸곤 했다. 질크리스트 양에게는 요리라든가 그녀의 찻집 등에 대해 이야기했다. 티모시와는 그의 건강과 페인트 냄새에 대해 이야기하면서 몇 시간을 보냈다. 페인트? 포와로는 눈살을 찌푸렸다. 누군가가 페인트에 대해 이야기한 적이 있었다. 엔트휘슬 씨였던가?

또한, 여러 가지 종류의 그림들에 대한 이야기도 있었다. 피에르 랜스퀴네트의 그림들은 비록 질크리스트 양에게서는 찬사를 들었지만, 수잔에게서는 괄시를 받았다.

"그림엽서와 똑같더라고요." 그녀가 말했다.

"분명히 그림엽서들을 보고 베낀 걸 거예요."

질크리스트 양은 그 말을 듣고 펄쩍 뛰면서, 랜스퀴네트 부인은 언제나 실물을 보고 그린다고 말했다.

"하지만 분명히 모방한 것일 거예요."

수잔은 질크리스트가 방에서 나가자마자 포와로에게 말했다.

"저 아주머니를 화나게 하기 싫어서 꾹 참고 있었지만, 분명히 모방한 거예요."

"어떻게 그걸 알죠?"

포와로는 수잔의 강인한 턱을 바라보며 생각했다.

'이 여자는 무엇이나 자신의 생각을 확신하는군. 어쩌면 때때로 너무 지나치게 확신할지도 모르지……'

수잔은 계속 말을 이었다.

"제가 이제부터 말하는 것은 질크리스트 양에게는 이야기하지 마세요. 포플렉시안을 그린 그림이 있어요. 등대와 부두를 그린 것이죠. 아마추어 화가들이 잘 그리는 풍경이지요. 하지만 그 부두는 전쟁 중에 폭파되어 버렸거든요. 그런데 코라 아주머니의 그림은 불과 2년 전에 그려진 것이었어요. 그러니 그것을 어떻게 실물을 직접 보고 그린 것이라고 할 수 있겠어요? 하지만 그림엽서에는 아직도 옛날 모습의 부두가 그려져 있거든요. 그러니까 코라 아주머니는 비록 처음에는 실제로 자연을 보고 그렸는지도 모르지만, 나중에는 집 안에서 그림엽서를 보면서 그렸던 게 분명해요! 정말 우습잖아요? 그걸 그런 식으로 생각하다니 말이에요."

"오, 정말 그렇군요. 정말 우습군요."

그는 잠깐 말을 멈추었다가, 이제 슬슬 이야기를 시작하는 게 좋겠다고 생각했다.

"부인은 나를 기억하지 못하겠지만……, 나는 부인을 기억하고 있습니다. 결국, 나로서는 이번이 초면은 아닌 셈이지요."

그녀는 그를 빤히 쳐다보았다. 포와로는 크게 고개를 끄덕였다.

"예, 예, 그렇습니다. 나는 그때 자동차 유리창을 통해 부인을 보았지요. 부인은 차고에 있는 어떤 수선공과 이야기하고 있었습니다. 부인은 나를 보지 못했어요. 당연한 일이지요. 나는 차 안에 있었으니까요. 게다가 나이 먹은 배불뚝이 외국인! 하지만 나는 부인을 봤습니다. 부인은 젊은데다가 햇빛 속에 서 있는 모습이 아름다워 보였으니까요. 그래서 내가 여기에 도착했을 때 나는 무릎을 치면서 소리쳤지요. '세상에! 굉장한 우연이로군!'이라고 말입니다."

"차고라고요? 어디에서요? 그때가 언제죠?"

"오, 불과 얼마 전입니다. 1주일, 아니, 그것보다는 더 오래전이겠군요. 지금 당장은……."

포와로는 킹스 암스 차고를 머릿속에 떠올리면서 시치미를 떼며 말했다.

"어디였는지 기억이 안 나는군요. 나는 이 지방 여기저기를 너무 많이 돌아다녔으니까요."

"난민들을 위한 적당한 곳을 찾아서 말인가요?"

"그렇습니다. 이것저것 고려해야 할 것이 너무 많거든요. 가격이라든가 환경, 용도변경이 가능한지 등등……."

"이 집도 많이 뜯어 고치겠죠?"

"침실들은 그래야 할 겁니다. 하지만 아래층에 있는 방들은 그대로 둘 생각입니다."

그는 잠깐 말을 멈추었다.

"부인, 이 저택이 이런 식으로……, 낯선 사람들에게 넘어가는 것이 섭섭하지 않습니까?"

"천만에요." 수잔은 명랑하게 대꾸했다.

"정말 좋은 생각이에요. 요즘 같은 때 이런 집에서 예전 방식대로 산다는 것은 불가능한 일이잖아요. 그리고 저는 이 집에 대해 감상에 젖을 만한 추억도 없는걸요. 저는 여기서 자라지 않았어요. 제 부모님은 런던에서 사셨기 때문에, 크리스마스 때만 가끔 이곳에 왔을 뿐이에요. 게다가 저는 예전부터 이집이 꼴사나운 부의 사원(寺院)이라고 생각했었어요."

"비록 형태는 다르겠지만 또 하나의 부가 여전히 존재하고 있지요. 부인에게 실례가 될지는 모르겠습니다만, 부인 자신도 호화로운 건물을 구상하고 있지 않습니까?"

수잔이 웃었다.

"그렇지만 사원은 아니에요. 그저 사업 때문이니까요."

"목적이 무엇이든지 큰 차이는 없습니다. 하지만 역시 돈이 많이 들겠지요. 그렇지 않습니까?"

"요즘에는 물가가 워낙 비싸니까요. 하지만 내부 장식에는 그만큼 투자할 가치가 있다고 생각해요."

"부인의 계획에 대해 이야기해주지 않겠습니까? 부인처럼 젊고 아름다운 분이 그처럼 유능하다니, 참으로 놀라운 일입니다. 내가 젊었을 때는(오래전 이야기지만) 젊은 여자들은 그저 화장품 같은 데만 신경을 썼지요."

"여자들은 지금도 여전히 자신들의 얼굴에 신경을 쓰고 있어요. 그리고 바로 제가 할 사업도 그거고요."

"자세히 좀 말해주십시오."

그래서 그녀는 여러 가지 자세한 설명과 함께 자기도 모르게 자신을 드러냈다. 그는 그녀의 놀라운 사업 수완과 원대한 계획, 그리고 치밀한 계산에 대해 칭찬해주었다. 그리고 그는 그러한 사람들이 흔히 가지는 비정함을 그녀에게서도 볼 수 있었다.

그는 그녀를 바라보면서 말했다.

"부인은 성공할 겁니다. 게다가 다른 사람들처럼 돈 때문에 제약을 받지 않는 이점을 가지고 시작하니까요. 돈에 쪼들리게 되면 자신의 꿈을 마음대로 펼칠 수가 없거든요. 훌륭한 계획을 가지고 있는데도 돈 때문에 실현할 수 없다는 건 정말 참기 어려운 고통이지요."

"저도 그런 것은 참을 수 없어요! 하지만 저는 결국 돈을 구했어요. 제 뒤를 밀어 줄 사람을 구한 거죠."

"아하! 그렇군요. 이 집 주인이었던 부인의 아저씨 말이지요. 만일 그분이 돌아가지 않으셨더라도 부인을 밀어 주셨을 테죠?"

"오, 아니에요. 그러지 않으셨을 거예요. 리처드 아저씨는 여자가 사업에 손대는 건 딱 질색이었거든요. 만일 제가 남자였더라면……."

그녀의 얼굴에 분노가 언뜻 스쳤다.

"아저씨에게 화를 냈을 거예요."

"오, 그래요? 흠, 그렇겠군요."

"나이 먹은 사람이 젊은이의 길을 가로막아서는 안 되지요. 저는……, 어머, 제가 말을 잘못했군요."

에르퀼 포와로는 너털웃음을 터뜨리면서 턱수염을 쓰다듬었다.

"나도 늙었습니다만, 젊은이들을 가로막거나 방해하지는 않습니다. 아마 내가 죽기를 기다리는 사람은 아무도 없을 겁니다."

"세상에, 무슨 그런 말씀을……."

"부인, 당신은 현실주의자입니다. 세상에는 젊은이들이, 혹은 심지어 중년의 사람들까지도 누군가의 죽음이 가져다 줄 기회를 끈기 있게, 아니면 초조하게 기다리는 사람들이 많다는 사실을 받아들여야 합니다."

"기회!" 수잔은 깊이 숨을 몰아쉬면서 말했다.

"그것이야말로 우리가 필요로 하는 것이지요."

포와로는 그녀의 어깨너머로 흘끗 쳐다보면서 명랑하게 말했다.

"저기 부인의 남편이 우리의 작은 토론에 참가하러 오는군요. 뱅크스 씨, 우리는 기회에 대해 이야기하고 있었답니다. 양손으로 꽉 움켜잡아야 하는 황금의 기회 말입니다. 사람에게는 어느 정도의 기회가 오는 걸까요? 당신의 의견을 들어 보고 싶은데……."

하지만 그는 결국 기회에 대한 그레고리의 의견을 듣지 못했다. 나중에야 안 일이지만, 그레고리 뱅크스에게 말을 시키기란 거의 불가능한 일이었다. 뱅크스는 이상한 성격을 가지고 있었다. 스스로 그러길 원해서인지, 아내가 그걸 바라기 때문인지는 몰라도 하여튼 그는 말하는 데는 전혀 취미가 없는 것 같았다. 그레고리와 이야기를 나누려는 노력은 결국 실패하고 말았다.

포와로는 모드 애버니시와도 이야기를 나누었다. 페인트 냄새에 대해, 그리고 티모시가 엔더비에 올 수 있게 되어 다행이라고, 또한 헬렌이 질크리스트 양까지 초대해주다니 정말 친절하다는 둥의 이야기들이었다.

"정말로 그 여자는 유능한 사람이에요. 티모시는 그 여자를 마치 뱀처럼 대하지만요. 그녀는 하루에도 층계를 열 번 이상 오르락내리락하는데도 조금도 짜증을 내지 않아요. 물건을 가져오는 심부름도 기꺼이 해주고요. 그 여자가 혼자 집에 남아 있기를 두려워하는 것도 다 이해가 가요. 여기에 함께 올 수 있어서 정말 다행이에요. 물론 그녀가 고집을 피우는 바람에 내가 잠시 속이 상하긴 했지만요."

"두려워한다고요?"

포와로는 흥미를 느꼈다.

그는 질크리스트 양의 갑작스러운 공포감에 대한 모드의 설명을 주의 깊게 들었다.

"겁에 질렸다고 말했죠? 그리고 왜 그런지 이유는 알 수 없고요? 거참, 재미있군요. 아주 재미있어요."

"그건 혹시 일종의 자연 쇼크가 아닐까요?"

"그럴지도 모르죠."

"언젠가 한밤중에 1마일 떨어진 곳에 폭탄이 떨어진 적이 있었어요. 티모시는……."

포와로는 티모시에 대한 이야기를 듣지 않고 있었다.

"그날 무슨 특별한 일이라도 있었습니까?"

"언제 말이에요?" 모드는 어리둥절한 표정이었다.

"질크리스트 양이 흥분했다는 그날 말입니다."

"오, 그날! 나는 그렇게 생각지 않아요. 그녀는 리체트 세인트 메리를 떠난 뒤부터 그런 것 같던데요. 거기에 있을 때는 별로 겁이 나지 않았었답니다."

그렇다면 그것은 독이 든 결혼 케이크 때문일 것이라고 포와로는 생각했다.

그 일을 당한 뒤, 질크리스트가 두려워하는 것도 무리는 아니지. 그래서 평화로운 스탠스필드 그레인지의 전원생활로 옮겨 오고 난 뒤에도 두려움이 사라지지 않았을 테지. 사라지지 않을 뿐만 아니라 오히려 더 커졌다.

왜 더 커졌을까? 티모시처럼 신경질적인 사람의 시중을 들다 보면 그런 두려움은 자연스럽게 잊게 될 텐데? 하지만 그 집에 있는 무엇인가가 질크리스트 양을 겁에 질리게 했다. 그 여자는 그것이 무엇인지 알고 있을까?

포와로는 저녁식사를 하기 바로 전에 질크리스트 양과 잠깐 이야기를 나누었다. 그는 외국인으로서 호기심을 느끼는 체하면서 이야기를 시작했다.

"내가 감히 이 집안의 살인사건에 대해 말할 입장은 아닙니다만, 호기심이 생겨서요. 누구나 다 그렇지 않겠습니까? 외딴 오두막집에서 예술가 한 사람이 살해되었다. 가족들로서는 정말 끔찍한 일일 테죠. 또한 당신에게도 그럴 거고요. 그런데 티모시 애버니시 부인 말로는, 그때 그 자리에 당신이 있었다고 하던데요?"

"예, 그랬어요. 하지만 퐁타르리에 씨, 그 이야기는 하고 싶지 않군요."

"이해합니다. 예, 이해하고말고요."

이렇게 말하면서 그는 기다렸다. 그러자 그가 생각했던 대로 질크리스트 양은 거기에 대해 이야기하기 시작했다. 그는 그녀에게서 새로운 이야기는 한마디도 듣지 못했다. 하지만 그는 크게 공감하는 척하면서 그녀의 이야기에 흥미를 느끼는 것처럼 대꾸했다.

그녀가 자신의 감정과 의사의 말, 그리고 엔트휘슬 씨가 친절하게 대해 주었다는 것 등을 모조리 이야기한 다음에 포와로는 화제를 바꾸었다.

"역시 그 집에 혼자 남아 있지 않기를 잘한 것 같군요."

"저는 혼자 있을 수가 없었답니다, 퐁타르리에 씨. 정말 그럴 수 없었어요."

"그렇겠죠. 티모시 애버니시 부부가 여기 와 있는 동안에 혼자 집을 보고 있는 게 두렵다는 것도 이해할 만합니다."

질크리스트 양은 죄책감을 느끼는 것 같았다.

"그 점은 정말 부끄럽게 생각하고 있어요. 저는 정말 어리석은 여자예요. 갑자기 두렵다는 생각이 들지 않겠어요? 왜 그렇게 느꼈는지 모르겠어요."

"하지만 물론 그 이유는 알고 있습니다. 그건 독살당할 뻔한 일이 있었기 때문에 그럴 겁니다."

질크리스트 양은 한숨을 쉬면서 정말 자신은 이해할 수가 없다고 말했다. 도대체 왜 자신을 살해하려고 했는지를.

"범인은 당신이 뭔가를 알고 있어서, 혹시 그 사실을 경찰에 말하지 않을까 불안해서 그런 짓을 했을 겁니다."

"도대체 제가 뭘 안다는 거예요? 반쯤 정신 나간 녀석이 아니고서야……."

"내 생각에는 그럴 것 같지는……."

"오, 제발, 퐁타르리에 씨!" 질크리스트 양은 갑자기 흥분하기 시작했다.

"그런 이야기는 더 이상 하지 마세요. 저는 그런 걸 믿고 싶지 않아요."

"무얼 믿고 싶지 않단 말입니까?"

"저는 그게……, 그게 설마……."

그녀는 혼란스러운 듯이 말을 멈추었다.

"하지만 이미 당신은 믿고 있습니다."

포와로가 날카롭게 말했다.

"오, 아니에요. 정말 아니에요!"

"하지만 나는 그렇게 생각되는군요. 그래서 당신이 두려워하는 것 아닙니까? 아직도 두려워하고 있지 않습니까?"

"오, 아니에요. 여기 온 다음부터는 그렇지 않아요. 사람들도 많이 있고, 가족적인 분위기도 느낄 수 있으니까요. 오, 아니에요. 여기서는 정말 괜찮아요."

"이런 말을 해서 어떨지 모르겠지만, 나처럼 나이 먹은 사람들은 공상이나 쓸데없는 생각을 즐겨 하지요. 그래서 말인데 내 생각에는 스탠스필드 그레인지에서 뭔지는 모르지만 당신을 두려움에 떨게 만드는 일이 있었던 것 같습니다. 의사들도 요즘에는 잠재의식 속에서 일어나는 현상들에 대해서 인정하고 있으니까요."

"아, 예, 저도 그런 이야기를 들은 적이 있어요."

"어떤 구체적인 사건 때문에 당신의 잠재의식 속에 있던 두려움이 밖으로 튀어나오게 된 것 같습니다."

질크리스트 양은 이 말에 대해 깊이 생각해보는 것 같았다.

"당신 말이 맞는 것 같군요."

"그렇다면 음, 두려움을 일으킨 구체적인 사건이 무엇인지 생각납니까?"

질크리스트는 곰곰이 생각한 끝에 불쑥 외쳤다.

"예, 생각나요, 퐁타르리에 씨. 수녀였어요!"

포와로가 이 말을 가슴에 새기기도 전에, 헬렌의 뒤를 따라서 수잔과 그녀의 남편이 들어왔다.

포와로는 생각했다.

'수녀라……, 어디선가 수녀에 대해서 들은 기억이 있는데?'

그는 언젠가 다시 수녀들에 대해 이야기해보기로 마음먹었다.

제19장

그 집안사람들은 퐁타르리에 씨에게 친절하게 대해주었다.

사람들은 모두 UNARCO를 실제의 단체로 받아들였다. 그리고 심지어는 거기에 대해 잘 알고 있는 척하기도 했다! 사람들은 누구나 자신들의 무지를 드러내고 싶어 하지 않는 법이다.

그런데 단 한 사람, 로저먼드만은 예외였다. 그녀는 포와로에게 의아하다는 얼굴로 물었다.

"도대체 그게 뭐죠? 그런 단체는 전혀 들어 보지 못했는걸요."

다행히 그때 다른 사람은 아무도 없었다. 포와로는, '다른 사람들이 다 아는 그런 단체를 모르다니요.'라는 식으로 로저먼드의 입을 막으려고 했다.

그러자 로저먼드는 희미하게 이렇게 대꾸했다.

"오! 또 난민들인 모양이군요. 저는 난민들이라면 이젠 신물이 나요."

이렇게 로저먼드는 다른 사람들이 입 밖에 내지 않는 말을 솔직히 말해버렸다.

퐁타르리에 씨는 이제 사람들에게 거추장스럽지 않은, 있으나마나한 존재로 받아들여졌다. 그는 말 그대로 외국인 장식품 같은 존재였다. 가족들은 처음에는 이런 특별한 주말에 외국인을 함께 있게 한 헬렌의 처사를 원망했지만, 나중에는 모두들 그가 여기에 있는 것을 꺼리지 않게 되었다.

다행히 땅딸막한 외국인은 영어를 잘 모르는지, 다른 사람들이 하는 말을 못 알아듣는 때가 종종 있었다. 그는 그저 난민들이나 전쟁 전 상황 같은 것에만 관심을 나타냈으며, 그의 영어 실력도 단지 그런 화제에 대한 것으로 제한되어 있었다. 일상적인 대화는 몹시 알아듣기 힘들어하는 것 같았다.

사람들의 관심에서 벗어난 에르퀼 포와로는 의자에다 등을 기대고 앉아 커피를 마시면서, 마치 고양이가 지켜보듯이 사람들이 오가는 것과 이야기하는 것들을 지켜보고 있었다. 그 고양이는 자리에서 일어날 생각을 하지 않았던 것이다.

리처드 애버니시의 상속인들은 여기저기를 살펴본 다음, 이미 마음속으로 자기들이 원하는 물건들을 점찍어 놓았다. 뿐만 아니라, 부득이한 경우에는 싸울 각오까지도 하고 있었다. 맨 처음 말썽의 대상이 된 것은 스포드 디저트용의 식기 한 벌이었다.

"나는 오래 살 것 같지가 않구나."

티모시가 우울한 목소리로 말했다.

"그리고 모드와 내게는 자식도 없어. 그러니 쓸데없는 물건 때문에 아옹다옹할 필요가 없단다. 하지만 추억을 생각해서 저 낡은 디저트용 식기를 가졌으면 한다. 유행에 뒤떨어진 것이고, 또 요즘에는 디저트용 식기가 별로 비싸지도 않으니까. 하지만 내게는 추억이 깃든 것이니 나는 그걸 가져가고 싶다. 그리고 가능하면 화이트 브드와르에 있는 불 캐비닛을 갖고 싶고……."

"이미 늦으셨어요, 아저씨." 조지가 말했다.

"오늘 아침에 제가 벌써 헬렌 아주머니에게 스포드 디저트용 식기를 제 이름으로 표시해 달라고 말했는걸요."

티모시는 얼굴이 새빨개졌다.

"표시했다고? 그게 무슨 말이냐? 아직 아무것도 결정되지 않았어. 그리고 도대체 네가 그 식기를 가져서 뭘 하겠다는 게냐? 너는 아직 결혼도 하지 않았잖아?"

"사실 저는 스포드를 수집하고 있었거든요. 그리고 이거야말로 훌륭한 예술품입니다. 불 캐비닛이라면 아무래도 좋습니다. 하지만 스포드만은 양보할 수가 없어요."

티모시는 손을 내저었다.

"오, 조지, 내 말 좀 들어 보렴. 그런 식으로 네 맘대로 결정할 수는 없는 거야. 나는 너보다 나이도 많고, 리처드의 유일한, 살아 있는 동생이니까 말이야. 그러니 저 디저트용 식기는 내가 가져가는 것이 옳아."

"드레스덴 식기를 가져가면 되잖습니까, 아저씨? 그것도 추억이 가득 담겨 있는 것인데 말이에요. 어쨌든 그 스포드는 제 것이에요. 제가 제일 먼저 생각했으니, 제 것이지요."

"말도 안 되는 소리! 그런 행동은 용서할 수 없어!"

티모시는 완강하게 반대했다.

모드가 날카롭게 말했다.

"아저씨를 화나게 만들지 말거라, 조지. 아저씨에게 해롭단다. 아저씨가 갖고 싶다면, 아저씨가 갖는 게 당연한 거야. 우선권은 아저씨에게 있으니까. 그 다음에 너희들이 선택하는 거야. 이분은 리처드의 동생이고, 너희들은 조카라는 것을 잊지 말거라."

"그리고 분명히 이야기하지만……."

티모시는 몹시 화가 치밀어 올라서 말했다.

"만일, 리처드가 정당한 유언장을 만들었다면 이 집의 물건들은 모두 다 내 마음대로 처분하게 되었을 거다. 당연히 그렇게 되었어야 하는 건데. 뭔가 부당한 것이 개입되었던 것이 분명해. 그래, 다시 한 번 반복하지만, 뭔가 부당한 것이 있었어."

티모시는 조카를 빤히 쳐다보고는 말했다.

"터무니없는 유언장이야. 터무니없다고!"

그는 몸을 뒤로 기대고 가슴에 손을 올려놓으면서 신음했다.

"내 건강에 해로워. 브랜디 좀 가져다줘요."

질크리스트 양이 황급히 나가서 조그만 잔을 들고 왔다.

"여기 있습니다, 애버니시 씨. 제발 흥분하지 마세요. 침대에 눕지 않아도 괜찮으시겠어요?"

"무슨 소리야!"

티모시는 브랜디를 마셨다.

"침대에 누우라고? 천만에, 나는 내 권리를 지켜야 해."

"정말, 조지, 나는 너한테 놀랐다." 모드가 말했다.

"네 아저씨 말씀이 옳아. 아저씨에게 우선권이 있는 거야. 아저씨가 스포드 디저트 식기를 원하신다면, 마땅히 가져가시라고 해야 되는 거 아니니?"

"그건 너무해요." 수잔이 말했다.

"가만히 있거라, 수잔." 티모시가 말했다.

수잔 옆에 앉아 있던 젊은이가 이 말에 고개를 쳐들었다. 그는 평상시와는 달리 가시 돋친 목소리로 말했다.

"제 아내에게 그런 식으로 말하지 마십시오!"

그는 반쯤 의자에서 몸을 일으켰다.

수잔이 재빨리 말했다.

"괜찮아요, 그레고리. 나는 상관없어요."

"하지만 그렇지가 않아."

헬렌이 말했다.

"내 생각에는, 조지, 네가 양보하는 게 좋을 것 같구나."

티모시는 벌컥 화를 내었다.

"'양보'라는 것은 적합한 표현이 아니야!"

그러나 조지는 헬렌에게 살짝 고개를 숙여 보이면서 말했다.

"하지만 헬렌 아주머니는 언제나 옳은 말씀만 하시니까, 아주머니 말씀에 복종하지요."

"그건 그렇고, 네가 정말로 그걸 원했던 건 아니지?"

헬렌이 말했다.

그는 그녀를 빤히 쳐다보고는 싱긋 웃었다.

"아무튼 헬렌 아주머니는 너무 눈치가 빠르시다니까요! 아주머니는 너무 많은 것을 아시는 것 같아요. 걱정 마세요, 티모시 아저씨. 스포드를 가지세요. 그저 장난으로 그래 본 것뿐이니까요."

"장난으로 하다니?"

모드 애버니시는 몹시 흥분했다.

"네 아저씨는 하마터면 심장마비를 일으킬 뻔했다고!"

"그런 일은 없을 겁니다."

조지가 쾌활하게 대꾸했다.

"티모시 아저씨는 우리들보다 더 오래 사실 테니까요. 저런 분이 더 오래 사시는 법이거든요."

티모시는 앞쪽으로 몸을 내밀었다.

"리처드 형님이 네게 실망한 이유를 이제 알겠다."

"뭐라고요?"

갑자기 조지의 얼굴에서 장난기 있는 웃음이 사라졌다.

"너는 모티머가 죽은 다음, 그의 후계자가 될 속셈으로 여기에 찾아왔었지. 하지만 불쌍한 형님은 곧 너의 사람 됨됨이를 파악하셨어. 네게 돈을 맡기면 네가 그 돈을 어떻게 쓸지 훤히 알고 계셨던 거야. 그런데도 네게 그만한 돈을 물려주었다는 것은 정말 이해할 수 없구나. 그 돈이 어떻게 쓰일지 알고 계셨을 텐데 말이야. 경마나 몬테카를로, 외국을 돌아다니면서 카지노 게임 등…… 뻔하지, 어쩌면 그보다 더 나쁘게 쓰일지도 모르고. 형님은 네게 뭔가 미심쩍은 면이 있다고 의심하셨을 거야, 그렇지 않니?"

조지는 하얗게 질린 얼굴로 대꾸했다.

"그런 식으로 말씀하지 마십시오."

"나는 건강 때문에 장례식에 참석하지 못했어."

티모시는 느릿느릿 말을 이었다.

"하지만 모드가 코라가 한 말을 들려 주었다. 코라는 언제나 어리석었어. 하지만 나는 그 말에 진실이 들어 있을지도 모른다는 생각이 들어. 내가 의심하는 사람은……."

"티모시!"

모드가 침착하고도 강경한 태도로 의자에서 일어났다.

"당신은 너무 지쳤어요. 건강을 생각하셔야죠. 더 이상 당신이 괴로워하는 걸 볼 수가 없어요. 자, 저와 함께 올라가세요. 진정제를 먹고 잠을 자고 나면 한결 좋아질 거예요. 헬렌, 티모시와 내가 스포드 디저트 식기를 가져가겠어요. 그리고 불 캐비닛도요. 거기에 대해 아무 반대도 없겠죠?"

그녀는 모인 사람들을 훑어보았다. 아무도 입을 열지 않자, 그녀는 티모시를 부축하고 밖으로 나갔다.

그들이 사라진 뒤에 조지가 침묵을 깨뜨렸다.

"놀라운 여자야! 그거야말로 모드 아주머니에게 정확하게 어울리는 표현이지. 아무도 아주머니의 의기양양한 행진을 방해할 수 없을 거야."

질크리스트 양이 엉거주춤한 태도로 중얼거렸다.

"애버니시 부인께선 항상 친절하세요."

하지만 아무도 그녀의 말에 귀를 기울이지 않았다.

마이클 셰인이 갑자기 웃음을 터뜨리면서 말했다.

"여러분, 정말 재미있군요! 그건 그렇고, 로저먼드와 저는 거실에 있는 공작석 탁자를 갖고 싶습니다."

"오, 안돼요." 수잔이 소리쳤다.

"그건 내가 가져가려고 생각하고 있었어요."

"또 시작이로군." 조지가 천장을 쳐다보면서 말했다.

"천만에, 그것 때문에 얼굴을 붉히고 싸우지는 않아."

수잔이 말했다.

"내가 그걸 원하는 이유는 내 새 미용실 때문이야. 거기에다 커다란 꽃다발을 올려 두면 아주 멋질 거야. 꽃다발은 손쉽게 구할 수 있지만, 초록색 공작석 탁자는 흔하지 않거든."

"하지만……" 로저먼드가 말했다.

"우리는 그걸 새로운 무대장치에 쓰려고 해. 색깔도 특이하고 게다가 오래된 물건이니까 말이야. 꽃다발이나 새장을 올려두면 아주 잘 어울릴 거야."

"무슨 말인지는 알겠어." 수잔이 말했다.

"하지만 나보다는 덜 필요할 거야. 무대장치용이라면 얼마든지 색칠한 공작석 탁자를 써도 되잖아? 그래도 똑같이 보일 테니까. 하지만 내 미용실에는 진짜를 갖다두어야 한단 말이야."

"자, 숙녀 여러분!" 조지가 말했다.

"제비뽑기를 하는 게 어떻겠습니까? 그러면 원만하게 해결될 것 같은데 말입니다."

수잔은 즐거운 듯이 웃으며 말했다.

"로저먼드와 내일 아침에 다시 이야기해보겠어."

그녀는 여느 때처럼 자신감에 차 있었다. 조지는 흥미있다는 얼굴로 수잔과 로저먼드를 번갈아 쳐다보았다. 로저먼드는 희미하고 약간은 멍한 표정을 짓고 있었다.

"헬렌 아주머니는 어느 쪽이죠?"

조지가 물었다.

"재미있는 싸움이 되겠군. 수잔도 고집이 세지만, 로저먼드도 굉장히 외골수거든."

"아니야. 새장은 어울리지 않을 것 같아."

로저먼드가 중얼거렸다.

"중국 꽃병을 올려두는 게 어울릴 거야."

이때 질크리스트 양이 끼어들었다.

"이 집에는 아름다운 물건들이 너무 많이 있군요. 저 초록색 탁자는 뱅크스 부인, 당신의 새로운 가게에 잘 어울릴 거예요. 저런 멋진 탁자는 내 평생 처음이에요. 값도 꽤 많이 나가겠죠."

수잔이 말했다.

"물론, 내 몫의 상속분에서 제하게 될 거예요."

질크리스트 양은 몹시 당황했다.

"죄송해요. 그런 뜻이 아니었는데······."

"그건 우리 몫의 상속분에서 제하게 될 겁니다. 그 밀랍 꽃다발까지 포함해서 말입니다."

"그건 정말 그 탁자에 잘 어울리더군요."

질크리스트 양이 중얼거렸다.

"정말 예술적이에요."

하지만 아무도 질크리스트 양의 넋두리에 귀를 기울이지 않았다.

그레고리가 또다시 고음의 신경질적인 목소리로 말했다.

"수잔이 그 탁자를 원한단 말입니다."

이 말로 해서 한순간 어색한 분위기가 감돌았다.

헬렌이 재빨리 말했다.

"조지, 너는 뭘 갖고 싶지? 스포드는 빼고 말이다."

조지가 싱긋 웃자 긴장이 풀리는 듯했다.

"티모시 영감의 노망이라니, 나 원 참 창피해서……. 정말 믿을 수 없을 정도라니까요. 언제든지 자기 마음대로만 하려고 들지요."

"크로스필드 씨, 환자에게는 너그럽게 대해 주는 게 좋아요."

질크리스트 양이 한마디 했다.

"아저씨는 엄살을 부리고 있는 거라고요."

조지가 반박했다.

"정말 그래." 수잔이 맞장구쳤다.

"아저씨는 정말로 아픈 사람 같지 않아. 너는 어떻게 생각하니, 로저먼드?"

"무엇을?"

"티모시 아저씨가 정말로 아프다는 것 말이야."

"아니, 천만에. 나는 그렇게 생각지 않아."

로저먼드는 다른 것에 정신을 쏟고 있었다. 그녀는 변명했다.

"오, 미안해. 그 탁자에 뭘 놓아야 어울릴까 생각하고 있었어."

"들었지?" 조지가 말했다.

"한 가지 생각에 골몰하는 여자라……. 당신 아내는 위험한 여자요, 마이클, 알고 있소?"

"물론 알고 있소."

마이클이 퉁명스럽게 대답했다.

조지는 재미있어 못 견디겠다는 듯이 계속 떠들어댔다.

"탁자 쟁탈전이 내일 벌어진다. 정중하게 하지만 단단한 결심과 함께. 우리는 미리 편을 나누는 게 좋을 겁니다. 나는 아름답고 나약해 보이지만, 실제로는 그렇지 않은 로저먼드의 편을 들겠습니다. 남편되는 분들이야 당연히 자기 아내의 편을 들겠고, 질크리스트 양은 수잔의 편이겠군요?"

"오, 제발, 크로스필드 씨. 내가 감히 어떻게……?"

"헬렌 아주머니는요?"

조지는 질크리스트의 말에는 신경도 쓰지 않았다.

"아주머니는 심판을 보세요. 오, 음! 내가 깜빡 잊었군요. 퐁타르리에 씨는요?"

"오, 뭐라고 했습니까?"

에르퀼 포와로는 멍한 얼굴로 쳐다보았다.

조지는 설명을 해줄까 하고 망설이다가 그만두었다. 이 불쌍한 노인은 방금 전 이야기를 한마디도 이해하지 못한 것 같았다.

"그저 식구들끼리 농담해본 겁니다."

"아, 예, 그렇습니까?"

포와로는 무표정하게 웃었다.

"아주머니 뜻에 따라서 탁자 주인이 결정될 텐데, 누구 편을 드시겠습니까?"

헬렌이 미소를 지었다.

"어쩌면 내 자신이 그걸 원하는지도 모르지, 조지."

그녀는 교묘하게 화제를 바꾸어서 외국인 손님에게 말을 걸었다.

"무척 지루하시죠, 퐁타르리에 씨?"

"천만에요, 부인. 이런 집안 모임에 내가 참석할 수 있어서 얼마나 즐거운지 모르겠습니다."

그는 고개를 숙여 인사를 했다.

"이 집이 낯선 사람들에게 넘어간다는 사실이 무척 안타깝군요. 아주 큰 슬픔입니다."

"아니, 전혀. 우리는 전혀 개의치 않아요."

수잔이 그를 안심시켰다.

"참으로 상냥하군요, 부인. 이곳은 정말 나이 든 난민들에게 천국이 될 겁니다. 하늘! 그리고 평화! 게다가 이 근처에 수녀들이 운영하는 단체도 있다는군요. 정말 더 이상 바랄 게 없잖습니까?"

"천만에요." 조지가 대꾸했다.

포와로는 계속해서 말했다.

"다행히 그 덕분에 우리들은 많은 도움을 받을 수 있을 겁니다."

그는 질크리스트 쪽을 향해서 말했다.

"당신은 수녀를 별로 좋아하지 않죠?"

질크리스트는 얼굴을 붉히면서 몹시 당황해했다.

"오, 퐁타르리에 씨, 사실 그건 개인적인 감정이 아니랍니다. 하지만 자신을 그런 식으로 세상과 차단시킨다는 것은 결코 옳은 일이 아니에요. 부득이한 경우가 아니라면 말이죠. 제 말은 다른 사람들을 가르치거나, 가난한 사람들을 돕는 경우를 제외한다는 뜻이에요. 왜냐하면 그들은 이기적이지 않고, 선행을 많이 하는 사람들이니까요."

"나라면 수녀 같은 건 되지 않겠어." 수잔이 말했다.

"도대체 고리타분한 옷이나 걸치고 있는 게 신에게 뭐 그리 즐거운 일이겠어? 다시 말해서, 그런 수녀의 옷은 쓸데없이 거추장스럽기만 한 것이라고"

"그리고 그 때문에 어느 수녀나 다 똑같이 보이죠?"

질크리스트 양이 말했다.

"내 말이 우습게 들리겠지만, 내가 애버니시 부인 댁에 있을 때 어떤 수녀가 자선을 부탁하러 왔었답니다. 그때 나는 그 수녀가 랜스퀴네트 부인의 심리가 있던 날에 찾아왔던 수녀와 똑같다는 생각이 들었어요. 마치 그 수녀가 나를 쫓아다니는 것 같은 느낌이 들었답니다!"

조지가 말했다.

"수녀들은 둘씩 짝을 지어서 다니는 걸로 아는데……. 언젠가 어떤 추리소설에서 그런 걸 읽은 적이 있습니다."

질크리스트가 말했다.

"하지만 어쨌든 그들은 똑같은 사람이 아니었어요. 나중의 수녀는 성 바나바스라는 단체를 위한 기부금을 모으러 다니고 있었거든요. 어린아이들을 위한 기부금이라더군요."

"그런데 그들 두 사람의 모습이 똑같았단 말입니까?"

에르퀼 포와로가 물었다. 그는 흥미를 느끼는 것 같았다.

질크리스트는 그쪽을 쳐다보았다.

"분명히 그런 것 같았어요. 그 윗입술, 마치 콧수염이 있는 것처럼……. 예,

맞아요. 바로 그 때문에 제가 두려움에 떨게 된 거예요. 전쟁 중에 남자들이 수녀로 변장해서 낙하산으로 착륙했다는 이야기를 들은 적이 있어요. 물론 어리석은 생각이겠지만 말이에요."

"수녀로 변장한다는 것은 아주 쉬운 일이죠."

수잔이 생각에 잠긴 목소리로 말했다.

"사실……." 조지가 말했다.

"어떤 사람의 모습을 정확하게 본다는 건 무척 어려운 일입니다. 그렇기 때문에, 한 사람에 대해 여러 가지 다른 증언이 나오게 되는 거지요. 크다, 작다, 말랐다, 뚱뚱하다, 하얗다, 검다, 이런 식으로 상반되게 묘사되는 경우도 종종 있습니다. 대개 한 사람 정도는 확실하게 말해주긴 했는데, 그가 누구인지를 그중에서 골라낸다는 것은 보통 힘든 일이 아닙니다."

"더 이상한 건……." 수잔이 말했다.

"가끔 거울 속에 비친 자신을 언뜻 쳐다보면 누구인지 모를 때가 있거든요. 그저 막연하게나마 친근한 모습이라고 느낄 뿐이지요. 그러면 혼잣말로 이렇게 중얼거린답니다. '내가 잘 아는 사람이야…….'라고 말이에요. 그러다가 갑자기 그게 바로 자신이라는 걸 깨닫게 된답니다!"

"왜 그럴까?"

로저먼드가 이해할 수 없다는 표정으로 물었다.

"왜냐하면 어느 누구도 자신을, 다른 사람들이 보는 대로 보지 못하기 때문이지. 사람들은 언제나 자신을, 반사된 영상으로만 보게 되거든."

"하지만 그게 무슨 차이야?"

"물론 차이가 있지." 수잔이 재빨리 대답했다.

"차이가 있고말고. 사람들의 얼굴은 똑같지 않은 법이니까. 눈썹도 다르고, 입술도 어느 한쪽이 더 올라가 있으며, 코도 선으로 그은 듯이 똑바르지 않거든. 연필을 가지고 실험해보면 금방 알 수 있지. 누가 연필을 가지고 있어?"

누군가 연필을 건네주자, 그들은 코의 양쪽에다 연필을 대보았다. 그러고는 그 각도가 다른 것을 보고 마구 웃었다.

분위기는 한결 부드러워졌다. 사람들은 모두 유쾌해졌다. 그들은 리처드 애버니시의 유품을 차지하려던 생각을 까맣게 잊어버렸다. 시골에서 주말을 보내기 위해 함께 모인 유쾌한 사람들처럼 보였다.

단지 헬렌 애버니시만이 다른 것에 정신이 팔린 듯, 침묵을 지키고 있었다.

포와로는 한숨을 내쉬면서 자리에서 일어나 잘 자라는 인사를 했다.

"부인, 이제 작별인사를 해야겠습니다. 기차가 내일 아침 9시에 떠나게 되어 있습니다. 이른 시간이니까 지금 인사를 드리는 게 좋을 것 같군요. 부인의 친절과 환대에 정말 감사드립니다. 집을 인수할 날짜는 엔트휘슬 씨와 의논해서 결정하겠습니다. 물론 부인의 편의를 고려해서 말입니다."

"언제든지 괜찮아요, 퐁타르리에 씨. 여기서 할 일은 모두 다 끝났어요."

"그럼 키프러스에 있는 별장으로 돌아가실 겁니까?"

"예." 헬렌의 입술 위에 미소가 떠올랐다.

"기쁘시겠군요. 좀 섭섭하다는 생각이 전혀 없습니까?"

포와로가 말했다.

"영국을 떠나는 것 말인가요? 아니면 여기 말인가요?"

"여기 말입니다."

"아뇨, 전혀. 과거에 집착한다는 건 아무 소용없는 일이에요. 이미 지나간 일은 깨끗이 잊어버리는 게 좋아요."

"잊을 수 있다면 말이죠."

포와로는 주위에 모여 있는 사람들을 쳐다보면서 미소를 지어 보였다.

"때때로 과거는 끈질기게 남아 있게 됩니다. '나는 아직 끝나지 않았어.' 하고 말하면서 말입니다."

수잔은 어색하게 웃었다.

포와로는 이야기를 계속했다.

"하지만 이건 정말입니다. 예, 그렇고말고요."

"당신 말은……." 마이클이 말했다.

"당신의 난민들이 여기에 온다고 하더라도, 과거의 고통을 완전히 잊어버릴 수는 없을 거란 뜻입니까?"

"난민들에 대한 이야기가 아닙니다."

"저분은 우리를 두고 말씀하시는 거예요." 로저먼드가 말했다.

"리처드 아저씨와 코라 아주머니, 그리고 도끼. 그런 것들을 말씀하시는 거예요."

그녀는 포와로를 향해서 몸을 돌렸다.

"그렇죠?"

포와로는 당황한 얼굴로 멍하니 그녀를 쳐다보다가, 잠시 뒤에 입을 열었다.

"왜 그렇게 생각하시죠, 부인?"

"당신이 탐정이니까요, 그렇죠? 그 때문에 여기까지 온 거고요. UNARCO라는 건 엉터리잖아요?"

제20장

1

갑작스러운 긴장감이 감돌았다.

포와로는 한동안 로저먼드의 얼굴에서 눈을 뗄 수가 없었다. 그는 약간 머리를 숙여 인사했다.

"부인, 정말 날카로우시군요."

로저먼드가 말했다.

"그런 게 아니에요. 언젠가 어떤 레스토랑에서 당신을 본 적이 있었거든요."

"그렇다면 지금까지 왜 아는 척을 하지 않았습니까?"

로저먼드가 말했다.

"이야기하지 않는 게 훨씬 재미있을 것 같아서요."

마이클은 아직도 흥분이 가시지 않은 목소리로 말했다.

"여보……."

포와로는 시선을 옮겨서 그를 쳐다보았다.

마이클은 화가 나 있었다. 그뿐만이 아니라, 뭔가 다른 감정에 휩싸여 있었다. 걱정하는 걸까?

포와로의 시선은 여러 사람들에게로 옮겨갔다.

수잔의 화난 얼굴, 그레고리의 말없는 침묵, 질크리스트 양의 바보처럼 입을 벌린 얼굴, 조지의 짜증스러운 얼굴, 헬렌의 초조한 얼굴 등…….

그 모든 표정들은 모두 이 상황에 어울리는 것들이었다.

그는 조금 더 일찍 그 표정들을 봤어야 하는 건데 하고 아쉬워했다.

'탐정'이란 그 말이 떨어지던 바로 그 순간에 말이다.

지금은 그 순간과 똑같은 표정일 리가 없지…….

그는 모인 사람들에게 인사했다. 그의 말투에서는 더 이상 외국인의 억양이

섞여 있지 않았다.

"예, 나는 탐정입니다."

조지 크로스필드는 더욱 하얗게 질린 얼굴로 말했다.

"누가 당신을 이곳에 보냈습니까?"

"나는 리처드 애버니시의 죽음에 대해 조사해 달라는 부탁을 받았습니다."

"누구한테서요?"

"지금은 그게 중요한 게 아닙니다. 당신도 리처드 애버니시의 죽음이 자연
사라는 걸 확인하고 싶겠죠?"

"물론 아저씨의 죽음은 자연사예요. 누가 아니라고 했나요?"

"코라 랜스퀴네트는 아니라고 했습니다. 그리고 그렇게 말한 그녀는 죽었습
니다."

어색한 분위기가 온 방 안에 가득했다.

"아주머니는 바로 이 방에서 그런 말씀을 하셨어요." 수잔이 말했다.

"하지만 정말로 그렇게 생각하시지 않았는……."

"그렇게 생각하지 않았다고, 수잔?"

조지 크로스필드는 비꼬듯이 그녀를 쳐다보았다.

"왜 자꾸 거짓말을 하려는 거지? 퐁타르리에 씨가 개입하는 게 싫은 거야?"

"사실 우리는 모두 그렇게 생각했었어."

로저먼드가 말했다.

"그리고 저분의 이름은 퐁타르리에가 아니야. 에르퀼 뭐라던데."

"에르퀼 포와로입니다."

포와로는 고개를 숙였다. 그의 이름은 그들에게 별로 대수로운 것이 못 되
는 모양이었다. 아무도 그 이름에 놀라는 것 같지 않았다. 그들은 '탐정'이라
는 말에 놀랐던 것만큼의 놀라움을 나타내지 않았다.

조지가 물었다.

"당신이 어떤 결론을 내렸는지에 대해서 말씀해주시겠습니까?"

"이야기해주지 않을 거야." 로저먼드가 말했다.

"아니, 이야기해준다고 하더라도 진실은 아닐 거야."

여러 사람들 중에서 유독 그녀만이 즐거워 보였다.

에르퀼 포와로는 생각에 잠긴 얼굴로 그녀를 쳐다보았다.

2

에르퀼 포와로는 그날 밤 깊이 잠들지 못했다. 그는 이리저리 몸을 뒤척이면서도, 왜 자신이 잠을 이루지 못했는지 이해할 수 없었다.

그는 잠을 청했지만 좀처럼 잠이 들지 못했다. 잠이 올 만하면 무엇인가가 '번쩍' 하고 머릿속에 떠올라서 정신이 맑아지는 것이었다.

페인트, 티모시와 페인트 페인트 냄새.

엔트휘슬 씨가 그런 말을 했었는데.

페인트와 코라, 코라의 그림들, 그림엽서들……

코라는 엽서를 모방해서 그림을 그렸다.

아니, 엔트휘슬 씨가 한 말을 거슬러 올라가서 생각해보자. 엔트휘슬 씨가 뭐라고 말했었는데……. 아니면, 랜스콤이 말했었나? 리처드 애버니시가 죽던 그날, 그 집에 수녀 한 명이 찾아왔다지. 콧수염이 있는 수녀. 스탠스필드 그레인지에 온 수녀! 그리고 리체트 세인트 메리에서 온 수녀.

수녀들이 너무 많이 등장하는군!

로저먼드는 수녀 역을 맡은 적이 있었지. 로저먼드는 나에게 탐정이라 했다. 그리고 그녀가 그 말을 할 때, 모두가 그 여자를 빤히 쳐다보았어.

마치 코라가 그 말을 했을 때처럼……

그때 헬렌 애버니시가 어색하다고 느낀 것은 과연 무엇일까?

헬렌 애버니시……. 과거를 남겨 두고 키프러스로 간다. 헬렌은 내가 말했을 때 꽃을 떨어뜨렸지…….

그때 내가 무슨 말을 했더라? 포와로는 생각이 나지 않았다.

그는 잠이 들었다. 그리고 꿈을 꾸었다. 그는 초록색 공작석 탁자 꿈을 꾸었다. 그 위에는 유리덮개가 달린 밀랍 꽃이 놓여 있었다. 그 꽃들은 새빨간 페인트로 두껍게 칠해져 있었다.

핏빛 색깔의 페인트

그는 페인트 냄새를 맡아 보았다. 그리고 티모시가 "나는 죽어 가고 있어……"라고 소리치면서 신음하고 있었다.

"이것이 마지막이야."라는 말도 했다.

모드가 커다란 나이프를 손에 든 채, 그의 말을 되풀이했다.

"그래, 이게 마지막이야……"

마지막(임종의 침대) 촛불이 켜 있고 어떤 수녀가 기도를 드리고 있다.

그 수녀의 얼굴을 볼 수 있다면…….

에르큘 포와로는 벌떡 일어났다.

그리고 그는 알아냈다! 그래, 이번이야말로 마지막이야! 비록 아직도 갈 길이 멀긴 하지만 말이다.

그는 여러 가지 생각들을 차근차근 짜 맞추기 시작했다.

엔트휘슬 씨, 페인트 냄새, 티모시의 집과 거기 있는 어떤 비밀, 아니면 있을지도 모르는 그 무엇…….

밀랍 꽃다발……. 헬렌……, 깨진 유리 조각.

3

헬렌 애버니시는 바로 잠자리에 들지 않았다. 그녀는 생각하고 있었다. 그녀는 화장대 앞에 앉아서, 멍하니 거울에 비친 자신을 바라보았다. 그녀는 마지못해 에르큘 포와로를 집 안에 받아들였지만, 사실은 그걸 원치 않았다.

그러나 이제는 모든 것이 다 공개되어 버리고 말았다.

리처드 애버니시를 무덤 속에서 편히 쉬도록 해줄 수가 없게 된 것이다.

이 모든 일은 코라의 말 때문에 생긴 거야…….

장례식 다음날, 사람들 모두가 어떻게 쳐다봤더라? 그들은 코라에게 어떻게 보였을까? 그리고 그녀 자신은 어떻게 보였을까? 조지가 무슨 말을 했지? 자신의 모습을 보는 것에 대해서였던가?

몇 마디 인용해서 말했었지. 우리들 자신을 다른 사람이 보는 것처럼 보기란……, 다른 사람들이 보는 것처럼…….

멍하니 거울을 들여다보고 있던 그녀는 갑자기 생기를 띠었다.

그녀는 자기 자신을 보고 있었다. 엄밀히 말해서, 그녀 자신이 아니라(다른 사람이 보는 자신의 모습이 아닌) 그날 코라가 보았던 그녀의 모습이 아닌 자기 자신을 보고 있었던 것이다.

그녀의 오른쪽—아니지, 왼쪽 눈썹은 오른쪽보다 약간 더 올라가 있다.

입은 어떨까? 곡선이 완전한 대칭을 이루고 있어. 만일, 그녀가 자기 자신을 만난다 하더라도 이 거울에 비친 모습과 별로 차이가 없을 것이다.

적어도 코라 같지는 않을 테지.

코라, 갑자기 그때의 장면이 선명하게 떠올랐다.

코라, 장례식 날 그녀는 머리를 약간 옆쪽으로 숙이고 있었다. 그 말을 하면서, 헬렌을 쳐다보면서…….

갑자기 헬렌은 손으로 얼굴을 가리고 중얼거렸다.

"그건 말도 안 돼. 그럴 리가 없어!"

4

엔트휘슬 양은 요란한 전화벨 소리에 달콤한 잠에서 깨어났다. 그녀는 전화벨 소리를 못 들은 척하고 싶었지만 전화는 끈질기게 울렸다.

그녀는 졸린 눈으로 침대맡에 놓인 시계를 쳐다보았다.

7시 5분 전이었다.

도대체 누가 이런 시간에 전화를 한 걸까? 분명히 잘못 걸린 전화일 거야.

짜증스러운 벨소리는 여전히 계속되고 있었다.

엔트휘슬 양은 한숨을 쉬면서 가운을 걸치고 거실로 들어갔다.

"케싱턴 975498이에요."

그녀는 신경질적으로 말했다.

"애버니시 부인인데요, 레오 애버니시 부인요. 엔트휘슬 씨와 통화할 수 있을까요?"

"아, 안녕하세요, 애버니시 부인?"

그 '안녕하세요.'라는 말은 그다지 유쾌한 목소리가 아니었다.

"전 엔트휘슬 양인데요. 오빠는 아직 잠들어 있어요. 저도 자고 있었고요."

"정말 죄송해요." 헬렌은 정중하게 사과했다.

"하지만 대단히 중요한 일이라서 그러니 꼭 좀 바꿔 주셨으면 하는데요."

"나중에 통화하시면 안 될까요?"

"그럴 수가 없어서요."

"그렇다면 잠깐만 기다리세요."

엔트휘슬 양은 투덜거렸다.

그녀는 오빠의 방문을 두드린 다음 안으로 들어갔다.

"애버니시네 사람이에요!" 그녀는 볼멘소리로 말했다.

"응? 애버니시네 사람이라고?"

"레오 애버니시 부인이에요. 아침 7시도 안 되었는데 전화를 걸다니! 세상에!"

"레오 부인이라고? 오, 저런! 분명히 무슨 일이 있을 거다. 내 가운이 어디 있지? 아, 고맙다."

그는 재빨리 나가서 전화를 받았다.

"엔트휘슬입니다. 헬렌?"

"예, 주무시는 걸 깨워서 정말 죄송해요. 하지만 선생님이 만일 장례식 날, 내가 이상하게 느낀 것이 생각나면 언제라도 전화하라고 말씀하셔서 이렇게 전화한 거예요."

"오호! 이제 기억이 났나요?"

헬렌은 당황한 목소리였다.

"예, 하지만 도무지 터무니없는 이야기라서……."

"일단 들어 봅시다. 그때 그 사람들 중 어느 한 사람에게서 뭔가를 눈치 챘습니까?"

"예."

"어서 이야기해보십시오."

"이상하게 들리겠지만······." 헬렌은 변명하듯이 말했다.

"하지만 나는 확신해요. 어젯밤 거울에 비친 내 모습을 보고 있다가 생각이 났어요. 앗!"

희미한 비명소리가 전화선을 타고 들려왔다. 그러고는 곧이어 둔탁한 소리가 들렸다!

엔트휘슬 씨가 황급히 외쳤다.

"여보세요? 여보세요? 듣고 있습니까? 헬렌, 듣고 있는 거요? 헬렌······."

제21장

1

엔트휘슬 씨는 다른 사람들과 1시간이나 이야기한 뒤에야 비로소 에르퀼 포와로와 통화할 수 있었다.

"맙소사!" 엔트휘슬 씨는 미안하다는 듯이 한숨을 지었다.

"정말 힘들군, 힘들어."

"무리도 아니지."

포와로의 말투에도 어딘지 우울한 기색이 감돌았다.

엔트휘슬 씨는 단도직입적으로 물어보았다.

"무슨 일이 생겼나?"

"그렇다네. 레오 애버니시 부인이 20분 전에 서재 전화기 옆에 쓰러져 있는 것을 하녀가 발견했어. 부인은 아직 정신을 못 차렸고 아주 중태일세."

"머리에 충격을 받은 모양이군?"

"그런 것 같네. 넘어지면서 문에 달린 대리석 장치에 머리를 부딪쳤는지도 모르지. 하지만 나는 그렇게 생각하지 않네. 의사도 역시 같은 생각이고."

"그 시간에 그녀는 내게 전화를 하고 있었다네. 그런데 갑자기 통화가 끊겨서 이상하게 생각했었지."

"부인이 전화하던 상대가 바로 자네란 말인가? 무슨 이야기를 했나?"

"부인은 장례식 날 코라가 한 말에 대해 이야기했네. 그때 뭔가 어색했다는 걸 느꼈다면서 말이야. 지금까지는 어디서 그런 느낌을 받았는지 기억이 나지 않았다고 하면서……."

"그럼 그때 갑자기 생각났단 말이지?"

"그렇다네."

"그래서 그 이야기를 해주려고 자네에게 전화를 건 것이로군?"

"그런 셈이야."

"그다음에는?"

엔트휘슬 씨가 말했다.

"그다음은 없어. 내게 이야기하려는 순간에 그만 끊어져 버렸다네."

"얼마나 이야기했나?"

"결정적인 이야기는 못 들었어."

"자네에게는 미안하지만, 판단은 내가 할 테니까 부인의 말을 그대로 전해 주지 않겠나?"

"부인은 언제나 생각이 떠오르면 내게 전화하라고 했던 말을 기억하고 있었지. 그녀는 바로 그 생각이 떠올랐다고 말했네. 하지만 '터무니없는 이야기'라고 했어. 나는 부인에게 그날 모였던 사람들 중에서 어느 누군가에게 이상한 것을 느꼈느냐고 물어보았지. 그랬더니 그렇다고 하더군. 그러면서 거울을 들여다보고 있을 때 생각이 났다고 했네……."

"그래?"

"이것이 전부일세."

"어떤 암시도 주지 않았나? 그 사람들 중 누가 관련되어 있는지에 대해 말이야."

"부인이 그 이야기를 했다면 내가 자네에게 말하지 않을 리가 없잖나?"

엔트휘슬 씨가 투덜거렸다.

"미안하네. 그거야 물론 그랬을 테지."

"부인이 의식을 회복할 때까지 기다려 보세."

포와로는 침통하게 대답했다.

"금방 회복될지도 모르지만, 어쩌면 영원히 회복이 안 될지도 모른다네."

"그렇게 상태가 나쁜가?"

엔트휘슬 씨의 목소리가 조금 떨렸다.

"그렇다네. 그 정도로 위험하다네."

"정말 끔찍하군, 포와로."

"그래. 그렇기 때문에 가만히 기다리고 있을 여유가 없다는 걸세! 범인이 앞으로 똑같은 일을 계속하지 않는다고 누가 보장하겠나?"

"그건 그렇고, 포와로, 헬렌은 정말 어떤가? 걱정이 되어 견딜 수가 있어야지. 자네는 그녀가 엔더비에 그대로 있어도 안전할 거라고 확신했는가?"

"아니, 그렇지 않아. 그래서 이미 앰뷸런스를 불러서 병원으로 옮겨 갔네. 간호사를 배치시켜 두고, 가족들도 면회를 못 하도록 조처해두었다네."

엔트휘슬 씨는 한숨을 쉬었다.

"이제야 마음이 놓이는군. 정말 끔찍한 일일세."

"하마터면 목숨을 잃을 뻔했다네!"

엔트휘슬 씨는 몹시 동요하는 듯했다.

"나는 헬렌 애버니시를 특별히 아끼고 있었어. 언제나 그래 왔지. 헬렌은 아주 특별한 여자일세. 뭐랄까……, 무슨 비밀을 가진 것 같기도 하고."

"오, 비밀이라고?"

"혹시 그렇지 않을까 하는 생각이 든다네."

"그렇다면 키프러스에 있는 그 별장은……. 그래, 이제야 이해가 가는군."

"그런 식으로 생각하지 말게!"

"하지만 내 생각을 막을 수는 없네. 그건 그렇고, 당장 자네가 해줘야 할 일이 한 가지 있어. 아, 잠깐만."

잠시 침묵이 흐른 뒤에 포와로가 입을 열었다.

"누가 엿듣는 사람이 없는지 확인해보려고 그런 걸세. 이제 이야기하겠네. 자네가 내 대신 여행을 해줘야겠어."

"여행이라고?"

엔트휘슬 씨는 어리둥절한 표정이었다.

"아, 알겠네. 나에게 엔더비로 와달라는 거 아닌가?"

"천만에. 여기는 내가 책임지겠네. 자네는 런던에서 멀리 떨어지지 않은 베리 세인트 에드먼드로 가는 거야. 거기서 차를 한 대 빌려 타고 포스다이크 하우스라는 정신병원으로 가게. 그리고 펜리스 박사를 찾아서 최근에 퇴원한 어떤 환자에 대해서 물어보게나."

"어떤 환자? 그렇다면 분명히……."

포와로가 말을 막았다.

"환자의 이름은 그레고리 뱅크스일세. 그가 어떤 증세를 보였는지 알아봐 주게."

"그렇다면 그레고리 뱅크스가 미쳤단 말인가?"

"쉿, 말조심하게. 그리고 아직 나는 아침식사를 못했어. 자네는?"

"아직. 너무 걱정이 되어서……"

"좋아. 그럼 먼저 아침식사부터 하게. 12시에 베리 세인트 에드먼드로 가는 기차가 있다네. 떠나기 전에 새로운 소식이 있으면 알려 주겠네."

"조심하게, 포와로."

엔트휘슬 씨가 걱정스러운 얼굴로 말했다.

"아, 물론이지! 나도 대리석에 머리를 부딪치고 싶지는 않으니까. 각별히 주의할 테니 안심하게. 그리고 당분간은 이별이로군. 안녕."

포와로는 수화기를 놓기 전에 희미하게 딸깍 하는 소리가 들리는 것을 놓치지 않았다.

그는 혼자 회심의 미소를 지었다. 누군가 그의 전화를 몰래 엿듣고 있었던 것이다. 그는 홀로 나갔다. 아무도 없었다.

포와로는 살금살금 걸어가서 층계 뒤편에 있는 선반을 들여다보았다.

이때 랜스콤이 커피잔이 놓인 쟁반을 들고 오다가 깜짝 놀란 얼굴로 포와로를 쳐다보았다.

"식당에 아침이 준비되었습니다, 선생님."

포와로는 그를 자세히 바라보았다.

늙은 집사는 하얗게 질린 얼굴로 떨고 있었다.

"용기를 내요."

포와로가 어깨를 두드리면서 말했다.

"모든 게 다 잘될 겁니다. 내 침실에서 커피 한 잔을 마실 수 있을까요?"

"예, 그렇게 해드리죠, 선생님. 자넷을 시켜서 보내 드리겠습니다."

랜스콤은 층계를 올라가는 포와로의 뒷모습을 못마땅한 눈으로 바라보았다.

"외국인!" 랜스콤은 씁쓸하게 중얼거렸다.

"이 집에 외국인이 들락거리다니! 게다가 레오 부인은 중태고! 도대체 일이 어떻게 되고 있는지 모르겠군. 리처드 주인님이 돌아가신 뒤로는 모든 게 이상해져 버렸어."

에르퀼 포와로는 커피를 가져온 자넷에게 무척 놀랐겠다고 위로의 말을 건넸다.

"예, 정말 그래요, 선생님. 서재의 문을 열었을 때 레오 부인이 쓰러져 있는 걸 보고 얼마나 놀랐는지 몰라요. 하지만 돌아가시지는 않았더군요. 전화를 하다가 쓰러지신 게 분명해요. 그런 이른 시간에 전화를 하다니! 전에는 그런 적이 한 번도 없었는데요."

"정말 그렇군요!"

이렇게 말한 다음, 그는 지나가는 말처럼 물어보았다.

"그때는 아무도 일어나 있지 않았겠죠?"

"아뇨, 티모시 부인이 일어나 계셨어요. 그분은 언제나 일찍 일어나시거든요. 아침식사 전에 항상 산책을 하시지요."

"그 나이가 되면 자연히 일찍 일어나게 되는 법이오."

포와로가 고개를 끄덕이면서 말했다.

"젊은 사람들은 일찍 일어났나요?"

"아니에요, 선생님. 제가 차를 날라다 드릴 때까지도 모두 잠들어 있었는걸요. 아주 늦게 갔는데도 말이죠. 좀 충격을 받은데다가 의사를 데려오는 심부름도 해야 했거든요."

그녀가 나가고 나서 포와로는 그녀의 말에 대해 생각해보았다. 모드 애버니시만이 일어나 있었고, 젊은 사람들은 침대에 있었다.

하지만 포와로는 그건 아무런 의미도 없다고 생각했다. 헬렌을 공격하고 나서도 얼마든지 잠들어 있는 척할 수 있으니까.

'하지만 정말 내 생각이 옳다면……' 포와로는 생각했다.

'구태여 그런 것까지 신경을 쓸 필요는 없을 거야. 우선, 내 생각대로 증거가 있는지 찾아보자. 그리고 그다음에는, 연설을 한 차례 해야겠지. 그러고는 조용히 앉아서 무슨 일이 일어나는지만 지켜보면 되는 거야.'

이렇게 생각을 한 포와로는 외투를 걸치고 방을 빠져나왔다. 살짝 옆문으로 엔더비를 나온 그는 우체국으로 가서 엔트휘슬 씨에게 전화를 걸었다.

　"날세! 조금 전에 내가 부탁한 일은 전혀 신경 쓰지 말게. 누군가 우리 전화 내용을 엿듣고 있어 그렇게 말한 것뿐이네. 내 말대로 기차를 타게. 하지만 베리 세인트 에드먼드로 가지 말고 그 대신 티모시 애버니시 집으로 가게나."

　"티모시와 모드는 엔더비에 있잖나?"

　"그렇지. 그 집에는 존스라는 여자가 혼자 있을 걸세. 그러니 자네가 가서 물건을 좀 가져오게!"

　"포와로, 나는 도둑질 같은 건 할 수가 없네!"

　"도둑질을 하라는 게 아닐세. 존스 부인에게 애버니시 부인이 그걸 가져오라고 시켰다고 하면 된다네. 그러면 그 여자는 조금도 의심하지 않을 거야."

　"아니, 그렇지 않을 걸세. 그리고 나는 그러고 싶지도 않아."

　엔트휘슬 씨는 몹시 꺼려하는 것 같았다.

　"그런 일은 자네가 직접 하는 게 어떻겠나?"

　"아니, 그건 안 되네. 나는 외국인인 데다가 낯선 사람이기 때문에 존스 부인은 분명히 의심할 걸세. 하지만 자네라면 그러지 않을 거야."

　"그래도 나는 할 수 없어. 티모시와 모드가 알면 나를 어떻게 생각하겠나? 근 40년 동안이나 가깝게 지내 온 사이인데 말이야."

　"하지만 자네는 리처드 애버니시와도 그만큼 오래 사귀지 않았나! 그리고 코라만 해도 그렇고, 아주 어릴 때부터 알고 지냈지 않나?"

　엔트휘슬 씨가 어쩔 수 없다는 듯이 물었다.

　"그게 정말 꼭 필요한 일인가, 포와로?"

　"그렇다네. 필요한 정도가 아니라 결정적인 걸세!"

　"그럼, 내가 가져와야 할 물건이 무엇인가?"

　포와로가 무슨 말인가를 했다.

　"포와로, 나는 도무지 이해할 수가 없구먼."

　"자네가 이해할 필요는 없네. 내가 이해하고 있으니까."

　"그 빌어먹을 물건을 나더러 어떻게 하라는 건가?"

"런던에 가져가서 엘름 파크에 있는 이 주소를 찾아가게나."

엔트휘슬 씨는 주소를 적은 다음 볼멘소리로 말했다.

"도대체 자네가 지금 무슨 일을 하는지 알기나 하는 건가, 포와로?"

그는 미심쩍어 하는 목소리였지만, 포와로의 대답은 확고했다.

"물론이지. 거의 결론에 다다르고 있는 중일세."

엔트휘슬 씨는 한숨을 쉬었다.

"헬렌이 무슨 말을 하려 했는지 알았으면 정말 좋겠는데."

"그럴 필요 없어. 내가 알고 있으니까."

"무엇을 안다는 건가, 포와로?"

"그건 나중에 설명하겠네. 하지만 이것만은 장담할 수 있어. 나는 헬렌 애버니시가 거울 속에서 뭘 봤는지 알고 있다네."

2

아침 식탁의 분위기는 무척 거북했다. 로저먼드와 티모시를 제외하고는 모두 다 모였지만, 그들은 평상시와 달리 낮게 가라앉은 목소리로 말했다.

조지가 이런 기분을 떨쳐 버리려는 듯이 입을 열었다.

"헬렌 아주머니는 괜찮으실 거야. 의사들이란 늘 사실보다 과장해서 말하거든. 중태라니? 천만에! 며칠만 지나면 완쾌하실 거야."

"도대체 나는 이해할 수가 없어." 수잔이 말했다.

"헬렌 아주머니는 그렇게 이른 시간에 도대체 누구에게 전화를 하고 있었을까?"

"몸이 안 좋았나 보지." 모드가 한마디 했다.

"몸이 불편해서 일어나 의사에게 전화를 하려 했던 걸 거야. 그러다가 현기증이 나서 쓰러지셨을 거야."

"운이 나쁘군요. 머리를 부딪치다니 말입니다."

마이클이 말했다.

이때 문이 열리고 로저먼드가 찌푸린 얼굴로 들어왔다.

"그 밀랍 꽃다발이 없어졌어요. 리처드 아저씨 장례식 때 공작석 탁자 위에 있었던 그것 말이에요."

그녀는 수잔을 노려보았다.

"혹시……, 수잔이 가져간 게 아니야?"

"천만에! 로저먼드, 너는 헬렌 아주머니가 중태에 빠져 있는데도 그저 그 탁자 생각만 하고 있구나?"

"내가 생각해서 안 될 건 없잖아? 어차피 걱정한다고 아주머니가 낫는 것도 아닌데 말이야. 그건 그렇고 도대체 그게 어디 있지? 랜스콤에게 물어봐야지."

이때 식구들이 아침식사를 마쳤는지 알아보려고 랜스콤이 나타났다.

"식사가 끝났어요, 랜스콤."

조지가 자리에서 일어나면서 말했다.

"그 외국인은 어디에 있습니까?"

"2층에서 커피를 마시고 있습니다."

"랜스콤, 그 밀랍 꽃다발이 어디에 있는지 모르세요?"

로저먼드가 물었다.

"레오 부인이 유리덮개를 깨뜨려서, 어디에 치워둔 모양인데요. 아직 새 유리덮개는 만들지 않으셨을 겁니다."

"그럼, 그건 어디에 있죠?"

"아마 층계 뒤편에 있는 선반에 있을 겁니다. 제가 찾아 드릴까요?"

"제가 직접 찾아보겠어요. 마이클, 함께 가요. 헬렌 아주머니처럼 당할까 봐 겁나요."

모두들 날카로운 반응을 보였다. 모드가 가라앉은 목소리로 물었다.

"그게 무슨 소리니, 로저먼드?"

"아주머니는 누군가에게 당하신 거잖아요?"

그레고리 뱅크스가 신경질적으로 대꾸했다.

"그저 기절한 거요."

로저먼드는 웃음을 터뜨렸다.

"아주머니가 그렇게 말씀하시던가요, 그레고리? 아주머니는 당하신 거예요."

그레고리는 반박하고 나섰다.

"그건 말도 안 되는 소리요."

"말이 안 된다고요?" 로저먼드가 말했다.

"천만에요. 아주머니는 누군가에게 당하신 거예요. 리처드 아저씨가 독살되고, 코라 아주머니가 살해되고, 이번에는 헬렌 아주머니가 당하신 거라고요. 두고 보세요. 차례차례로 살해되고, 결국엔 범인만이 남게 될 테니까."

조지는 농담조로 말했다.

"누가 아름다운 로저먼드를 죽이려고 할까?"

"그거야……."

로저먼드는 눈을 크게 뜨고 말했다.

"내가 너무 많이 알고 있기 때문이지."

모드 애버니시와 그레고리가 거의 동시에 물었다.

"무엇을 알고 있다는 거야?"

로저먼드는 그녀 특유의 멍청한 미소를 지으며 대답했다.

"모든 사람이 다 알고 싶은 건 아닐 테지요?"

그녀는 유쾌하게 말했다.

"자, 가요, 마이클."

제22장

1

8시 정각에 포와로는 사람들을 서재로 불러 모았다.

"어젯밤에……." 그는 입을 열었다.

"세인 부인이 말했듯이, 사실 나는 사립탐정입니다. 이제부터 여러분에게 솔직하게 말씀드릴 테니, 내 말에 귀를 기울여 주시기 바랍니다. 나는 엔트휘슬 씨의 오랜 친구였지요."

"그렇다면 바로 그가 꾸민 것이로군요!"

"말하자면 그렇지요. 엔트휘슬 씨는 오랜 친구의 죽음에 몹시 충격을 받았습니다. 더군다나 리처드 씨의 누이동생인 랜스퀴네트 부인의 말을 듣고 가만히 있을 수가 없었습니다."

"어리석은 사람, 코라와 똑같군." 모드가 말했다.

포와로는 계속해서 말했다.

"그는 리처드 씨의 죽음이 단순한 자연사라는 사실을 확인하고 싶다면서, 내게 수사를 부탁했습니다."

침묵이 흘렀다.

"그래서 조사해본 결과 이런 결론이 나왔습니다. 애버니시 씨가 살해되었다고 믿을 만한 근거는 아무것도 없다! 결론은 바로 이겁니다."

그는 미소를 지으며 의기양양하게 말했다.

"좋은 소식이지 않습니까?"

하지만 사람들은 여전히 의심스럽다는 얼굴이었다. 오직 티모시만이 예외였다. 그는 고개를 힘차게 끄덕이며 동감을 표시했다.

"리처드 형님이 살해되지 않았다는 건 너무 당연한 일이야."

그는 화난 얼굴로 말했다.

"그 엉뚱한 코라 말고는 누구나 다 그렇게 생각하고 있었어. 가족 모두가 그렇게 생각하는데, 도대체 엔트휘슬 씨가 왜 시끄럽게 구느냐 말이야?"

로저먼드가 말했다.

"하지만 모두가 다 그렇게 생각하는 건 아니에요."

"뭐라고?"

"우리들은 그렇게 생각하지 않았다고요. 오늘 아침에 헬렌 아주머니도 당하셨잖아요?"

모드가 날카롭게 한마디 했다.

"헬렌의 나이면 그 정도 일은 자연히 생길 수도 있는 거야."

"그래요?" 로저먼드가 말했다.

"그렇다면 또 우연의 일치인가요?"

그녀는 포와로를 쳐다보았다.

"우연의 일치가 너무 많다고 생각지 않으세요?"

"우연의 일치란⋯⋯." 포와로가 말했다.

"종종 있는 거지요."

"그건 말도 안 되는 소리야." 모드가 말했다.

"헬렌은 몸이 불편했기 때문에 의사를 부르려고 했을 거야. 그러다가⋯⋯."

"하지만 아주머니는 의사에게 전화하지 않았는데요."

로저먼드가 말했다.

"제가 물어봤는걸요."

"그럼 도대체 누구에게 전화를 한 거지?" 수잔이 짜증스러운 듯이 말했다.

"나도 몰라." 로저먼드가 말했다.

"하지만 분명히 알아낼 수 있을 거야."

그녀는 희망에 부푼 목소리로 덧붙였다.

2

에르퀼 포와로는 호주머니에서 시계를 꺼내 쳐다보았다. 그는 자신이 12시

정각 기차로 떠날 것이라고 말했다. 아직 30분이나 남아 있다. 30분 동안에 누군가 마음을 결정하기 위해 그에게로 찾아올 것이다. 어쩌면 한 사람이 더 될지도 모르지……. 그는 마치 거미가 파리를 기다리듯이 기다리고 또 기다렸다.

맨 처음 나타난 것은 질크리스트 양이었다. 그녀는 몹시 불안해하고 당황하고 있는 모습이었다.

"실례합니다, 선생님. 뱅크스 부인을 생각하면 이런 말씀을 드리는 게 어떨지 모르겠지만……, 꼭 드릴 말씀이 있어서 찾아왔어요. 레오 부인은 그냥 쓰러진 게 아닐 거예요. 우리 아버님이 빈혈 증세가 있어서 잘 알고 있는데, 레오 부인은 빈혈이나 현기증 때문에 쓰러진 것 같지는 않았거든요."

그녀는 잠깐 숨을 돌렸다.

포와로는 상냥한 태도로 이야기를 재촉했다.

"예, 그래서요?"

"저는 들었어요!"

"어떤 이야기를 들었단 말입니까?"

"아뇨."

질크리스트는 단호한 태도로 고개를 저었다.

"솔직히 말씀드리죠. 그리고 선생님은 영국 사람이 아니니까 저를 나쁘게 보시지 않을 테니까요."

"그럼 외국인들은 남의 이야기를 엿듣거나, 몰래 편지를 읽어 보는 게 태반이란 말입니까?"

"오, 아니에요. 저는 남의 편지는 절대로 읽지 않아요."

질크리스트 양이 충격을 받은 듯이 말했다.

"물론 아니에요. 하지만 그날, 리처드 애버니시 씨가 찾아온 날, 그분들의 이야기를 엿들은 건 사실이에요. 그렇게 오랜만에 불쑥 나타난 이유가 몹시 궁금했거든요."

"이해가 갑니다."

포와로가 상냥하게 말해주었다.

"그래서 안 되는 줄 알면서도 결국 엿듣고 말았어요!"

"리처드 애버니시 씨가 누이동생에게 하는 이야기를 말입니까?"

"예, 그분은 이렇게 이야기하셨어요. '이런 말을 티모시에게 해봤자, 그 애는 비웃기만 할 거다. 하지만 네게는 흉금을 터놓고 이야기하고 싶었단다. 비록 남들이 너를 어리석다고 하지만, 너는 상식이 있는 사람이니까 말이다. 만일 네가 내 처지라면 너는 어떻게 하겠니?' 저는 랜스퀴네트 부인의 말을 똑똑히 듣지는 못했어요. 하지만 '경찰'이란 단어만은 들을 수 있었죠. 그러자 애버니시 씨가 버럭 고함을 지르시더군요. '나는 그렇게는 할 수 없다. 내 조카딸을 그렇게 하다니 말도 안 돼.'라고 말씀하시면서요. 그때 주방에서 무엇이 끓고 있어서 자리를 떴다가 다시 돌아왔더니, 애버니시 씨가 이런 말씀을 하고 계셨어요. '내가 죽임을 당하게 되더라도 경찰은 부르지 말거라. 내 말 알아듣겠지? 하지만 걱정하지 말거라. 주의를 게을리하지 않을 테니까 말이다.' 그러고는 유언장을 새로 만들었다는 말도 하셨어요. 그리고 코라가 남편과 행복하게 살았다고 하시면서, 자신이 잘못 생각했다고도 하셨답니다."

질크리스트는 말을 그쳤다.

"예, 그랬었군요. 알았습니다."

포와로가 말했다.

"하지만 정말로 아무에게도 말하고 싶지 않았어요. 그러나 레오 부인마저 이렇게 되고 나니……, 게다가 선생님은 우연이라고 하시니 말이에요. 하지만 오, 퐁타르리에 씨, 그건 우연의 일치가 아니에요!"

포와로는 미소를 지었다.

"예, 우연의 일치가 아니죠. 고맙소, 질크리스트 양, 이렇게 와주셔서…… 당신이 꼭 와주셔야 했거든요."

3

질크리스트가 나가자마자 그레고리 뱅크스가 들어왔다. 그의 얼굴은 창백했으며, 눈은 야릇하게 흥분된 빛을 띠고 있었다.

"드디어 갔군! 그 멍청한 여자가 언제까지 여기 있을 생각인지…… 오늘 아침에 당신이 한 말은 틀렸습니다. 리처드는 살해당했습니다. 내가 죽였단 말이오."

에르퀼 포와로의 얼굴에는 조금도 놀라는 기색이 없었다.

"정말 당신이 죽였습니까? 어떻게요?"

그레고리는 미소를 지었다.

"내게는 조금도 어려운 일이 아니었습니다. 20가지 정도의 약들을 내 마음대로 손에 넣을 수 있으니까요."

포와로가 흥미있다는 듯이 물었다.

"왜 그를 죽였습니까? 당신 아내에게 돌아올 돈 때문입니까?"

"아니, 그 때문이 아닙니다."

그레고리는 갑자기 흥분해서 펄쩍 뛰었다.

"나는 돈에 미친 사람이 아닙니다. 돈 때문에 수잔과 결혼한 것이 아니라고요!"

"그렇습니까?"

"그런데 그 사람은 그렇게 생각했습니다!"

그레고리가 갑자기 언성을 높였다.

"리처드 애버니시! 그 사람은 수잔을 무척 좋아했지요! 그런데 그녀가 나같이 형편없는 사람과 결혼한 걸 못마땅하게 여겼습니다. 그는 나를 경멸했습니다! 그는 위선자입니다, 아주 더러운 위선자란 말입니다!"

"그렇지는 않을 텐데요."

포와로가 부드럽게 말했다.

"아무리 생각해도 리처드 애버니시는 위선자가 아니에요."

"위선자요, 위선자란 말입니다."

그 젊은이는 갑자기 신경질을 부리면서 말했다.

"그는 나를 비웃었습니다. 겉으로는 정중한 척했지만, 속으로는 나를 싫어하고 있었단 말입니다!"

"그럴 수도 있겠죠."

"나를 그런 식으로 대하다니, 결코 용서할 수 없습니다! 언젠가 어떤 여자가 내게 몹시 무례하게 행동한 적이 있었습니다. 그래서 내가 무슨 짓을 했는지 압니까?"

"알고 있소." 포와로가 대답했다.

그레고리는 깜짝 놀랐다.

"당신이 그 사실을 알고 있단 말입니까?"

"그렇소."

"그 여자는 거의 죽을 뻔했지요." 그는 만족스러운 듯이 말했다.

"그걸 보면, 내가 결코 함부로 대우받을 사람이 아니라는 걸 알 겁니다. 리처드는 나를 깔보았습니다. 그래서 그는 어떻게 됐습니까? 죽었단 말이오."

"아주 성공적인 살인이지요." 포와로가 축하한다는 듯이 말했다.

그는 한마디 덧붙였다.

"하지만 왜 내게 와서 이런 이야기를 하는 겁니까?"

"당신이 모든 일을 끝냈다고 착각하고 있어서입니다! 당신은 그가 살해되지 않았다고 말했습니다. 그래서 나는 당신이 생각만큼 영리한 사람이 못 된다는 걸 일깨워 주고 싶었습니다. 그리고……."

"예." 포와로가 말했다.

"말을 계속하시오."

그레고리는 갑자기 의자에 털썩 주저앉았다. 그의 안색이 바뀌었다. 갑작스러운 흥분상태에 빠진 것 같았다.

"그건 잘못이야. 나쁜 짓이었어. 나는 벌을 받아야 해. 나는 거기로 돌아가야 해. 벌을 받아야 해……, 벌을 받을 곳으로……. 속죄하러, 그래, 속죄하러! 회개! 심판!"

포와로는 한동안 그를 호기심 어린 얼굴로 찬찬히 살펴보았다.

그런 다음 그는 입을 열었다.

"당신은 아내에게서 도망치고 싶지 않습니까?"

그레고리의 표정이 바뀌었다.

"수잔 말이오? 수잔은 훌륭해요. 아주 훌륭한 여자라고요!"

"예, 훌륭하지요. 하지만 바로 그게 부담스럽겠지요. 수잔은 당신을 몹시 사랑합니다. 그것 또한 부담이 되지 않습니까?"

그레고리는 앞을 똑바로 바라보고 있다가, 토라진 어린애 같은 목소리로 대답했다.

"도대체 그 여자는 왜 나를 가만히 두지 못할까요?"

그는 벌떡 일어났다.

"그 여자가 오고 있어요. 이제 가봐야겠습니다. 그런데 내가 한 말을 저 여자에게 좀 해주지 않겠습니까? 내가 자백하러 경찰서에 갔다고 말입니다."

4

수잔이 숨을 헐떡거리면서 들어왔다.

"그레고리는 어디 있죠? 여기 있었는데! 방금 전까지도 여기……."

"그래요."

포와로가 말했다.

"그 사람은 내게 와서 자신이 리처드를 독살했다고 말했습니다."

"세상에, 그런 엉터리 같은 소리를! 설마 그 사람 말을 그대로 믿는 건 아니겠죠?"

"왜, 믿어서는 안 될 이유라도 있습니까?"

"그는 리처드 아저씨가 돌아가실 때, 이 근처엔 얼씬거리지도 않았어요!"

"그렇지 않을지도 모릅니다. 코라 랜스퀴네트가 죽었을 때 그는 어디에 있었습니까?"

"런던에요. 우리 둘 다……."

에르큘 포와로는 고개를 저었다.

"아니, 그렇지 않습니다. 부인은 차를 타고 오후 내내 외출해 있었습니다. 어디에 갔었습니까? 바로 리체트 세인트 메리로 가지 않았습니까?"

"아니에요. 그렇지 않아요!"

포와로는 미소를 지었다.

"내가 당신을 만난 게 처음은 아니라고 말했었지요? 부인, 랜스퀴네트 부인의 심리가 있던 날, 당신은 킹스 암스의 차고에 있었습니다. 그때 어떤 중년의 외국인이 탄 차가 당신 옆에 있었습니다. 부인은 그 사람을 못 봤겠지만, 그 사람은 부인을 보았답니다."

"도대체 무슨 말씀을 하시는 건지 모르겠군요. 그날은 심리가 있었던 날이에요."

"오, 하지만 그 어린 수리공이 한 말을 생각해보세요! 그는 당신이 그 피해자의 친척이 아니냐고 물었습니다. 그러자 당신은 조카딸이라고 대답했죠."

"그 녀석은 멍청이예요. 모두들 그 모양이죠."

"그러자 그가 뭐라고 했지요? '아, 어쩐지……. 어디선가 본 듯한 느낌이 들었어요.' 전에 어디서 부인을 보았을까요? 바로 리체트 세인트 메리에서였을 겁니다. 아마 랜스퀴네트 부인의 오두막집 근처가 아니었을까요? 그리고 언제? 아마, 심리가 열리면 자연히 그 사실을 문제 삼게 될 겁니다. 그리고 심리 결과는 당신이 거기에, 리체트 세인트 메리에, 코라 랜스퀴네트가 죽던 오후에 있었다고 나오겠지요. 당신은 심리가 있었던 날 오전에 갖다두었던 바로 그 차고에 차를 갖다두었습니다. 차번호를 보면 누구의 차가 있었는지 알 수 있으니까요. 지금쯤이면 모든 경위가 그게 누구의 차였는지 알아냈을 겁니다."

수잔은 그를 빤히 노려보았다. 그녀의 호흡이 다소 빨라지긴 했지만, 겉으로는 당황하는 기색을 보이지 않았다.

"말도 안 되는 소리를 하시는군요, 포와로 씨. 덕분에 제가 여기에 온 이유를 잊어버렸어요. 당신이 혼자 계신다면……."

"살인자는 당신 남편이 아니라, 당신이라고 고백하려고 했습니까?"

"천만에요. 도대체 저를 어떻게 보시고 하시는 말이죠? 그레고리는 그날 런던을 떠난 일이 없다고 했잖아요?"

"부인이 외출해 있었는데 그걸 어떻게 장담할 수 있습니까? 왜 리체트 세인트 메리에 갔습니까, 부인?"

수잔은 깊이 숨을 들이마셨다.

"좋아요, 꼭 알고 싶으시다면 말해 드리죠. 코라 아주머니가 장례식 날 했던 말에 신경이 쓰였어요. 그래서 직접 찾아가서 도대체 왜 그런 말을 하게 되었는지 물어봐야겠다고 생각했어요. 저는 3시경에 거기에 도착했어요. 노크를 했지만, 아무런 대답이 없어서 모두 외출한 모양이라고 생각하고 그냥 런던으로 돌아왔어요."

"그런데 왜 당신 남편은 자신이 범인이라고 말하는 걸까요?"

"그건……."

수잔은 무슨 말을 하려다가 이내 입을 다물어 버렸다.

포와로는 재빨리 눈치 챘다.

"부인은, '그 사람은 정신이 이상해서 그래요.'라고 이야기하려던 거지요?"

"그레고리는 아무런 이상도 없어요."

"그의 과거를 좀 알고 있습니다."

포와로가 말했다.

"그 사람은 부인을 만나기 전에 몇 달 동안 정신병원에서 지냈더군요."

"하지만 의학적으로 증명된 것은 아니에요. 자기 스스로가 환자라고 자처하는 것뿐이에요."

"그렇습니다. 나도 그가 정신병자라고 생각지 않습니다. 하지만 그 사람은 정신적으로 균형을 잃고 있어요. 그리고 죄책감이란 콤플렉스에 사로잡혀 있습니다. 아주 어릴 적부터 말입니다."

수잔이 재빨리 말했다.

"포와로 씨, 당신은 모르실 거예요. 그 사람은 한 번도 기회를 얻은 적이 없었어요. 바로 그 때문에 제가 그렇게 리처드 아저씨의 유산을 기다린 거예요. 리처드 아저씨는 전혀 이해하려고 하지 않았어요. 그레고리는 일어서야 해요. 그는 자신이, 여기저기 쫓겨 다니는 약국의 점원이 아니라 대단한 사람이라는 걸 느껴야 해요. 이제는 모든 것이 달라질 거예요. 그는 자신의 연구실을 가질 수 있어요."

"오, 그렇습니다. 부인이라면 그 사람에게 지구까지라도 주고 싶겠지요. 그를 사랑하니까요. 너무 지나치게 사랑하죠. 그러나 그 사랑을 받아들일 만한 능력이 없는 사람들에게는 지나친 사랑은 너무나 힘겹습니다. 결국 그 사람은 자신이 원하지 않는 위치에 있는 셈이지요……."

"그게 뭔데요?"

"수잔의 남편."

"어쩌면 그런 소리를! 도대체 무슨 말을 하시려는 거예요!"

"그레고리 뱅크스가 관련된 일이라면 당신은 물불을 가리지 않습니다. 당신은 아저씨의 유산을 원했어요. 당신 자신을 위해서가 아니라 남편을 위해서 말입니다. 몹시도 원했죠?"

수잔은 화가 나서 몸을 획 돌려 뛰어가 버렸다.

5

마이클 세인이 가볍게 말했다.

"작별인사나 하려고 들렀습니다."

그는 미소를 지었다. 그의 미소는 정말 매력적이었다.

포와로는 아무 말 없이 그를 살펴보았다. 그는 이 사람이야말로 파악하기가 무척 힘들다고 느꼈다. 왜냐하면 그는 자신이 보여 주고 싶은 부분만을 보여 주기 때문이었다.

포와로가 입을 열었다.

"당신의 부인은 아주 특이한 분이시더군요."

마이클은 눈썹을 치켜세웠다.

"그렇습니까? 예쁘긴 하지만, 머리가 조금 모자라지요."

"영리한 척하려고 하지는 않지만……."

포와로가 동의했다.

"알 만한 것은 다 알고 있습니다."

그는 한숨을 쉬었다.

"그런 사람은 무척 드물답니다."

"오!" 마이클이 다시 미소를 지었다.

"그 공작석 탁자에 대한 것 말이지요?"

"글쎄……."

포와로는 잠깐 말을 끊었다가 한마디 덧붙였다.

"그리고 그 위에 있던 것도."

"그 밀랍 꽃다발 말입니까?"

"그렇소."

마이클은 얼굴을 찡그렸다.

"당신을 이해할 수가 없군요, 포와로 씨. 하지만 가엾은 리처드 아저씨가 살해되었을지도 모른다는 의심을 풀어 주셔서 정말 고맙습니다."

"당신이 그를 만났을 때 그렇게 보였습니까?"

포와로가 물었다.

"가엾게 말입니다."

"물론 그분은 언제나 정정하시고……."

"그리고 평상시와 똑같았단 말이지요?"

"아, 예."

"그리고 여전히 날카로웠습니까?"

"그렇습니다."

"사람을 아주 날카롭게 파악하시고요?"

마이클은 여전히 미소를 짓고 있었다.

"그것만은 대답할 수가 없는데요, 포와로 씨. 그분은 나를 별로 마땅치 않게 생각하셨습니다."

"당신이 아내에게 충실치 못하다고 판단했나 보군요?"

포와로가 슬쩍 물어보았다.

마이클은 웃었다.

"고리타분한 이야기로군요!"

"하지만 사실이잖습니까?"

"도대체 무슨 뜻으로 그렇게 말하는 겁니까?"

포와로가 단호하게 말했다.

"지금 조사를 하고 있습니다. 당신도 알다시피……."

그가 중얼거렸다.

"당신이 말입니까?"

"나뿐만이 아니라······."

마이클 세인은 재빨리 그를 탐색했다.

"그렇다면······, 경찰이 개입했단 말입니까?"

"경찰에서는 코라의 사건을 단순한 강도 사건이라고 보지 않습니다."

"그럼 나에 대한 수사도 하고 있단 말입니까?"

"그들은 랜스퀴네트 부인의 친척들이 사건 당일 무엇을 하고 있었는지 캐고 있지요."

"빌어먹을!"

마이클이 거칠게 욕설을 내뱉더니 중얼거리듯 말을 이었다.

"로저먼드에게 오스카와 점심을 했다고 말했는데, 일이 엉망이 되었군."

"그럼 부인에게 거짓말을 했습니까?"

"사실은 소렐 데이튼 이라는 여자를 찾아갔었어요. 로저먼드가 이 사실을 알게 되면 한바탕 난리가 날 텐데······."

포와로가 말했다.

"오! 부부 사이가 좋지 않았던 모양이군요?"

"예, 사실은······. 로저먼드에게 더 이상 그 여자를 만나지 않겠다고 맹세했었거든요."

"그래요? 그렇다면 정말 골치 아프게 되었군요. 실례지만 그 여자와 밀회를 했던 모양이지요?"

"그런 셈이죠. 하지만 그 여자를 그다지 좋아하는 편은 아닙니다."

"그 여자는 당신을 좋아했고요?"

"글쎄, 그 여자는 조금 따분해요······. 여자들이란 원래 그렇게 달라붙거든요. 어쨌든 경찰에서는 더 이상 나를 의심하지 않을 겁니다."

"그럴까요?"

"생각해보세요. 그 여자의 집은 켄트에 있는데, 거기서 수 마일 떨어진 코라 아주머니를 살해할 수는 없잖습니까?"

"그렇군요. 그렇다면 그 데이튼 양이 당신을 위해서 증언해줄까요?"

"아마도 꺼리겠지요. 하지만 살인사건이니만큼 증언을 해야겠지요."

"만일 당신이 그녀를 만난 사실이 없다고 하더라도 그 여자는 증언을 해줄 겁니다."

"무슨 뜻입니까?" 마이클은 깜짝 놀란 표정을 지었다.

"그녀는 당신을 좋아하고 있습니다. 여자들은 비록 사실이 아니더라도 사랑하는 남자를 위해서는 사실이라고 이야기하는 법이거든요."

"그렇다면 나를 믿지 못하겠다는 뜻입니까?"

"내가 믿거나 안 믿거나, 그건 상관없습니다. 당신이 염두에 둘 사람은 내가 아니니까요."

"그럼 누구죠?"

포와로는 미소를 지었다.

"모튼 경위죠. 지금 옆문으로 들어오는 사람 말입니다."

마이클 세인은 몸을 돌려서 그쪽을 바라보았다.

제23장

1

"여기 계시다고 들었습니다, 포와로 씨."

모튼 경위가 말했다.

"매치필드에서 파웰 총경과 함께 왔습니다. 래러비 박사에게도 전화가 왔는데, 레오 부인 일로 이곳에 오겠답니다. 의사도 의심스러워하더군요."

"여기에는 웬일입니까?" 포와로가 물었다.

"이처럼 먼 곳을 찾아온 데는 이유가 있을 텐데요?"

"몇 가지 물어보고 싶은 게 있어서요. 그런데 여기 와보니 내가 만나보려던 사람들이 다 모여 있더군요."

그는 잠깐 말을 멈추었다가 다시 시작했다.

"당신이 이렇게 했습니까?"

"그렇소."

"그래서 레오 부인이 당했고요?"

"그 때문에 나를 탓하지는 마십시오. 그때 부인이 나를 찾아왔더라면……. 하지만 그 대신 부인은 런던에 있던 변호사에게 전화를 했습니다."

"그 사람에게 이야기하려던 순간……, 딱! 이렇게 된 거로군요."

"그렇습니다."

"도대체 무슨 이야기를 하려고 했답니까?"

"거울 속 자신의 모습을 들여다보고 있다는 이야기까지 했답니다."

"오, 그렇습니까?"

모튼 경위는 생각에 잠긴 채로 말했다. 그는 문득 포와로를 빤히 쳐다보았다.

"그 말이 당신에게 암시를 준 모양이군요?"

"예, 그녀가 무슨 이야기를 하려고 했는지 알 것 같습니다."

"굉장한 추리력이군요. 도대체 무슨 이야기를 하려고 했을까요?"

"실례지만 리처드 애버니시의 죽음에 대해 묻는 겁니까?"

"공식적인 대답은 '노'지만, 사실 그렇습니다. 랜스퀴네트 부인 사건의 실마리가 된다면야……."

"그렇소 그 사건과 연관이 있습니다. 하지만 내 추리가 정말 맞는지 확인할 때까지 좀더 기다려 주시겠습니까? 만일, 그렇게만 된다면……."

"그렇게 된다면?"

"그때는 당신에게 구체적인 증거물을 제시할 수 있을 겁니다."

"당신이 망설이는 이유가 도대체 무엇입니까?"

그는 포와로를 쳐다보았다.

포와로가 자신 없는 목소리로 말했다.

"별다른 이유가 있어서가 아니라……, 어쩌면 내가 생각한 증거물이 없을지도 모르거든요. 그저 사람들의 대화 속에서 이끌어낸 결론에 불과하니까, 혹시 내 추리가 틀렸을지도 모르죠"

모튼은 미소를 지었다.

"하지만 그런 일은 거의 없지 않습니까?"

"없었죠. 하지만 나도 그런 실수를 할 때가 있다는 걸 부인할 수는 없습니다."

"당신에게서 그런 이야기를 들으니 기쁩니다! 솔직히 말해서, 항상 옳기만 하다는 것도 때로는 따분한 일이거든요."

모튼 경위는 웃음을 터뜨렸다.

"그렇다면 내가 질문하는 건 당분간 그만둘까요?"

"아니, 천만에요. 원래 계획대로 진행시켜 나가십시오. 당장 체포할 생각을 하고 있는 건 아니겠지요?"

모튼은 고개를 저었다.

"체포하려면 거쳐야 할 일이 너무 많습니다. 먼저 상부의 결정을 기다려야 하죠. 그런 다음에도 한동안 기다려야 한답니다. 지금 당장은 사건 당일의 알리바이를 조사할 수밖에 없습니다. 특히 면밀히 조사해야 할 사람도 있답니다."

"뱅크스 부인 말입니까?"

"그렇습니다. 그날 그곳에 그 여자가 있었습니다. 그녀의 차가 차고에 있었다는 것이 밝혀졌거든요. 그런데 유감스럽게도, 그녀는 그날 거기 갔었다는 이야기를 한마디도 하지 않았습니다. 그녀에게서 그곳에 갔었던 이유에 대해 충분한 설명을 들어야겠습니다."

"그녀는 대단히 능숙하게 설명할 겁니다."

포와로가 냉담하게 말했다.

"예, 대단히 영리한 여자죠. 지나칠 정도로 영리한 사람입니다."

"지나치게 영리하다는 건 절대로 좋은 일이 아닙니다. 바로 그것 때문에 범인들이 체포되곤 하지요. 조지 크로스필드에 대한 소식은 없습니까?"

"특별한 것은 없습니다. 평범한 사람이라서, 별로 눈에 띄지 않지요. 그 사람을 목격했다고 증언하는 사람은 아무도 없었답니다."

모튼은 잠깐 쉬었다가 계속했다.

"한 가지 재미있는 정보를 알아냈는데요. 어떤 수녀원에서 들은 겁니다. 그 수녀원의 수녀 두 명이 이집 저집을 돌아다니면서 기부를 받았다는군요. 사건 전날, 수녀들은 랜스퀴네트 부인의 집에도 찾아갔던 모양입니다. 문을 두드리고, 아무리 벨을 눌러도 아무 응답이 없었답니다. 당연한 일이죠. 코라는 애버니시 장례식 때문에 북부에 가고 없었고, 질크리스트 양도 나가 있었으니까요. 그런데 문제는 집 안에 분명히 누군가가 있었다고 수녀들이 말했다는 겁니다. 그들은 신음소리와 한숨소리가 들렸다고 했습니다. 혹시 날짜를 잘못 안 게 아니냐고 물었더니, 그럴 리가 없다고 하더군요. 일정표에 모두 기록이 되어 있다면서요. 그렇다면 집이 빈 틈을 타 누군가가 들어가서 무엇인가를 찾고 있었던 걸까요? 그리고 그 또는 그녀가 찾던 물건을 찾지 못하자, 다음날 다시 돌아와서 찾았던 것일까요? 도대체 누가 있었을까요? 애버니시네 사람들은 그 시간에 모두 장례식에 참석했었는데 말입니다."

포와로는 엉뚱한 질문을 던졌다.

"수녀들이 나중에 다시 찾아가지는 않았답니까?"

"찾아갔었다고 하더군요. 1주일 뒤에 말입니다. 심리가 있었던 바로 그날입니다."

에르퀼 포와로가 말했다.

"그렇다면 모든 것이 제대로 들어맞는군요."

모튼 경위가 그를 빤히 쳐다보았다.

"수녀들에게 관심이 있는 모양이군요?"

"당신도 수녀들이 찾아갔던 날에 독이 든 결혼 케이크가 전달되었다는 걸 생각해보면 관심을 갖지 않을 수가 없을 겁니다."

"설마, 그건 너무 엉뚱한 생각이 아닐까요?"

포와로가 단호하게 말했다.

"내 생각으로는 결코 엉뚱한 것이 아닙니다. 어쨌든 당신은 당신 생각대로 일을 진행시키십시오. 나는 리처드의 조카딸을 조사해보겠소."

"뱅크스 부인과 말할 때는 무척 조심하셔야 할 겁니다."

"나는 뱅크스 부인을 말하는 게 아니라, 리처드 애버니시의 다른 조카딸을 말하는 겁니다."

2

포와로는 로저먼드가 벤치 위에 앉아 있는 것을 발견했다. 그녀는 흘러내리는 물줄기를 바라보고 있었다.

"내가 오필리아를 방해하는 건 아닐 테죠."

포와로는 그녀의 옆에 앉으면서 말을 건넸다.

로저먼드는 고개를 돌려 그를 쳐다보았다.

"이미 떠나신 줄 알았는데요."

그녀가 경계심을 나타내면서 말했다.

그녀는 손목시계를 들여다보았다.

"12시가 지났잖아요?"

"열차를 놓쳤습니다." 포와로가 대답했다.

"왜요?"

"당신은 내가 이유가 있어서 일부러 기차를 놓쳤다고 생각합니까?"

"물론이지요. 당신은 철저한 사람이니까요. 열차를 타려고 했다면, 꼭 타셨을 거예요."

"정말 날카로운 분이군요. 사실, 나는 부인이 나를 찾아오길 기다리고 있었습니다."

로저먼드가 그를 빤히 쳐다보았다.

"제가 특별히 찾아갈 이유가 있나요? 이미 서재에서 작별인사를 한 걸로 아는데요."

"그렇기는 합니다만……, 혹시 내게 특별히 할 말은 없습니까?"

"전혀." 로저먼드가 고개를 저었다.

"저는 지금 생각할 게 너무 많아요. 그것도 아주 중요한 문제들이죠."

"그렇습니까?"

"저는 별로 생각을 하지 않는 편이에요."

로저먼드가 말했다.

"그건 시간 낭비니까요. 하지만 이건 중요한 일이에요. 제 인생의 계획을 세워야 하거든요."

"그래, 어떻게 하기로 했습니까?"

"글쎄요, 그래요……. 확실한 결론을 내려야겠어요."

"남편에 대해서 말입니까?"

"어떤 의미에서는요."

포와로는 잠깐 기다렸다가 말을 꺼냈다.

"모든 경위가 방금 왔습니다." 그는 로저먼드가 물어오길 기다렸다.

"그 사람은 부인이 사건 당일에 무얼 했는지 알고 싶어 합니다."

"물론 기꺼이 대답해드리겠어요." 로저먼드가 명랑한 목소리로 말했다.

"마이클이 너무 괴로워하겠군요."

그녀의 아름다운 얼굴에 짓궂은 표정이 언뜻 스쳤다.

"그날 그 여자와 있었다는 걸 제가 모르는 줄 알고 있을 거예요."

"어떻게 알았습니까?"

"오스카와 점심을 먹기로 했다는 이야기를 할 때 알아차렸지요. 그 사람은 거짓말을 할 때는 코를 약간 찡긋거리는 버릇이 있거든요"

"내가 부인과 결혼하지 않은 게 천만다행이군요!"

로저먼드가 계속했다.

"그리고 오스카에게 전화해서 확인도 했어요. 남자들이란 언제든지 바보 같은 거짓말만 하지요"

"실례지만, 남편은 충실한 편이 아니군요?" 포와로가 물었다.

"예."

"그런데도 부인은 전혀 아무렇지도 않습니까?"

"글쎄요, 다른 여자들이 모두 탐내는 남자와 사는 것도 제법 재미있답니다."

로저먼드가 말했다.

포와로는 로저먼드를 쳐다보면서, 어쩌면 리처드의 조카딸들은 한결같이 돌려받지 못할 사랑만을 하는 걸까 생각했다. 수잔은 그레고리가 자신을 사랑한다는 환상에 빠져 있고, 로저먼드는 비록 그런 환상에서는 벗어났지만 여전히 그를 원하고 있었다.

"문제는……."

로저먼드가 말했다.

"제 장래에 대해 커다란 결정을 내려야 한다는 거예요. 마이클은 아직 모르지만요"

그녀는 미소를 지었다.

"그는 제가 그날 쇼핑을 하지 않고 리젠트 파크에 갔었다고 의심하고 있어요"

"리젠트 파크라고요?" 포와로는 당황한 표정이었다.

"예, 그저 걸으면서 생각을 좀 했어요. 그런데 마이클은 제가 혹시 다른 남자와 만난 게 아닐까 하고 의심하는 모양이에요!"

포와로는 그녀를 쳐다보면서 말했다.

"부인, 아무래도 부인이 공작석 탁자를 양보해야 할 것 같습니다."

"왜요?"

"부인은 남편을 잃지는 않겠지만, 수잔은 잃게 될 겁니다."

"잃는다고요? 그레고리가 다른 여자와 달아날 거라는 뜻인가요? 설마, 그럴 리가……? 그는 너무 형편없는 사람이에요."

"남편을 잃는 방법이 그것 한 가지만은 아닙니다, 부인"

"설마?"

로저먼드는 놀란 눈으로 그를 쳐다보았다.

"설마 그레고리가 살인범이라는 말은 아니겠지요? 그건 말도 안 돼요. 저는 범인을 알고 있어요."

"그게 누구죠?"

"당연히 조지 아니에요? 조지는 법에 어긋나는 짓을 하고 있었어요. 리처드 아저씨도 그걸 아시고 유언장에서 그를 빼려고 했을 거예요. 저는 분명히 조지일 거라고 줄곧 생각해왔어요."

제24장

1

그날 저녁 6시경에 전보 한 통이 날아들었다. 포와로는 여느 때와 다른 태도로 서둘러 전보를 뜯어보았다. 그러고는 안도의 한숨을 내쉬었다. 그는 호주머니에서 지폐 한 장을 꺼내어 심부름한 소년에게 건네주었다.

포와로는 랜스콤에게 말했다.

"가끔 돈을 아끼지 말아야 할 때가 있지요."

"물론 그렇지요, 선생님." 랜스콤이 공손하게 대답했다.

"모튼 경위는 어디에 있지요?"

"한 분은 이미 떠나셨고, 나머지 한 분은 서재에 계십니다."

랜스콤이 못마땅한 투로 대답했다.

"그래요? 어서 그 사람을 만나야겠군."

포와로는 랜스콤에게 다시 말했다.

"기운을 내요. 이제 거의 범인을 잡은 셈이니까요."

걸음을 옮기던 포와로는 문득 생각이 난 듯이 몸을 돌려서 랜스콤에게 다시 말했다.

"혹시 장례식 날 랜스퀴네트 부인이 도착했을 때, 당신에게 했던 말을 기억할 수 있습니까?"

"기억하고말고요. 코라 양은 '안녕하세요, 랜스콤? 할아범이 오두막으로 머링게 과자들을 갖다 주곤 했던 게 엊그제 같은데, 벌써 이렇게 오랜 세월이 흘렀군요.' 그때, 저는 도련님들과 아가씨들에게 머링게 과자를 가져다 드리곤 했었답니다. 코라 양은 그 과자를 무척 좋아했었지요."

포와로는 고개를 끄덕였다.

"그래요. 내가 생각했던 것과 딱 들어맞는군요. 그래, 전형적인 방법이지요."

그는 모튼 경위를 찾아가서 아무 말 없이 전보를 건네주었다.

"무슨 말인지 전혀 이해할 수가 없는데요."

"때가 되면 자연히 이해하게 될 거요."

모튼 경위는 싱긋 웃었다.

"빅토리아 시대의 멜로드라마에 나오는 소녀처럼 말씀하시는군요. 하지만 그때가 되면 당신도 어떤 어려움을 만나게 될 겁니다. 나는 더는 이런 식으로 끌고 나갈 자신이 없습니다. 뱅크스라는 친구는 자기가 리처드 애버니시를 독살했다고 주장하더군요. 하지만 우리 능력으로서는 도저히 밝혀내지 못할 거라고 큰소리치고 있습니다. 나는 도저히 그것을 짐작하지도 못하겠습니다."

"이번 사건에서는, 아마 책임을 회피하는 피난처, 다시 말해서 포스다이크 요양소가 있을 겁니다."

"교도소 같은 곳 말이지요?"

"그것보다야 한결 낫겠지요."

"그렇다면 정말 그가 한 짓입니까, 포와로 씨? 질크리스트 양은 수잔이 가장 유력한 것 같다고 말하던데요. 만일, 그가 한 짓이 사실이라면 분명히 그 여자도 가담했을 겁니다. 솔직히 말해서, 그 여자가 살인범이라고는 생각되지 않지만 남편을 보호하기 위해서라면 충분히 가능한 일입니다."

"모두 말해주겠소."

"예, 예, 모두 이야기해주십시오! 제발 좀 빨리 해주십시오!"

2

이번에 포와로는 사람들을 커다란 거실로 불렀다. 사람들의 얼굴에는 긴장감보다는 장난기가 어려 있었다. 그들은 사립탐정인 포와로에 대해 아무런 적대감도 나타내지 않았다.

오직 티모시만이 투덜거리고 있을 뿐이었다.

"빌어먹을! 고리타분한 엔트휘슬 때문에 이렇게 귀찮게 되어버린 거야!"

포와로는 약간 거들먹거리는 태도로 입을 열었다.

"두 번째로 내 출발을 발표하겠습니다! 오늘 아침에 나는 12시 기차로 떠나겠다고 말했습니다. 하지만 이번에는 꼭 밤 9시 반 기차로 떠나겠습니다. 내가 더 이상 이곳에서 할 일이 없어졌으니까요."

"내가 여기에 온 것은……." 포와로는 이야기를 계속했다.

"수수께끼를 풀기 위해서입니다. 이제 수수께끼는 풀렸습니다. 먼저 엔트휘슬 씨가 부탁한 몇 가지 문제들을 이야기하겠습니다. 첫째로 리처드 씨의 갑작스러운 죽음. 둘째, 랜스퀴네트 부인의 엉뚱한 말. 그리고 세 번째로 랜스퀴네트 부인의 살인사건. 문제는 이 세 가지 사건이 무슨 연관성이 있느냐 하는 겁니다. 그 뒤에 무슨 일이 일어났는지를 살펴봅시다. 질크리스트 양은 비소가 든 결혼 케이크를 먹었습니다. 하지만 오늘 아침에 말한 대로, 리처드 애버니시가 독살되었다는 결론을 내릴 만한 증거는 아무것도 없었습니다. 마찬가지로, 그가 독살되지 않았다는 증거도 없습니다.

그러나 일은 뜻밖에도 쉽게 풀려 나갔습니다. 사람들은 장례식 때 랜스퀴네트 부인이 한 말에 대해 마음속으로 모두 동의했습니다. 그리고 다음날 그녀가 살해되었습니다. 자, 네 번째 사건을 검토해봅시다. 집배원은 케이크를 배달한 적이 없다고 했습니다. 만일 그의 말이 옳다면 케이크는 누군가가 직접 갖다 놓았을 테지요. 그렇다면 마땅히 주위 사람들부터 의심해봐야겠지요. 우선 질크리스트 양, 수잔, 엔트휘슬 씨가 있고, 그리고 거드리라는 신사와 기부금을 모으러 다니는 수녀가 있습니다.

나는 집배원의 기억이 옳다고 일단 가정했습니다. 그래서 위에서 말한 사람들을 주의 깊게 조사했지요. 질크리스트 양은 리처드의 죽음으로 인해 아무런 이득도 보지 못했습니다. 그리고 랜스퀴네트 부인의 죽음으로 오히려 손해를 보게 된 셈입니다. 게다가 독이 든 케이크 때문에 위험을 당하기도 했습니다.

수잔은 리처드 씨의 죽음으로 이익을 보았고, 랜스퀴네트 부인의 경우에서도 약간이나마 이익을 보았습니다. 하지만 수잔의 동기는 두 번째 사건과 연결시켜 생각할 수 있습니다. 그녀는 질크리스트 양이 코라 랜스퀴네트와 리처드 씨의 대화를 엿들었을지도 모른다고 판단했습니다. 그래서 질크리스트 양을 없애버려야겠다고 생각했을 수도 있지요. 자, 한 번 생각해보십시오. 그녀는 결혼 케이크를 먹지 않았습니다. 또한 다음날 아침까지도 의사에게 그러한 사실을 이야기하지 않았습니다. 질크리스트 양이 한밤중에 탈이 났던 날 말입니다. 엔트휘슬 씨는 두 사람의 죽음으로 별다른 이익을 얻지 못했습니다. 하지만 애버니시의 재산을 관리하는 입장에서, 그가 오래 살게 되면 자신이 불리하게 될 이유가 있을 수도 있지요. 하지만 만일 그가 관련되었다면 나를 찾아오지 않았을 겁니다.

끝으로 나머지 두 사람에 대해 조사하게 되었습니다. 거드리라는 사람과 수녀 말입니다. 그 거드리 씨가 정말 비평가인 거드리 씨라면, 그의 혐의는 벗겨지게 됩니다. 마찬가지로, 수녀의 경우에도 정말 수녀라면 역시 혐의가 벗겨집니다. 그러나 문제는 그들이 정말 그들이었느냐, 아니면 다른 사람이 위장한 것인가 하는 겁니다.

한 가지 재미있는 건, 티모시의 집에 찾아온 수녀와 리체트 세인트 메리에 찾아온 수녀가 동일인물이라고 질크리스트 양이 생각하고 있다는 겁니다. 애버니시 씨가 죽기 전날에도 수녀가 이곳에 찾아왔었지요……."

"세 명이 동일 인물이라……." 조지 크로스필드가 중얼거렸다.

"여기서 우리는 리처드 씨의 죽음과 랜스퀴네트 부인의 살인사건, 결혼 케이크, 그리고 수녀라는 존재를 생각해봐야 합니다. 이것들에다가, 내가 나름대로 관심을 가졌던 몇 가지 일들을 덧붙여 보겠습니다. 미술 감정가의 방문, 냄새, 포플렉시안 풍경, 그림엽서, 마지막으로 공작석 탁자 위에 있었던 밀랍 꽃다발입니다. 나는 이러한 것들 덕분에 결론에 이르게 되었습니다.

자, 이제부터 결론을 말씀드리죠. 오늘 아침에 말한 대로 리처드 씨가 살해되었다는 증거는 아무것도 없습니다. 누이동생인 랜스퀴네트 부인의 말만 제외한다면……. 리처드 씨가 살해되었다는 것은 오로지 그 말 때문입니다.

그러나 여러분은 그 말 때문이 아니라 랜스퀴네트 부인의 성격, 바로 그 때문에 믿게 된 거지요. 그녀는 항상 뜻밖의 순간에 입 밖에 내기 힘든 진실을 불쑥 말해버리곤 했으니까요. 그러니까 리처드의 살인은 랜스퀴네트 부인의 말이 아니라 바로 그녀 자신에 의존한 것이지요. 결국, 나는 스스로에게 이렇게 물어보았습니다. 도대체 여러분이 랜스퀴네트 부인을 얼마나 잘 알고 있느냐 하는 겁니다.”

“그게 무슨 뜻이죠?” 수잔이 날카롭게 물었다.

“거의 모르고 있다. 이게 바로 그 대답입니다! 젊은 사람들은 그녀를 전혀 모르고 있을 겁니다. 랜스콤은 늙은데다가 눈이 어둡습니다. 티모시 부인은 결혼 당시에 몇 번 보았을 뿐이고, 레오 부인이 잘 알고 있지만 그녀도 사실 20년 이상이나 만나지 못했습니다. 그래서 나는 혹시 장례식 때 온 사람이 랜스퀴네트 부인이 아닌 다른 사람이 아닐까 생각해보았습니다.”

“그렇다면 코라 아주머니가 살해된 게 아니라 다른 사람이 살해되었단 말인가요?”

수잔이 믿을 수 없다는 듯이 물었다.

“아니, 살해된 사람은 코라 랜스퀴네트입니다. 하지만 장례식에 온 사람은 그녀가 아니었습니다. 그때 온 여자는 리처드 씨가 살해되었다는 생각을 사람들의 머릿속에 넣어 주기 위해 온 것입니다.”

모드가 소리치듯이 물었다.

“터무니없는 소리예요! 왜요? 대체 그 이유가 뭐예요?”

“이유 말입니까? 사람들의 관심을 다른 살인사건으로 돌리게 하려는 거지요. 코라 랜스퀴네트의 살인사건에서 말입니다. 리처드 씨가 살해되었다고 말한 코라 랜스퀴네트가 살해되었다면, 누구라도 두 사건 사이에 무슨 연관이 있다고 생각하게 될 테니까요. 만일, 코라 랜스퀴네트가 그냥 살해되었다면 분명히 경찰은 가까이 있는 사람을 의심했을 겁니다. 즉, 함께 살던 사람에게 혐의가 가게 마련이지요.”

질크리스트 양은 짐짓 명랑한 목소리로 반박하고 나섰다.

“설마 제가 브로치와 값어치 없는 그림들 때문에 살인했으리라고는 생각지 않으시겠죠?”

“아니…….” 포와로가 말했다.

“다른 게 있었지요. 포플렉시안 풍경화 말입니다. 뱅크스 부인은 그 그림이 엽서와 똑같다고 했습니다. 그런데 랜스퀴네트 부인은 항상 실물을 보고 그림을 그린다고 했습니다. 엔트휘슬 씨가 갔을 때, 집에서 유화물감 냄새가 난다고 한 적이 있었죠. 당신은 그림을 그릴 수 있지요? 아버지가 화가였으므로 당신은 그림에 대해 잘 알고 있습니다. 포플렉시안 풍경화는 코라 랜스퀴네트가 그린 게 아니라, 우연히 싼 값에 사들인 겁니다. 그녀는 그 그림의 진가를 몰랐지만, 당신은 알았습니다. 곧 감정가가 찾아오리라는 걸 알고 당신은 한 가지 계획을 생각해 냈습니다. 평소에 엔더비에 대해 이야기를 많이 들어온 당신은 코라 랜스퀴네트를 잠들게 한 다음, 장례식에 참석해서 그녀의 흉내를 냈습니다. 아무도 당신이 코라 랜스퀴네트가 아닐 거라고는 생각지 못했습니다. 모두 20년 이상이나 그녀를 못 봤기 때문에 의심하지 않았던 거지요. 사람의 얼굴은 달라져도 습관은 변하지 않기 마련입니다. 그걸 아는 당신은 거울을 보고 연습을 거듭했지요. 그런데 당신은 바로 거기서 실수를 했습니다. 즉, 거울에 비치는 모습이 실제와 반대라는 걸 몰랐던 겁니다.

다시 말해서, 코라 랜스퀴네트의 고개는 오른쪽으로 숙여지는데, 당신은 거울의 영상과 같은 효과를 거두기 위해서는 왼쪽으로 숙여야 한다는 사실을 잊어버린 겁니다. 바로 그 때문에 헬렌은 뭔가 '어색하다'고 느꼈던 겁니다. 나는 이 사실을 로저먼드가 불쑥 말했던 그 순간에 깨달았습니다. 그때 사람들은 깜짝 놀라 모두 말하는 사람을 쳐다보았습니다. 그러니까 레오 부인은 코라 랜스퀴네트에게서 그런 걸 느꼈던 겁니다.

거울 이미지에 대한 이야기가 있던 날, 레오 부인은 그 원리를 실험해보았을 겁니다. 그때 문득 코라 랜스퀴네트의 고개가 예전과는 반대 방향으로 기울어졌다는 사실을 깨달은 거죠. 그녀는 설마 했지만, 아무튼 엔트휘슬 씨에게 그 사실을 알려야겠다고 생각했습니다. 그때, 누군가가 그녀를 내리친 것이지요. 질크리스트 양, 레오 부인의 상태는 그다지 심각하지 않았습니다. 그러니 곧 그녀로부터 직접 이야기를 들을 수 있을 겁니다."

"나는 그런 짓을 하지 않았어요. 그건 모두 거짓말이에요!"

질크리스트 양이 외쳤다.

"당신은 리처드가 오래 살지 못할 것이라고 말하는 걸 엿들었습니다. 그리고 또 한 가지, '수녀'를 생각해 냈습니다. 당신은 수녀가 자신을 쫓아다니는 것 같다는 이야기를 해서, 사람들의 관심을 다른 데로 돌려놓으려고 했습니다.

또한 수사가 어떻게 진행되고 있는지 궁금해서 그 말을 핑계대고 엔더비까지 따라온 거죠. 스스로 비소까지 먹어서 자신에 대한 혐의를 없애버리려고 했습니다. 하지만 그건 낡은 수법이지요. 모튼 경위도 그 때문에 당신을 의심하기 시작한 겁니다."

"그런데 그 그림은 도대체 어떤 종류인가요?" 로저먼드가 물었다.

포와로는 천천히 전보를 펴보았다.

"오늘 아침, 엔트휘슬 씨에게 전화로 질크리스트 양의 방에 있는 포플렉시 안 풍경화를 런던으로 가져가 거드리 씨에게 감정을 부탁하라고 했습니다. 결과는 베르메르의 진품이라고 밝혀졌습니다. 그래서 그가 전보를 친 겁니다."

갑자기 질크리스트 양이 소리쳤다.

"그래요. 나는 그게 베르메르의 그림이라는 걸 알고 있었어요. 알고 있었단 말이에요! 하지만 그 여자는 몰랐어요! 렘브란트니 이탈리아 야수파니 떠들어 대면서도 자기 코앞에 베르메르의 그림이 있다는 것도 몰랐단 말이에요! 바보 같은 여자지요. 끊임없이 똑같은 이야기를 들으면서 맞장구치는 일이 얼마나 지루한지 알아요? 지겨워요. 지겹다고요……. 이런 생활 속에서 그 그림을 발견한 거예요. 신문에서 보니까, 베르메르 그림은 최소한 2,000파운드가 넘더군요. 그 돈이면 찻집을 다시 열 수가 있어요."

질크리스트 양의 목소리가 떨렸다.

"나는 그 찻집을 '종려나무 집'이라고 부를 생각이었죠. 이번에야말로 참나무 탁자들을 놓고, 의자에는 빨갛고 하얀 쿠션들을 놓을 생각이었어요……."

모튼 경위가 이러한 그녀의 상념을 깨뜨렸다.

그녀는 그를 쳐다보면서 예의 바르게 말했다.

"예, 좋아요. 소란을 피우진 않겠어요. 곧 가겠어요. 어차피 '종려나무 집' 찻집도 열지 못할 테니까요. 이젠 아무것도 아쉬울 게 없지요……."

그녀가 방을 나가자 수잔은 여전히 떨리는 목소리로 말했다.

"저런 여자가 살인을 하리라고는 상상도 못했어요."

제25장

"그런데 밀랍 꽃다발은 어떻게 된 거지요?" 로저먼드가 말했다.

그들은 런던에 있는 헬렌의 아파트에 있었다. 헬렌은 소파에 앉아 있었고, 로저먼드와 포와로는 차를 마시고 있었다.

"도대체 그게 무슨 상관이 있는 건지 모르겠어요"

"질크리스트 양이 두 번째로 실수한 게 바로 그것입니다. 그녀는 그 꽃이 공작석 탁자에 무척 잘 어울린다고 말했습니다. 하지만 아시다시피 그건 그때 거기에 없었습니다. 헬렌이 깨뜨려서, 티모시 일행이 도착하기 전에 이미 치워 놓았으니까요. 그러니까 그녀가 코라 랜스퀴네트로 행세할 때 그 꽃을 본 것이라는 결론이 나오지요"

"그건 그 여자가 멍청했기 때문이에요."

로저먼드가 말했다.

"이야기하다 보면 그런 실수가 나오기 마련이랍니다. 만일 부인과도 오랫동안 이야기를 나누었다면, 부인은 자신도 모르게 스스로의 정체를 드러내게 되었을 겁니다."

"저는 분명히 조심할 거예요."

로저먼드가 생각에 잠긴 목소리로 말했다. 그런 다음, 그녀는 갑자기 밝은 표정을 지었다.

"그런데 제가 임신한 걸 아세요?"

"아하! 그래서 리젠트 파크에?"

"그래요. 저는 너무 당황했고 놀랐기 때문에……, 그래서 거닐면서 생각했던 거예요."

"그랬었군요."

"저는 장래에 대해 결정을 내려야 했어요. 결국, 무대를 떠나 평범한 엄마가 되기로 결심했지요."

"부인에게 가장 적합한 역할일 겁니다. 벌써부터 아름다운 모자상이 연상되는군요."

로저먼드가 행복한 듯이 미소를 지었다.

"예, 정말 멋질 거예요. 마이클도 무척 기뻐하더군요. 저는 그가 좋아하지 않을 줄 알았거든요."

그녀는 말을 잠깐 멈추었다가 다시 덧붙였다.

"수잔에게 그 탁자를 양보하기로 했어요. 저는 아기를 갖게 될 테니까……."

"수잔의 사업 계획이 아주 훌륭하더군요. 수잔은 아주 잘해 낼 거예요."

헬렌이 말했다.

"예, 성공하고말고요." 로저먼드가 말했다.

"티모시 아저씨가 아니라?"

"물론 티모시가 아니죠." 포와로가 대답했다.

그들은 함께 웃었다.

"그레고리는 멀리 떠난 데요." 로저먼드가 말했다.

"요양하러 간다고 수잔이 말하더군요."

그녀는 아무 말 없이 앉아 있는 포와로를 의아한 듯 쳐다보며 말했다.

"왜 그가 리처드 아저씨를 죽였다고 말했는지 그 이유를 알 수 없어요. 그 것도 일종의 자기 과시인가요?"

포와로가 대꾸했다.

"티모시 애버니시 씨에게서 무척 감격적인 편지를 받았답니다. 그분은 내가 애버니시 집안을 위해서 일해 준 데 대해 고맙다고 했습니다."

"티모시 아저씨는 정말 끔찍해요. 정원사들은 어떻게 구했지만, 집안일을 도 와줄 사람은 아직 못 구한 모양이에요. 그 소름 끼치는 질크리스트를 아쉬워 하겠군요."

이렇게 말한 로저먼드가 덧붙여 말했다.

"하지만 그 여자는 결국 티모시 아저씨도 죽이고 말았을 거예요. 그렇게 되

제25장 253

면 굉장히 재미있었을 텐데!"

"살인사건이 재미나는 모양이군요, 부인?"

"어머, 그런 뜻이 아니에요. 하지만 저는 조지인 줄 알았어요."

로저먼드는 명랑한 목소리로 덧붙였다.

"분명히 언젠가는 꼭 그렇게 할걸요."

"그럼 재미있겠군." 포와로가 비꼬듯이 한마디 했다.

"그렇겠죠?" 로저먼드가 동의했다.

포와로는 헬렌 쪽을 쳐다보며 말했다.

"부인은 키프러스로 갈 겁니까?"

"예, 2주일 있다가요."

"즐거운 여행이 되길 바랍니다."

포와로를 문까지 배웅하던 헬렌이 갑자기 말했다.

"이 말씀은 꼭 드리고 싶군요. 포와로 씨, 리처드가 내게 남겨준 유산은 다른 사람들에게보다도 훨씬 의미가 있답니다."

"그렇습니까?"

"예, 사실은 키프러스에 아이가 한 명 있어요. 남편과 나는 서로를 무척 사랑했어요. 다만 아이가 없는 게 안타까웠지요. 그분이 돌아가시고 나서 나는 너무 외로웠어요. 전쟁이 끝날 무렵, 런던에서 간호사 일을 하고 있을 때 어떤 사람을 알게 되었지요. 그 사람은 나보다 나이도 어린데다가 이미 결혼한 사람이었어요. 비록 행복한 결혼생활은 아니었지만 말이에요. 우리는 얼마 동안 함께 지냈어요. 그게 전부예요. 그런 다음, 그 남잔 캐나다로, 아내와 자식이 있는 곳으로 돌아갔지요. 그는 우리들의 아이에 대해 아무것도 몰라요. 아이를 낳기를 원하지도 않았을 테고요. 나 혼자서 아이를 낳았지요. 그건 마치 기적과도 같은 일이었어요. 중년 여자가 아이를 낳다니 말이에요. 이제 리처드의 유산으로 그 아이를 교육시킬 수 있게 되었어요."

그녀는 잠깐 말을 끊었다가 이었다.

"리처드에게는 아무 말도 하지 않았어요. 리처드는 나를 좋아했고, 나도 그를 좋아했거든요. 하지만 그런 나를 이해하지는 못했을 거예요. 당신은 나에 대해 잘 알고 있으니까 이런 이야기를 할 수 있는 거예요."

다시 한 번 포와로는 고개를 숙여서 인사했다.

그가 집에 돌아왔을 때 난로 옆의 안락의자에 누군가 앉아 있었다.

"여보게, 포와로……." 엔트휘슬 씨가 말했다.

"지금 막 어사이지스에서 돌아오는 길일세. 물론 배심원들은 유죄 판결을 내렸다네. 그 여자는 끊임없이 새로운 찻집을 생각하면서 세월을 보낼 거야."

"사람들은 그 여자가 미쳤다고 생각할지 몰라도, 나는 그렇지 않다네."

"물론 그렇겠지! 그 살인을 계획했을 때만 해도 자네와 나만큼이나 올바른 정신이었겠지. 냉혈한처럼 말이야. 그 여자, 겉으로는 어수룩해 보여도 무척 머리가 좋더군."

포와로는 약간 몸을 떨었다.

"수잔 뱅크스가 한 말이 생각나는군. '저런 여자가 사람을 죽이리라고는 상상도 못했어요.'"

엔트휘슬 씨가 말했다.

"그건 별로 이상한 일이 아닐세. 세상에는 별별 사건이 다 있으니까."

그들은 침묵을 지켰다. 포와로는 지금까지 일어났던 수많은 살인사건들을 생각하고 있었다.

〈끝〉

■ 작품 해설 ■

《장례식을 마치고(After the Funeral, 1953)》는 애거서 크리스티(Agatha Christie, 영국 1890~1976)의 57번째 추리소설이며 44번째 장편이다. 이 작품에서는 크리스티 여사가 창조해 낸 명탐정 에르퀼 포와로Hercule Poirot가 등장한다. 포와로는 영국뿐만 아니라 세계추리문학사상 가장 유명한 탐정으로 알려져 있다.

그는 벨기에 경찰관으로서 눈부신 공적을 쌓은 뒤 1904년에 은퇴했다. 1914년 세계 제1차 대전이 일어나 독일군이 벨기에로 침입하자 그는 영국으로 망명한다. 그 뒤부터 포와로는 런던에 머물면서 사립탐정으로 활동한다. 그때 1차 대전 중에 알게 된 영국인 헤이스팅스 대위가 그의 조수 역할을 맡는다. 헤이스팅스 대위는 아르헨티나로 떠나기 전까지 포와로 곁에서 그의 활약을 기록한다.

포와로는 거의 여든 살이 되어 사립탐정 계에서 은퇴하고 나서도, 가끔 어쩔 수 없이 자기에게 맡겨진 사건을 다루기도 한다. 포와로는 5피트(약 163cm)의 키에 작은 몸집을 가지고 있지만 자부심만은 대단하다. 그는 우스꽝스러운 모양의 콧수염을 기르고 있으며, 옷에 묻은 먼지 하나에도 신경을 쓰는 멋쟁이 신사다. 그리고 때때로 대화 도중에 유창한 프랑스어를 섞는다. 하지만 겉으로 보이는 모습과는 달리 그의 추리력은 뛰어나다. 그는 늘 자기의 작은 회색 뇌세포를 자랑하면서 놀랄 만한 방법으로 사건을 해결한다.

그는 《커튼》에서 죽는데, 이 소설은 1975년에 발표되긴 했으나 실제로는 1940년대에 쓰인 것이다. 역자 추측으로 그때 포와로의 나이는 80살이 훨씬 넘었을 것이다. 《장례식을 마치고》에서도 포와로는 슬그머니 사건에 끼어들어서 명쾌하게 사건을 해결해낸다.